UNVERKÄUFLICH
Bürgerstiftung Duisburg

D1655813

Klaus Stiller
Das heilige Jahr

Wie die Westheimer den Winter vergaßen

Roman

Carl Hanser Verlag

ISBN 3-446-14387-4
Alle Rechte vorbehalten
© 1986 Carl Hanser Verlag München Wien
Schutzumschlag: Klaus Detjen
Foto: Süddeutscher Verlag
Satz: LibroSatz, Kriftel
Druck und Bindung: Kösel, Kempten
Printed in Germany

Für meinen Sohn Bruno
der nur einen einzigen Tag
gelebt hat

I

Als ich erwachte, sah ich, daß sich über Nacht Eisblumen an den Fenstern gebildet hatten. Wenn ich mehrmals gegen die Scheiben hauchte, schmolzen die Eisblumen, und durch das so entstandene Guckloch konnte ich hinausblicken in den toten Garten, auf die grauen Häuser und das Leichentuch der Schneelandschaft.

Menschen, von denen ich nichts wußte, gingen müde die Straße hinunter. Manchmal glaubte ich, den einen oder anderen trotz der Entfernung zu erkennen. Oft täuschte ich mich. Es war leicht, die Gestalten zu verwechseln.

Ich war eins mit ihnen. Sie und ich hatten kein Ziel.

Damals hegte ich keinen Haß.

Im Haus hörte ich Stimmen. Ich verstand nur einzelne Wörter ohne Zusammenhang, nicht deren Sinn. Die Menschen sprachen nicht besonders laut, und durch die Mauern hindurch war es wie ein Murmeln, ja fast wie eine Beschwörung.

Der Winter hatte alles noch trostloser gemacht. In den Kellern froren die Wasserleitungen ein, und wer Brennholz besaß, verschürte es Scheit für Scheit. Im Unterholz der Wälder klaubten Flüchtlinge und Einheimische Reisig auf. Die trockenen Äste und Zweige der Fichten und Tannen waren in Reichweite von den Stämmen gebrochen, so daß die Wälder mit den regelmäßigen Baumreihen etwas Geräumiges hatten.

Holzdiebe wurden gewarnt. An den Waldrändern standen entsprechende Hinweistafeln mit der Angabe der vorgesehenen Strafe. Wer heimlich Bäume fällte, war ein schlimmer Verbrecher. Diebstahl wog fast soviel wie Mord und Totschlag. Die meisten Reisigsammler trugen jedoch einen abgestempelten Leseschein bei sich. Dieser war nur in Verbindung mit einer persönlichen Kennkarte gültig. Der Inhaber war ermächtigt, kostenlos Bruchholz zu sammeln.

Damals fühlte ich mich geborgen im Schutz des Hauses, das uns nicht gehörte, das wir aber so selbstverständlich bewohnten, als wäre es eigens für uns erbaut worden.

Wir lebten nicht für uns und nicht mit uns allein. Jeden Tag kamen Menschen in die Praxis meines Vaters, und er erteilte ihnen Rat und leistete Hilfe.

Auf der Terrasse vor dem Sprechzimmerfenster hatten sich polnische Wachsoldaten eingenistet. Sie kamen mit dem Abend und gingen mit dem Morgen. Eigentlich hatten sie die Aufgabe, die Straßen mit den von den Amis beschlagnahmten Villen abzusichern. Aber sie nächtigten lieber auf unserer windgeschützten Terrasse als in der freien Natur. Sie hatten einen ihrer unförmigen Blechöfen angeschleppt, den sie mit Holzkohle schürten. Für uns war die nächtliche Anwesenheit der Polen ein unverhoffter Schutz gegen Einbrüche, die überall stattfanden.

Die Wachposten waren bis Kriegsende Zwangsarbeiter gewesen, und einige kannten meine Eltern aus dieser Zeit. Sie erinnerten sich sehr wohl, daß mein Vater zwischen ihnen und seinen deutschen Patienten keinen Unterschied in der Behandlung gemacht und sie von meiner Mutter Kleidung und Eßwaren bekommen hatten. Aus Anhänglichkeit suchten sie nun unsere Nähe, als wollten sie einen Dank aussprechen. Glücklicherweise hatten sie Zugang zu amerikanischen PX-Läden und Vorratslagern. Dort besorgten sie sich irgendwie alles, was sie brauchten, und weil sie nicht nur ein waches Gedächtnis, sondern auch ein gutes Herz hatten, teilten sie ihre Beute oft mit uns. Einmal schleppten sie fünf Kilo Bohnenkaffee an, ein andermal Zucker, Milchpulver und Mehl.

Ich öffnete das vereiste Fenster und rieb mir Gesicht und Hände mit Schnee ein. Dann zog ich mich an und ging hinunter in die Küche. Dort traf ich Kathrin an, die am Herd hantierte. Sie war seit einiger Zeit bei uns, half meiner Mutter im Haushalt und kümmerte sich um meine Geschwister und mich. Ich liebte sie sehr.

»Wenn ich groß bin, werde ich dich heiraten«, sagte ich.

Kathrin lachte, setzte etwas Magermilch auf, vermischte sie mit Malzkaffee und gab mir eine Tasse zu trinken.

Vom Küchenfenster aus blickte ich über den Garten hinweg auf die Bahngleise und den Güterbahnhof. Dort führte eine Straße an hölzernen Lagerschuppen vorbei bis zum Stellwerk. Neben dem Stellwerk befand sich das Holztankwerk. Dort wurden mit einer speziellen Maschine Holzabfälle zu etwa zwei bis drei Zentimeter langen Klötzchen zerkleinert und anschließend in alte Kartoffelsäcke gefüllt.

Herr Niedermayer, dem das Holztankwerk gehörte, belieferte mit dem zerhackten Kleinholz zuallererst sein eigenes Fuhrunternehmen. Dieses bestand aus einem einzigen Lastkraftwagen, der jedoch nach der Rationierung der wenigen Benzinvorräte nutzlos gewesen wäre, denn einem privaten Unternehmer wie Herrn Niedermayer wäre niemals auch nur ein einziger Liter Benzin zugeteilt worden. So aber hatte er sein Fuhrunternehmen in Betrieb, fuhr mit seinem Holztankwagen durch die Gegend und transportierte alles mögliche von Dorf zu Dorf.

Auf der Ladefläche hinter dem Führerhaus war ein senkrecht stehender Tender aufmontiert. Dort wurden die kleinen Holzklötzchen hineingeschüttet wie in einen Ofen. Sie verglühten langsam, und die dabei entstehende Energie trieb auf wunderbare Weise den Motor an.

Mit der Zeit bekam Herr Niedermayer Konkurrenz. Auch in anderen Ortschaften hatten sich einige Leute aus alten, unbrauchbaren Lastkraftwagen der ehemaligen Wehrmacht solche Holztankwagen zusammengebaut, doch mußten sie fast täglich bei Herrn Niedermayers Holztankwerk vorfahren, um den in Kartoffelsäcke abgepackten Treibstoff zu holen.

Es war eine gute Zeit für Holzfäller. Viele Bäume waren während des Kriegs vom Borkenkäfer und anderen Schädlingen befallen worden und mußten gerodet werden.

Auch von einigen Privatleuten bekam Herr Niedermayer Holz, denn allmählich wurden in den einstigen Luftschutzkellern ganze Wälder von Stützbalken gerodet, und wer übrige Balken besaß, verkaufte sie Herrn Niedermayer, der sie sogleich mit seinem Laster abholte und im Holztankwerk zerhackte.

Ich ging vors Haus und hinaus auf die Straße. Der trockene Schnee knirschte unter meinen Schritten. Im silbrigen Himmel flogen Schwärme krächzender Raben in Richtung Kobel. Aus den Kaminen der meisten Häuser stiegen dünne, hellblaue Rauchsäulen auf und vermischten sich in großer Höhe mit der klaren Luft. Es war windstill. Ich lief bis zur Linde und dann den Heuweg hinunter. Unterwegs begegnete ich einem amerikanischen Müllauto. Zwei Neger fuhren damit den Heuweg herauf und hielten jeweils vor den beschlagnahmten Villen, um die überquellenden Tonnen zu leeren.

Vielleicht schenken mir die Amerikaner etwas, dachte ich, eine Apfelsine, ein Täfelchen Libby's-Schokolade oder einen Kaugummi. Die Amis waren aber zu sehr mit dem Leeren der Mülltonnen beschäftigt und beachteten mich nicht.

Ich hatte keine Eile und lief ohne Hast. So kam ich an den letzten Gärten vorbei und ging bis zum westlichen Ortsrand, wo der Heuweg nach rechts abbiegt und steil zu den Schmutterwiesen abfällt, bevor er sich in einen Pfad und den Feldweg gabelt, der an einem Wassergraben entlang bis in die Nähe des Flusses führt. Auf diesem Feldweg fuhren im Sommer die Bauern ihre Heuwagen ins Dorf herauf, aber jetzt war die Wegführung wegen des Schnees nur an dem zugefrorenen Graben ablesbar.

Es machte mir Spaß, allein durch den hohen Schnee zu stapfen. Von Zeit zu Zeit schaute ich mich um und betrachtete meine in der Entfernung sich verlierende Fußspur. Seit dem gestrigen Schneefall schien niemand diesen Weg gegangen zu sein.

Immer wenn ich zum Dorf hinaufschaute mit seinen zwischen den winterlich dürren Gärten stehenden Gebäuden, stellte ich mir die vielen Menschen vor, die nun unter all diesen Dächern hausten: Einheimische, Flüchtlinge, heimatlose Kriegsheimkehrer und Amerikaner.

Langsam ging ich weiter und kam nach einiger Zeit an einen schmalen, von Büschen gesäumten Quergraben, der nach wenigen Metern in die Schmutter mündete. Ich sprang über den Graben und ging die paar Schritte über das schneebedeckte Wiesenstück bis zum Fluß. Ich wollte erkunden, ob er schon ganz zugefroren war und das Eis mich trug.

Tatsächlich reichte die Eisdecke bis zum anderen Ufer und war mit einer leichten Schneeschicht überpudert. Verschiedene Tiere mußten darauf hin und her gelaufen sein, denn ich erkannte Fuchs-, Hasen- und Vogelspuren.

Ich mußte aufpassen, nicht allzu voreilig und sorglos das Eis zu betreten, weil die Schneeschicht vielleicht trog und dünnere Eisstellen möglicherweise nur überdeckte. Vor allem durfte ich mich nicht von den Spuren der Tiere verlocken lassen. Außerdem gab es hie und da Gumpen, die selbst für Badende im Sommer gefährlich sein konnten. Doch selbst wenn ich nur am Rand einbrach und bis zu den Knien ins Wasser einsank, würde es unangenehm sein, in der Kälte den langen Weg durchnäßt zurückrennen zu müssen.

Also ging ich am Ufer entlang ein Stück flußaufwärts und begutachtete die Eisfläche. Nirgends sah ich nasse Flecken auf der Eisdecke, und das beruhigte mich. Ich wollte jedoch ganz sicher gehn und lief weiter, vorbei an großen und kleinen Bäumen, deren kahle Äste manchmal in den Fluß hineinhingen und dort eingefroren waren. So kam ich bis zum Steg vor dem Hainhofer Schloß. Der von Westheim über die Wiesen herabführende Weg war gut sichtbar, denn morgens und abends kamen hier viele Leute zu Fuß oder mit dem Fahrrad vorbei, Arbeiter zumeist, die in der Stadt zu tun hatten und von Westheim aus die Bahn benutzten.

Nach dem einsamen Gang durch die menschenleere Landschaft empfand ich die vielen Fuß- und Fahrradspuren als beruhigend. Ich überquerte den Steg und sah, daß einige Fußspuren gleich dahinter rechts abbogen und am Ufer entlang flußabwärts führten.

Es waren verschieden große Schuhabdrücke, vermutlich von einer Frau und einem Mann. Die beiden mußten selten nebeneinander und öfters hintereinander hergelaufen sein, denn oft vermischten sich die Spuren oder gingen ineinander über, so daß der eine in die Fußstapfen des anderen getreten war, offensichtlich, um leichter zu gehn.

Auch ich versuchte, die Spur zu halten und in die Schneevertiefungen zu treten, was mir aber nicht immer gelang, weil meine Schritte kürzer waren oder die linke und rechte Fußspur der Vorgänger nicht mit meiner Reihenfolge übereinstimmten.

Obwohl ich nach der bisher zurückgelegten Strecke schon etwas müd war, kam ich jetzt schneller voran, zumal der Mann und die Frau nicht immer am Flußufer entlang, sondern oft quer über die Wiesen gelaufen waren, offensichtlich, um die vielen Flußbiegungen zu vermeiden.

Nach einiger Zeit schien es mir, als würden die Abstände zwischen den Schritten meiner Vorgänger größer, als machte sich meine Müdigkeit immer stärker bemerkbar, oder als hätten die Frau und der Mann ihren ruhigen, gemächlichen Gang aufgegeben und seien gerannt.

Dann sah ich, daß sie die Richtung geändert hatten, denn jetzt führten die Spuren mitten aus einem Schneefeld zum Fluß hinüber.

Von hier bis zum Ufer waren die Schuhabdrücke deutlich zu unterscheiden, weil sie sich für ein kürzeres Wegstück trennten. Die größeren scherten nach rechts aus, die kleineren hielten noch zehn oder fünfzehn Meter die ursprüngliche Richtung, bevor sie in einem scharfen Knick direkt dem Ufer zustrebten, als habe die Frau mit einem plötzlichen Ruck ihre Meinung geändert und bloß noch gewünscht, den Fluß zu erreichen. Es schien, als habe der

Mann schon im voraus die Abkürzung gesehen und als sei ihm die Frau dann blind gefolgt.

Am Flußufer waren die Spuren wieder beieinander. Und genau an dieser Stelle führten beide auf die Eisfläche.

Endlich hatte ich die Gewißheit, daß das Eis auch mich tragen würde. Ich war froh darüber, da ich den Fluß bald überschreiten mußte, um meinen Rückweg anzutreten. Sonst hätte ich noch bis zum Wehr vor dem Ottmarshauser Sägewerk weiterlaufen müssen. Doch dazu hatte ich keine Lust.

Vorerst verfolgte ich die beiden Spuren auf dem Eis. Sie führten aber nicht den Fluß hinunter, sondern zum Altwasser hin, einem abgestorbenen Seitenarm der Schmutter. Dieses Altwasser, eine vom Fluß selbst korrigierte überflüssige Schleife, war nur noch durch einen winzigen Graben mit der Schmutter und deren fließendem Wasser verbunden.

In diesem von Schlingpflanzen durchwucherten, von Algen durchsetzten Gewässer – so erzählte man – hielten sich steinalte Karpfen, die äußerst schwer zu fangen seien. Jetzt aber war alles unter einer harten Eisdecke verborgen, und nichts erinnerte an irgendein Leben, außer den wenigen Schuhspuren im Schnee.

Ich ging ihnen nach. Sie waren nun wieder dicht beisammen, beinah verwischt, ohne genaue Abgrenzung, eher ineinander vermengt, undeutlich, nebliggrau, beinah abgehoben vom Boden, fast schwebend.

Dann bogen die Spuren nochmals ab, nach links diesmal, und hinauf auf die von hohen, entlaubten Erlen umstandene und vom Altwasser kreisrund umfaßte Landzunge.

Hier machte ich eine Entdeckung. Am Eisrand, dicht

unter einem gefrorenen Grasbüschel des wie eine Stufe überhängenden Ufers, lag ein roter Frauenschuh, und wenige Schritte weiter, im tieferen Schnee auf dem freien Platz zwischen den Bäumen, der dazu passende zweite.

Offensichtlich war die Frau ein Stück in Strümpfen durch den Schnee gelaufen, denn ich sah ihre Fußabdrücke noch einige Meter weit, bevor diese und die Spur des Mannes in einem Kreis zertrampelten oder niedergewalzten Schnees eins wurden.

Von diesem Platz führte – wie ich jetzt sah – nur noch die Fußspur des Mannes weiter. Ich erklärte mir dies damit, daß die Frau die Schuhe verloren hatte und wegen des hohen Schnees von dem Mann ein Stück weit getragen worden war.

Zunächst war der Mann bis zur Schmutter zurückgegangen. Dort mußte er sich einige Zeit unschlüssig aufgehalten haben, denn zwischen zwei Büschen am Ufer war der Schnee wiederum zertrampelt oder zerlegen. Vielleicht drei Meter vom Ufer entfernt war aber die Eisfläche des Flusses gebrochen: Jemand hatte hier ein großes Loch ins Eis gerammt, doch war die Stelle inzwischen wieder leicht zugefroren, als hätte sich über einer Fleischwunde wieder eine erste feine Haut gebildet.

Bis hierher führte die Spur des Mannes. Dann kehrte sie um in Richtung Westheim, der Goethestraße zu. Ich kümmerte mich jetzt nicht weiter darum, wem diese Spur gehörte und wo sie endete, sondern ging ein Stück zurück über den Fluß, sprang über den Graben und lief denselben Feldweg zurück, über den ich Stunden zuvor hergekommen war.

Von meinem Spaziergang in den Vormittag hinein gab es daheim nichts zu erzählen. Ich sagte bloß, daß es draußen sehr kalt sei. Niemand mußte heute außer Haus gehn, um es nachzuprüfen. Schon die vereisten Fensterscheiben frühmorgens hatten gezeigt, in welcher Jahreszeit wir uns befanden.

II

Gegen Ende des Winters kam Mister List nach Westheim. Überall lag noch hoher Schnee und die Straßen waren vereist. In Augsburg hatte es ihm nicht gefallen, denn auch dort gab es viel Elend. Er hatte inzwischen fast alle größeren Städte besucht, aber es gab kaum einen Unterschied. Überall Ruinen und Trümmer und ausgemergelte Gestalten.

Zwar wohnte er meist in einem beschlagnahmten Haus in einem unzerstörten Villenvorort, aber es machte keinen Spaß, durch endlose Alleen ausgebrannter Hausfassaden zu fahren, um dann abends in einem gottverdammten Nest auszusteigen und so zu tun, als wäre hier Amerika.

Seit bald zwei Jahren hatte er alle vier Besatzungszonen bereist, vor allem die amerikanische. Er war beauftragt, die Arbeit seiner Militärs zu überprüfen und zu kontrollieren. Auch mußte er sehen, ob die von ihnen eingesetzten deutschen Zivilverwaltungen wie geplant funktionierten.

Und er hatte vielerlei Mißstände angetroffen, sowohl bei seinen Leuten als auch auf seiten der Zivilverwaltungen. Nichts lief, wie es laufen sollte. Überall gab es Unregelmäßigkeiten, Fehlentscheidungen, Übergriffe, Korruption.

Am schwersten war es, wirklich untadelige, unbelastete Deutsche zu finden, denn nach deren eigenen Angaben war jeder von ihnen untadelig und eigentlich unbelastet und hatte im schlimmsten Fall nur seine Pflicht erfüllt. Dazu kam, daß sich viele bei der Militärverwaltung einzuschmeicheln suchten, indem sie andere als die eigentlichen Täter und sich selber als verführte Opfer darstellten.

Tatsächlich gab es in jedem Ort ein paar Dutzend unbescholtener Männer und Frauen, denen nichts nachzuweisen war. Von manchen wurde berichtet, sie hätten ihren Widerstand teuer bezahlen müssen. Desto unverständlicher war es Mister List, daß viele dieser Leute ausgerechnet jetzt der Militärregierung ihre volle Mitarbeit verweigerten mit der Begründung, es sei nicht ihre Sache, die geschlagenen Deutschen in Schuldige und Unschuldige einzuteilen oder über Gerechte und Ungerechte zu richten. Oft mußten Widerstandskämpfer per Befehl zur Mitwirkung verpflichtet werden, und häufig verrichteten sie die ihnen gestellten Aufgaben nur widerwillig.

Die meisten dieser untadeligen Deutschen beriefen sich auf ihre christliche Grundüberzeugung, derzufolge sie schon Schwierigkeiten mit den Nazis bekommen hätten. Nun jedoch seien die teuflischen Mächte und das Reich der Finsternis zerschmettert und zerstört, und allein die Sieger hätten in eigener Verantwortung für eine gerechtere und menschlichere Ordnung zu sorgen. Außerdem widerstrebe es ihnen, behaupteten diese Ehrenmänner, an ihren Peinigern Rache zu üben. Sie würden nicht Gleiches mit Gleichem vergelten, vielmehr selbst ein lebendiges Vorbild sein wollen für eine von Nächstenliebe geprägte bessere künftige Welt.

Mister List konnte die zögerliche Haltung dieser wahren Christen wohl verstehn, da er persönlich im christlichen Glauben erzogen worden war. Sein Vater war ein aus Hessen nach Amerika ausgewanderter Pastor, seine Mutter entstammte einer pietistischen Schweizer Familie, und er selbst hatte jahrelang ein lutheranisches Seminar besucht, um dem Vater nachzueifern. Dieser gab nicht nur eine deutschsprachige christliche Monatsschrift heraus, sondern wachte emsig darüber, daß sich seine sieben Kinder nicht den aus der Heimat mitgebrachten Werten und Überlieferungen entfremdeten. Also sprach, betete und sang die Familie stets deutsch, und Mister List sprach es akzentfrei, als wäre er in der Heimat seiner Vorfahren aufgewachsen.

Dann, im Krieg gegen Hitlerdeutschland, mußten und wollten die neuen Einwanderer beweisen, daß sie gute und wahre Amerikaner waren. Mister List hatte sich sogleich freiwillig gemeldet. Seine Ausbildung dauerte mehrere Jahre. Gemeinsam mit anderen Deutschstämmigen und kürzlich eingetroffenen Emigranten wurde er fast den ganzen Krieg hindurch auf den Einsatz in Deutschland vorbereitet, und zwar so intensiv, daß er jetzt besser über Nazideutschland Bescheid wußte als all diese Deutschen, die immer behaupteten, man müsse es am eigenen Leib erfahren haben, um mitreden zu können.

Nun versuchte er, ehemalige christliche Widerstandskämpfer mit dem Hinweis zu gewinnen, daß er selber in einem Pfarrhaus großgeworden, aber durch die schlimme Weltentwicklung zu der festen Überzeugung gelangt sei, daß gerade ein wahrer Christ dazu verpflichtet sei, alles Schlechte und Böse mit allen erdenklichen Mitteln zu bekämpfen. Deshalb hatte er keine Sekunde gezögert, gegen das Land seiner Vorväter in den Krieg zu ziehn, da es für ihn letztlich um nichts anderes gegangen war, als das deutsche Volk von seiner eigenen Barbarei zu befreien.

Die von ihm so angesprochenen Christen erwiderten meistens, daß auch sie sich mit besten Kräften gegen

Hitler gewehrt und daß Abertausende von ihnen in diesem Kampf ihr Leben eingebüßt hätten. Doch Mister List sagte, nunmehr komme es darauf an, die Schuldigen zu bestrafen, um vor aller Welt ein Exempel zu statuieren.

Irgendwoher hatte er erfahren, daß es in Westheim eine christliche Widerstandsgruppe gegeben hatte. Sie hatte aus vier Männern bestanden, von denen einer mehrmals von der Gestapo verhaftet und eingesperrt worden war. Diesen mutigen Mann wollte Mister List kennenlernen. Also ließ er sich nach Westheim fahren.

Als er eintraf, war es schon dunkel. Mehrmals verfuhr sich Mister Lists Chauffeur, ein Neger, der wie sein Herr ortsfremd war. Die Straßen waren nicht nur schneebedeckt und vereist, sondern auch unzulänglich markiert und kaum beleuchtet.

Auf dem Kobel wußte man zwar, daß das gesuchte Haus hier irgendwo in der Nähe sein mußte, aber den genauen Weg fanden sie nicht. Sie fuhren um die Kobelwirtschaft herum bis zur Wallfahrtskirche und dem Pfarrhaus.

Mister List stieg aus und zog die Gartentürglocke. Im Haus bellte ein Hund. Kurz danach ging das Licht über der Haustür an. Eine nicht mehr ganz junge Frau kam heraus. Neben ihr rannte ein kläffender weißer Spitz ins Freie.

Die Frau stellte sich als die Haushälterin des Benefiziats vor und bat Mister List herein. Er folgte ihr. Sie stiegen eine schmale, steile Treppe hinauf und betraten einen niedrigen Raum. Dort saß der Benefiziat vor einem Tisch, auf dem ein Dutzend Bücher lag. An den Wänden standen bis zur Decke Bücherregale, bis auf zwei Stellen, wo ein Kruzifix und ein Madonnenbild hingen.

»Kennen Sie einen Doktor Bengelein?« fragte Mister List.

»Ja«, sagte der Benefiziat.

»Ich suche ihn, finde aber sein Haus nicht«, sagte Mister List.

»Es ist schwer zu finden«, sagte der Benefiziat. »Wenn Sie wollen, begleite ich Sie.«

Als sie eintrafen, saß Doktor Bengelein mit seiner Familie beim Abendessen.

»Ich habe viel von Ihrem Mut gehört«, sagte Mister List. »Wie geht es Ihnen jetzt?«

»Schauen Sie auf unsere Teller«, antwortete Doktor Bengelein, »dann wissen Sie's.«

Familie Bengelein war damit beschäftigt, eine magere, wäßrige Krautsuppe zu löffeln.

»Bekommen Sie denn keine Sonderzuweisung?« fragte Mister List.

»Ach, mit den Sonderzuweisungen ist das so eine Sache«, sagte Doktor Bengelein. »Natürlich hat man mir das Recht dazu eingeräumt, doch wo so viel Not herrscht wie jetzt in unserem armen Deutschland, gibt es Millionen und Abermillionen Menschen, die noch bedürftiger sind als wir. Behüte uns Gott davor, mehr zu beanspruchen als die unzähligen Hungernden.«

»Doch nicht alle haben eine so reine Weste wie Sie«, sagte Mister List. »Viele haben schließlich die jetzige Misere selbst verschuldet.«

Doktor Bengelein schwieg einen Moment. In der Stille hörte man nur das Kratzen der Löffel in den Tellern. Dann sagte er kurz: »Hungernde Menschen trifft keine Schuld.«

Mister List räusperte sich. Dann sprach er: »Ich bin zu Ihnen gekommen, weil Sie als ein untadeliger Mann gelten. Im Gegensatz zur heutigen Weltmeinung glaube ich nämlich nicht, daß alle Deutschen von Natur aus Nazis sind. In jedem Ort gab es gewiß den einen oder anderen, der diese Barbarei aus tiefstem Herzen verabscheut und, wo immer es möglich war, bekämpft hat. Die besten haben in diesem Widerstand ihr Leben geopfert, andere, zu denen ich auch Sie zähle, haben Unterdrückung und Haft in Kauf genommen, um der Wahrheit zu ihrem Recht zu verhelfen. Aber viele haben leider zu allem geschwiegen. Sie kennen ja den Satz: ›Wer schweigt, stimmt zu!‹ Wer freilich – weswegen auch immer – zugestimmt hat, ist schuldig geworden, vielleicht auch nur geistig, aber immerhin. Diese Schuldigen zu finden, bin ich hier. Wer Schuld hat, muß bestraft werden, nicht der Strafe zuliebe, sondern der Gerechtigkeit halber. Herr Bengelein, helfen Sie mir bei der Durchführung dieser schwierigen Aufgabe!«

Doktor Bengelein schluckte seine Wassersuppe hinunter und antwortete: »Verzeihen Sie, daß ich Ihnen widersprechen muß. Von meinem Standpunkt aus stellt sich nämlich alles ganz anders dar. Erstens sind nicht *wir* es, die zu richten haben über Schuldige, Unschuldige, Gerechte, Ungerechte, Sünder und Heilige. Jeder, es sei denn er wäre Gott oder von Gott auserwählt – und wer würde dies von sich behaupten können! – jeder Mensch ist auf seine Weise schuldig, ungerecht und sündhaft. Andererseits sind wir alle zur Heiligkeit berufen. Selbst der größte Verbrecher kam einmal als Kind Gottes zur Welt und hat von Anfang an genügend Gnade erhalten, um seine Seele zu retten. Wer möchte also so hochmütig sein, die Welt nach seinen Maßstäben in Gerechte und Ungerechte einzuteilen, ohne sich hiermit bereits selber ins Unrecht zu setzen. Wenn Sie glauben, in jedem deutschen Dorf habe es nur den einen oder anderen mutigen Menschen gegeben, der sich gegen die Braunhemden ausgesprochen oder gar aufgelehnt hat, so greifen Sie bei weitem zu tief. Nach meiner eigenen Schätzung – und ich habe schließlich all diese Jahre hier in Deutschland zugebracht – war die Mehrheit der Deutschen niemals für Hitler. Sie lächeln, aber ich sage Ihnen: Die große Mehrzahl unseres Volkes hat weder vorhersehen können, wie sich die Dinge entwickeln würden, noch dies alles wirklich gewollt. Wer oder was in aller Welt sollte mich also dazu verleiten, meine armselige Person über so viele gutgläubige und gutwillige Menschen zu stellen?«

»Kennen Sie denn hier in Westheim noch weitere ›mutige Männer‹, die gleich Ihnen wirklich dagegen gewesen sind?« fragte Mister List skeptisch und mit einem Anflug von Ironie.

»Außer mir?« rief Doktor Bengelein. »Wer glauben Sie denn, daß ich bin! Sehen Sie sich den mit uns – zufällig oder nicht – am Tisch sitzenden Herrn Benefiziat an, und Sie haben bereits einen weiteren untadeligen Mann nach Ihrem Geschmack!«

Mister List betrachtete den Benefiziat mit plötzlicher Neugier und fragte: »Haben auch Sie gegen Hitler gekämpft?«

Der Benefiziat antwortete nicht sofort. Er blickte vor sich hin, als sähe er durch die weiße Zimmerwand in einen Abgrund. Dann schüttelte er leicht seinen Kopf und sagte:

»Gekämpft? Nein, gekämpft habe ich nicht. Gekämpft haben in diesen Zeiten andere, und Sie sehn, wohin es geführt hat. Kämpfen im wahren Sinn des Wortes konnten *wir* nicht. Kämpfen mit welchen Waffen, mit denselben wie unsere geistigen Gegner? Wenn wir Widerstand geleistet haben, dann zumeist nur mit den Waffen des Geistes und des Gebets. Mit schwachen, leicht verfliegenden Worten haben wir gewirkt. Und viele mußten selbst für ein wahres, mutiges Wort mit dem Leben bezahlen.«

»Und was haben Sie bewirkt?« fragte Mister List.

»Möglicherweise nichts«, sagte der Benefiziat, »wir haben verloren, und unsere Gegner wurden besiegt.«

»Aber Sie müssen sich doch durch die Niederlage Ihrer geistigen Gegner befreit fühlen!« rief Mister List.

»Ja, wenn alles so einfach wäre«, sagte der Benefiziat. »Ich befürchte eher, daß nunmehr der Ungeist der Nazis anderswo, nämlich außerhalb Deutschlands, weitergepflegt wird.«

»Und wo sollte dies geschehn?«

»Fragen Sie sich das selbst und achten Sie einmal auf die Entwicklung in Ihrem eigenen Land!« sagte der Benefiziat streng.

»Sie haben sich vielleicht noch nicht gefragt, was geschehen wäre, wenn wir die Nazis nicht besiegt hätten!« rief Mister List zornig.

»Doch«, sagte der Benefiziat, »wahrscheinlich hätten die dann mit uns kurzen Prozeß gemacht, und wir wären verloren gewesen.«

»Und auf welcher Seite stehen Sie jetzt?« fragte Mister List, »auf seiten der Sieger oder der Verlierer?«

»Auf diese Weise können Sie nicht mit uns reden!« unterbrach Doktor Bengelein. »Wir sind nicht die Sieger, denn wir werden nunmehr als ganzes Volk zur Rechenschaft und zur Verantwortung gezogen. Wehe den Siegern, die Ungerechtigkeit walten lassen! Welchen Zweck hätte ihr Sieg?

Im Übermut wären sie selbst die wahren Verlierer. Wer sich selber ins Unrecht setzt, darf keinen Anspruch erheben, von den Besiegten als Sieger gefeiert zu werden. Und die tausendfach Besiegten hätten größeres Anrecht auf unser Mitgefühl als die selbstgerechten Sieger.«

»Haben Sie etwa den Eindruck«, fragte Mister List, »daß wir alle Deutschen unterschiedslos verurteilen?«

»Wenn Sie ein ganzes Volk verhungern lassen«, antwortete Doktor Bengelein, »selbst aber alles in Hülle und Fülle für sich haben und behalten wollen, wenn Sie prahlen und prassen, wenn Sie horten und huren, ohne im anderen den Mitmenschen zu erkennen, welchen Sieg haben Sie dann errungen und welchen Triumph tragen Sie dann mit sich fort?«

Mister List blickte nachdenklich auf seine Gesprächspartner herab und sagte schließlich: »Vergessen Sie niemals, daß wir gekommen sind, Sie zu befreien. Endlich können Sie wieder frei sagen, was Sie denken, ohne dafür gleich bestraft zu werden oder gar ihr Leben aufs Spiel zu setzen. Ist das in Ihren Augen nichts?«

»Freilich, Sie haben recht«, antwortete Doktor Bengelein, »doch sollten Sie stets bedenken, daß Ihr Sieg vielleicht nur möglich war, weil selbst hier in Deutschland so viele Menschen ihr Leben dafür geopfert haben.«

Einige Augenblicke lang sprach keiner der Anwesenden ein Wort. Dann zog Mister List eine Packung Camel aus der Jacke und reichte sie herum. Obwohl beide Herren voneinander wußten, daß sie Nichtraucher waren, nahmen sie für später je eine Zigarette an.

Von draußen, aus der winterlichen Stille, kam der Hupton eines Autos. Mister List blickte auf seine Uhr und murmelte etwas von seinem Chauffeur.

»Ihr Chauffeur?« fragte Frau Bengelein.

»Ja, er sitzt draußen im Wagen«, sagte Mister List. »Er muß mich nach einiger Zeit immer an meine weiteren Termine erinnern. Ich soll nämlich noch heut nacht nach Memmingen fahren. Ja, wenn ich den Neger nicht hätte! Er ist äußerst zuverlässig, was man nicht von allen seiner Art behaupten kann.«

»Wieso haben Sie ihn nicht mit in unser Haus gebracht?« fragte Frau Bengelein fast vorwurfsvoll.

»Ehrlich gesagt: Ich habe nicht daran gedacht«, erwiderte Mister List. »Außerdem kann der gute Mann kein Deutsch. Er hätte sich nur gelangweilt. Nein, glauben Sie mir, er ist glücklicher, wenn er draußen warten kann. Im Handschuhfach hat er eine Flasche Whisky, die er braucht, um sicher zu fahren. Außerdem hört er im Auto Musik. Die unterhält ihn mehr als Gespräche, von denen er kein Wort versteht.«

»Aber draußen ist es doch kalt!« rief Frau Bengelein.

»Kalt? Im Wagen? Der ist geheizt, solange der Motor läuft.«

»Lief denn die ganze Zeit der Motor?«

»Das will ich wohl vermuten«, sagte Mister List. »Ein solcher Unmensch bin ich nicht, den armen Neger frieren zu lassen.«

»Trotzdem denke ich«, sagte Frau Bengelein, »daß die Gegenwart von Menschen angenehmer gewesen wäre, auch wenn unser Raum nur notdürftig geheizt ist. Außerdem hätten Sie Benzin gespart.«

»Wozu sollten wir Benzin sparen!« rief Mister List sichtlich erheitert. »In Texas haben wir mehr Benzin als Wasser. Wenn wir dort einen Brunnen bohren, sprudelt sogleich Öl aus der Erde.«

»Sie wollten mir noch verraten, was Sie zu mir geführt hat«, sagte nun Doktor Bengelein.

»Die Sache ist ganz einfach«, antwortete Mister List. »Wie Sie wissen, haben wir einige Schwierigkeiten bei der zügigen Durchführung der Entnazifizierung. Fast alle ehemaligen Pgs versuchen dauernd, ihre eigene Beteiligung herunterzuspielen, oft, indem sie andere anschwärzen und sich selber gleichzeitig als Opfer der Umstände darstellen. Natürlich fallen wir auf einen so billigen Trick nicht herein, weil wir davon ausgehen, daß jeder in dieser Situation jegliche Schuld von sich weisen möchte. Allerdings sehen wir uns darüber hinaus noch einem zweiten Problem gegenüber. Die meisten dieser Leute bringen zu den Spruchkammer-Verhandlungen immer gleich mehrere Entlastungszeugen mit, die dem Angeklagten dann allzu freimütig und großzügig die völlige Unschuld attestieren. Das hat dazu geführt, daß sich die gesamte Prozedur zeitlich in die Länge zieht und unser Demokratisierungsprogramm gefährdet. Zu allem Übel können wir uns nun nicht einmal mehr auf die deutschen Beisitzer in den Verhandlungskommissionen hundertprozentig verlassen, weil diese – obwohl sie allesamt wirklich unbescholtene Männer und Frauen sind – allmählich unter den Druck einer offenbar unverbesserlichen Öffentlichkeit geraten und teilweise dazu übergehn, ihre Ämter niederzulegen, so daß die gesamte Entnazifizierung zu einer rein amerikanischen Angelegenheit zu werden droht. Aber gerade diesen Eindruck hatten wir von Anfang an vermeiden wollen, indem wir deutsche Widerstandskämpfer hinzugezogen haben. Ausgerechnet hier in Bayern haben wir es, ehrlich gesagt, am schwersten. Alles hält zusammen wie Pech und Schwefel, und wir beißen buchstäblich auf Granit.«

»Haben Sie sich einmal ernsthaft gefragt«, erwiderte Doktor Bengelein, »weswegen sich die Deutschen in dieser Lage so und nicht anders verhalten?«

»Das fragen wir uns Tag und Nacht«, antwortete Mister List. »Doch eine Erklärung dafür finden wir nicht. Wundert Sie es, wenn viele Amerikaner inzwischen sagen: Die Deutschen sind einfach unverbesserlich, und die Naziideologie entspricht genau ihrem Wesen?«

»Sagen Sie das auch?« fragte Doktor Bengelein.

»Ich selber gehe nicht so weit«, sagte Mister List lächelnd, »sonst würde ich nicht hier sitzen und mit Ihnen sprechen. Aber enttäuscht bin ich ebenfalls oft. Diese Verstocktheit! Diese Bockigkeit! Diese Verschlagenheit! Und vor allem: der gänzliche Mangel an Bereitschaft, uns entgegenzukommen.«

»Wie kommen Sie dem deutschen Volk entgegen?« fragte Doktor Bengelein.

»Wir sind, vergessen Sie das nicht, eigens aus Amerika herübergekommen, um Europa von den Deutschen und die Deutschen von sich selber zu befreien«, rief Mister List nicht ohne innere Erregung.

Frau Bengelein warf ihrem Mann einen bedeutungsvollen Blick zu, als wollte sie sagen, das Gespräch nicht auf die Spitze zu treiben. Dann stand sie auf und trug das Geschirr in die Küche. Auch die Kinder verließen den Raum.

»Ich weiß«, begann erneut Mister List, »daß Sie ein aufrechter und furchtloser Mann sind, der sogar wegen seiner mutigen Haltung von der Gestapo verhaftet worden ist. Heute habe ich erlebt, daß Sie auch mir gegenüber aus Ihrem Herzen keine Mördergrube machten. Deshalb möchte ich Ihnen anbieten, in einer unserer Spruchkammern den Vorsitz zu übernehmen.«

Doktor Bengelein blickte ernst vor sich hin und schüttelte den Kopf. Dann sagte er höflich: »Es freut mich, daß Sie eine so hohe Meinung von mir haben und mir sogar Verantwortung übertragen möchten. Aber ich befürchte, daß ich Sie enttäuschen muß. Erstens würde dies, wenn ich Ihr Angebot annähme, bedeuten, daß ich mich über Millionen meiner Landsleute erhöbe, ohne zu wissen, welche besonderen Umstände jeden einzelnen bewogen haben, seinen und nicht meinen Weg einzuschlagen. Zweitens bin ich lediglich meinem Gewissen gefolgt und habe nur versucht, meiner christlichen Überzeugung treu zu bleiben. Im entscheidungsträchtigen Jahr 1933, als wirklich niemand ahnen konnte, welche Höllenfahrt dem deutschen Volk bevorstehen würde, habe ich ein Büchlein veröffentlicht mit dem Titel ›Christus! Nicht Hitler‹. Ich tat dies, weil ich zu erkennen glaubte, daß wir allesamt in Gefahr waren, einem Götzen zu dienen statt Gott anzubeten. Die Menschen, die meinen Ruf nicht hörten, sind jetzt am meisten gestraft. Es ist nicht mein Verdienst, wenn ich nicht in Versuchung geraten oder gar mitschuldig geworden bin. Mir wurde bloß eine besondere Gnade zuteil. Es wäre töricht, für mich daraus nun Kapital schlagen zu wollen. Drittens aber betrachte ich mich – wie schon angedeutet – keineswegs als die große Ausnahme. Wie ich haben Hunderttausende Deutscher gehandelt und zig Millionen gedacht. Hitler hatte niemals die Mehrheit unseres Volkes auf seiner Seite, niemals! Und wie Sie wissen, bekam er im Parlament nur durch einen Schwindel die Mehrheit. Sein Ungeist wird sich niemals in den Herzen der Deutschen einnisten können, solange wir wahrhaftige Christen bleiben.«

»Habe ich die jubelnden Massen auf den Reichsparteitagen oder im Sportpalast nur geträumt?« fragte Mister List.

»Ach«, erwiderte Doktor Bengelein, »was wissen Sie von uns? Von unserem Leid und unserer Tragödie? Sie haben sich in aller Ruhe drüben in Amerika gesonnt, sich Ihrer Freiheit und Ihres Wohlstands erfreut und sind, wie ich leider feststellen muß, auf die satanischen Gaukelbilder des klumpfüßigen Propagandaministers hereingefallen. Nein, Sie kennen die deutsche Wirklichkeit bloß aus zweiter Hand. In die Stuben, in die Seele der Menschen, die hier leben mußten, konnten Sie nicht blicken. Jeder sieht und hört immer nur die grölende Masse, die Fahnen schwingend und lärmend auf Straßen und Plätzen aufmarschiert, als sei sie das Volk. Doch niemand, außer der Herrgott, sieht die zahllosen, stillen Beter in ihren armseligen Kammern. Ihr fremden Völker habt jetzt ein Bild von uns, und dieses Bild ist falsch. Nun kommt ihr daher und wollt uns von eurem falschen Bild überzeugen, bis auch wir es am Ende glauben, annehmen und an uns selber verzweifeln. Dieser Adolf Hitler wurde uns als Strafe geschickt. Das erste Volk, das er versklavte, war das deutsche. Aber hütet euch, als Sieger seine Denkweise nunmehr allzu arglos zu übernehmen, auf daß ihr nicht selbst am Ende nach seinem Rezept verfahrt!«

Mister List schwieg eine Weile. Dann sagte er: »Selbstverständlich respektiere ich Ihre Meinung, auch wenn ich persönlich ganz anderer Auffassung bin. Wenn es wirklich so war, wie Sie behaupten, dann führen Sie mir das nächste Mal, wenn wir uns wiedersehen, doch einige dieser vielen aufrechten Deutschen vor, von denen Sie sprachen. Ich bin jedenfalls neugierig, deren Rechtfertigung zu hören.«

Doktor Bengelein versprach es, und der Benefiziat bot an, das Treffen einige Tage später in der Sakristei der Kobelkirche abzuhalten.

Draußen hupte der Chauffeur. Mister List schaute auf die Uhr, stand auf, verabschiedete sich rasch, ging zur Tür und sagte: »Meine Herren, es war mir ein Vergnügen. Aber in Memmingen erwartet mich noch ein hartes Stück Arbeit. Sie wissen ja selbst: Pflicht ist Pflicht.«

Es klang, als versuchte er, sich vor den Anwesenden für etwas Unangemessenes zu entschuldigen.

III

Vier Herren warteten in der Sakristei der Kobelkirche auf Mister List: der Benefiziat, Doktor Bengelein, Herr Schweitzer und mein Vater. Der Benefiziat berichtete von dem kürzlich geführten Streitgespräch, und Herr Schweitzer lobte Doktor Bengeleins Zivilcourage gegenüber dem Amerikaner.

Mein Vater sagte, er hoffe, daß sich dieser Mister List nicht allzusehr verspäte, denn seine Zeit sei knapp bemessen, die Arztpraxis dürfe nicht allzulange verwaist bleiben. Um eine Entschuldigung für einen vorzeitigen Aufbruch zu haben, hatte er mich zu dem Treffen mitgenommen.

Als Mister List eintraf, fragte Doktor Bengelein, ob der Negerchauffeur wieder draußen im Wagen sitze. Doch Mister List hatte ihn diesmal im ehemaligen Café Heider abgeladen, wo die Amerikaner seit Kriegsende ihren Club hatten.

Nach den üblichen Vorstellungen sagte der Benefiziat: »Mister List, wir haben Sie mit Absicht hierher gebeten, weil dieser Ort für uns vier eine tiefere Bedeutung hat. Hier nämlich haben wir uns während des Kriegs Monat für Monat heimlich versammelt, um die sich dauernd verschlimmernde Lage zu erörtern und miteinander zu besprechen, was wir als tätige Christen und praktizierende Katholiken tun könnten, um das Schwert ob unseren Häuptern abzuhalten, wie Reinhold Schneider es formuliert hat.«

»Und was haben Sie erreicht?« unterbrach Mister List.

»Wenig«, sagte der Benefiziat bedauernd, »herzlich wenig.«

»Wenig ist besser als nichts«, versuchte Mister List zu scherzen.

»Ja«, sagte Doktor Bengelein, »da haben Sie recht. Das Wenige war unsere einzige Hoffnung. Daran haben wir uns alle geklammert wie ein Ertrinkender an einen Strohhalm.«

»Worin bestand dieses Wenige?« fragte Mister List.

»Das ist schwer zu erklären«, sagte der Benefiziat, »denn eigentlich gingen wir nach jeder Zusammenkunft noch betrübter nach Hause, weil wir jedesmal zu dem Schluß gekommen waren: Wir können nichts ändern, unsere Hände sind uns gebunden, fast hilflos sind wir der Macht des Bösen ausgesetzt. Am Ende sagten wir zueinander: Warten wir ab, bis alles von selbst in sich zusammenbricht. Denn daß es zusammenbrechen mußte, davon waren wir alle vier felsenfest überzeugt.«

»Und warum stellten Sie Ihre monatlichen Zusammenkünfte nicht ein, nachdem Sie deren mageres Ergebnis erkannt hatten?« fragte Mister List.

»Weil es wichtig war, zu widersprechen«, sagte mein Vater.

»Und«, ergänzte Doktor Bengelein, »weil wir einander am gemeinsamen Widerspruch aufrichten konnten, uns und andere, denen wir unsre Zweifel mitteilten.«

»Dies war also möglich«, sagte Mister List mit forschendem Blick.

»Man mußte vorsichtig sein«, erklärte mein Vater.

»Wieso vorsichtig?«

»Weil jeder für jedes offene Wort Kopf und Kragen riskierte.«

»Kopf und Kragen für ein offenes Wort? Mit wem redeten Sie damals?«

»Mit meinen Patienten«, antwortete mein Vater.

»Was war daran so riskant?«

»Riskant ist es, wenn Sie den Mut haben, offen heraus Ihre Meinung zu äußern, sobald Sie in einem winzigen Augenblick glauben, einem Gleichgesinnten gegenüberzustehn, dieser Sie aber verrät, was sich erst später herausstellt.«

»Wurden Sie denn verraten?«

»Ja, ich wurde verraten«, sagte mein Vater.

»Inwiefern?«

»Ich hatte meine Sprechstunden immer als *Sprech*stunden verstanden. Ich hatte angenommen, zwischen allen zu mir kommenden Patienten und mir bestünde ein Vertrauensverhältnis. Ich dachte, daß die Kranken – wenn sie mir ihren Körper anvertrauten – nicht nur von leiblichen Schmerzen und Leiden befreit und geheilt werden wollten, sondern auch von geistigen Problemen, Schwierigkeiten, die alle – auch Arzt und Patient – gleichermaßen betrafen. Dies war mein Irrtum.«

»Mir ist unklar, wie einem aus einer solchen Selbstverständlichkeit Nachteile erwachsen können«, sagte Mister List.

»Das kann auch niemand verstehn«, erwiderte mein Vater, »der sich nicht in unsere Lage hineinversetzen möchte. Wissen Sie, was es für den einzelnen bedeutet, unter einer Diktatur zu leiden?«

»Ich höre gerne zu«, sagte Mister List, »zu diesem Zweck bin ich hierher gekommen. Berichten Sie mir also, was Sie für Ihre freie Meinung hatten in Kauf nehmen oder erdulden müssen!«

»Ich mußte nicht dafür büßen«, sagte mein Vater, »weil es selbst im Partei- und Verwaltungsapparat anständige Menschen gab. Meine Meinung äußerte ich meist vorsichtig wie zum Spaß und durch die Blume. Es war meine Absicht, bei jeder Gelegenheit leise Zweifel zu säen. Also wiederholte ich immer, wie schlimm alles ausgehn könnte. Doch schon dieses scheinbar harmlose Wort war zuviel.«

»Wurden Sie denn bedroht?« fragte Mister List.

»Ich wurde gewarnt«, antwortete mein Vater.

»Das verstehe ich nicht.«

»Man teilte mir mit, daß ich nach Dachau käme, wenn ich während der Sprechstunde weiterhin solche Reden halten würde.«

»Was wußten Sie von Dachau?«

»Daß es dort ein Lager gab. Dachau war für uns der Inbegriff einer unaufhörlich lauernden Gefahr. Der Name Dachau hing wie ein Damoklesschwert über uns.«

»Wer hat Sie gewarnt?«

»Ein guter Patient: ein Kriminaler, der es gut mit mir und meiner Familie meinte. Er hatte dienstlich erfahren, daß etwas gegen mich lief. Daraufhin teilte er es mir unter vier Augen mit. Der Mann war äußerst mutig, denn schließlich verriet er ein Dienstgeheimnis. Wäre seine Indiskretion ans Licht gekommen, hätten die Nazis vermutlich *ihn* abgeholt und ins Lager gesteckt.«

»Wie haben Sie reagiert, als Sie gewarnt wurden?«

»Sie können sich denken, wie sehr ich erschrak. Natürlich war ich dann vorsichtiger und hielt mich mit meinen Predigten für die restliche Zeit zurück.«

Es schien, als könnte Mister List sich nur recht mühsam

in die geschilderte Lage hineinversetzen. Deshalb wandte er sich nun Herrn Schweitzer zu und fragte, ob auch er ähnliche Erfahrungen gemacht habe.

»Als Staatsbeamter ist man daran gewöhnt, offiziell keine oder eben nur die offizielle Meinung zu haben«, sagte Herr Schweitzer. »Da ich aber die offizielle Meinung innerlich ablehnte, hatte ich mich frühzeitig daran gewöhnt, keinerlei Meinung zu äußern, es sei denn im engsten Kreis wirklich Gleichgesinnter, wie beispielsweise hier.«

»Und die Nazis haben Ihre Passivität geduldet?« fragte Mister List.

»Natürlich haben gewisse Leute mein Verhalten einerseits mit Argwohn verfolgt«, sagte Herr Schweitzer, »da ich jedoch selbst pro forma Parteimitglied war, gab mir diese Mitgliedschaft andrerseits einen gewissen Schutz.«

Bei diesen Worten runzelte Mister List die Stirn, räusperte sich kurz und rief: »In der Partei? Und gleichzeitig behaupten Sie, ein Widerstandskämpfer gewesen zu sein! Das finde ich äußerst unlogisch und inkonsequent! Wurden Sie überhaupt schon entnazifiziert?«

»Dieses Theater habe ich Gott sei Dank hinter mir«, antwortete Herr Schweitzer.

Auf Mister Lists Gesicht breitete sich Enttäuschung aus. Er hatte gehofft, hier einige wirklich unbescholtene Deutsche anzutreffen, und nun hatte man die Stirn, ihm ein leibhaftiges Parteimitglied als heimlichen Widerstandskämpfer vorzuführen.

Der Amerikaner blickte nachdenklich in die Runde. Nach einer Weile fragte er: »Ist denn wenigstens unter Ihren näheren Bekannten jemand, der trotz Familie den

Verlockungen der eigenen Karriere widerstand und der Partei *nicht* beitrat?«

»Ja«, antwortete Herr Schweitzer, »mein Schwager.«

Im Nu war Mister List hellhörig.

»Ihr Schwager? Wo wohnt er? Kann ich ihn kennenlernen?«

»Er wird sicher nichts dagegen haben«, sagte Herr Schweitzer. »Er wohnt drüben in Stadtbergen, Mozartstraße zehn.«

»Wo liegt Stadtbergen?«

»Gleich hinter Steppach. Es ist das übernächste Dorf.«

Mister List notierte sich die Adresse und den Namen des Schwagers. Dann zündete er sich eine Zigarette an, ohne daran zu denken, daß er sich in einer Sakristei befand.

Um die Gereiztheiten zu entkrampfen, ergriff nun Doktor Bengelein wieder das Wort:

»Schon allein an diesen persönlichen Beispielen können Sie erkennen, wie verwickelt die ganze Situation in Deutschland gewesen ist. Vielleicht verstehen Sie jetzt besser, weswegen ich es einfach ablehne, in einer Ihrer Spruchkammern als Vorsitzender zu fungieren. Man kann die Menschen nicht nach Äußerlichkeiten bewerten, sondern muß ihre Taten beziehungsweise Untaten beurteilen. Ich befürchte nämlich, daß mit der jetzt von Ihren Auftraggebern angewandten Methode breite Schichten der deutschen Bevölkerung als Nazis abgestempelt werden, um am Ende unser ganzes Volk zu verunglimpfen. Einige wenige Kriegsverbrecher haben Sie in Nürnberg gehängt, aber die meisten Hauptschuldigen werden, wenn Sie sich weiterhin so töricht benehmen, schon bald in der Masse der vermeintlichen Mitläufer untertauchen, um eines Tags wieder in Amt und Würden zu sein, als hätten auch sie nur zugeschaut.«

»Aber um in die Partei einzutreten, mußte sich der einzelne doch entscheiden«, sagte Mister List, »oder kam eine solche Mitgliedschaft über einen wie ein Gewittersturm?«

»Wir in unserer Behörde«, sagte Herr Schweitzer, »wurden en bloque in die Partei aufgenommen.«

»Warum haben Sie sich nicht einfach geweigert?« fragte Mister List.

»Ja, es gab einige, meist alleinstehende Männer und Frauen, die sich standhaft weigerten«, antwortete Herr Schweitzer. »Sie mußten schon bald ihren Dienst quittieren. Doch Familienväter, die keine andere Berufsausbildung besaßen, legten an die eigene Moral zumeist weniger strenge Maßstäbe an.«

»Lassen Sie mich ein anderes Beispiel erzählen«, begann nun mein Vater. »Ich kenne einen Arzt, der sich zur Parteimitgliedschaft gezwungen sah, obwohl er von seiner ganzen Herkunft, Erziehung und Bildung her nicht prädestiniert gewesen wäre, sich jenen rohen Horden anzuschließen. Von Haus aus war er zum Priester bestimmt und hatte angefangen, katholische Theologie zu studieren. Damals begegnete er einem Mädchen, in das er sich verliebte. Der Frau zuliebe brach er sein Theologiestudium ab und studierte Medizin. Er meinte, der Menschheit als Arzt mindestens ebenso hilfreich sein zu können wie als Priester. Also promovierte er mit einer Arbeit über ›präkanzeröse Zustände‹, ohne die Mehrdeutigkeit des Themas auf die allgemeine Entwicklung der damaligen Zeit zu übertragen. Seine Doktorarbeit erregte in Fachkreisen einiges Aufsehen und wurde von einer angesehenen medizinischen Zeitschrift abgedruckt. Das Angebot, die Universitätslaufbahn einzuschlagen, mußte er aus finanziellen Gründen ablehnen, denn Assistenten wurden damals kaum entlohnt. Er wollte möglichst bald eine eigene Praxis eröffnen. Zunächst jedoch bewarb er sich als Assistenzarzt an einem niederschlesischen Krankenhaus, wo er trotz der vielen Mitbewerber die ausgeschriebene Stelle bekam. Mit größtem Pflichtbewußtsein erfüllte er seinen Dienst.«

»Sie wollten mir verraten«, unterbrach Mister List, »wie es diesem jungen Akademiker gelang, in die NSDAP einzutreten.«

»Ich werde es Ihnen erzählen«, sagte mein Vater, »denn es war für ihn paradoxerweise sehr einfach. Zunächst aber muß noch erwähnt werden, daß er sich wegen der Finanzierung seines Studiums seiner inzwischen verwitweten Mutter gegenüber in Schuld sah und hoffte, ihr und seinen drei jüngeren Geschwistern möglichst bald finanziell ein wenig unter die Arme greifen zu können. Nicht zuletzt wünschte er sich, nach Beendigung der Assistenzzeit am Krankenhaus zu heiraten. Inzwischen hatten die Nazis in Deutschland die Macht übernommen. Alles veränderte sich. Nichts war mehr wie vorher. Der junge Arzt, von dem ich spreche, hielt die Hitlerregierung – nach den unzähligen Regierungen zuvor – lediglich für etwas Vorübergehendes, sah sich aber, wie die meisten Menschen, gründlich getäuscht. Er selbst hatte – wie bereits sein verstorbener Vater – stets das katholische ›Zentrum‹ gewählt. Doch die neuen Herren hatten diese und andere ihnen nicht genehme Organisationen rasch aufgelöst und verboten. Wie ich schon erwähnte, wäre es dem jungen Arzt niemals in den Sinn gekommen, ausgerechnet mit diesen Leuten zusammenzuarbeiten. Erstens waren sie Gegner des Christentums, zweitens gebärdeten sie sich für sein Gefühl zu revolutionär, und drittens wäre er persönlich – hätte er sich frei entscheiden können – aufgrund der besagten Familientradition der ›Zentrumspartei‹ beigetreten. Doch er hatte gewissermaßen keine andere Wahl. Eines Abends nämlich, vor einer langen Nachtschicht, findet der junge Assistenzarzt auf dem Pultdeckel seines Schreibtisches einen Vordruck. Es ist der Aufnahmeantrag für die NSDAP. Alle persönlichen Daten sind bereits mit fremder Schreibmaschine ausgefüllt. Sogar das Datum ist eingetragen: eine Frist von drei Tagen. Darunter steht, ebenfalls in Maschinenschrift – sein voller Name. Nur die eigenhändige Unterschrift fehlt noch. Ein Bleistiftkreuz zeigt an, wohin sie zu setzen ist.«

»Gab er seine Unterschrift?« rief Mister List.

»Ja, er hat unterschrieben«, sagte mein Vater.

»Aber in Gottes Namen, warum? Er hatte doch keinerlei Grund? Wer in aller Welt zwang ihn dazu?«

»Der Mann, von dem ich spreche«, sagte mein Vater, »war gewiß nicht zum Helden geboren. Vielleicht sah er sich durch die Umstände zu diesem Schritt veranlaßt. Er zögerte zwar, ließ sogar den Termin verstreichen. Er besprach die Herausforderung mit seiner Verlobten, die ihm weder abriet noch ihn irgendwie drängte. Er ging sogar zur Beichte, um mit einem Priester darüber zu reden. Doch niemand nahm ihm diese persönliche Entscheidung ab. Er war allein und mußte alleine handeln. Doch er zögerte. In diesen Tagen wurde er von seinem Chefarzt angesprochen, der sinngemäß sagte, er sei zum Arzt berufen, und es wäre höchst bedauerlich, wenn er seine Laufbahn jäh abbrechen würde. Der junge Arzt verstand diese Worte. Er glaubte, keine andere Wahl zu haben. Er dachte wiederum an seine ärmlich lebende Mutter und seine jüngeren Geschwister, hoffte, selbst bald Frau und Kinder zu haben, und träumte von einer eigenen Praxis auf dem Land in idyllischer Gegend. Am vierten Tag unterschrieb er das Formular und legte es auf die Schreibtischplatte. Am nächsten Morgen hatte jemand den Aufnahmeantrag mitgenommen. Fortan war der junge Mann Mitglied der NSDAP.«

»Und fortan war er ein Nazi«, sagte Mister List.

»Nein, ein Nazi wurde er niemals«, erwiderte mein Vater.

»Woher wollen Sie das so genau wissen?« fragte Mister List.

»Weil ich den Mann sehr genau kenne«, sagte mein Vater, »fast so gut wie mich selbst.«

»Wahrscheinlich hat der Mann, den Sie so gut zu kennen vermeinen, Ihnen nur etwas vorgemacht, um sein eigenes Gewissen im nachhinein zu beruhigen«, sagte darauf Mister List.

»Nein«, widersprach mein Vater, »das ist schlecht möglich. Ich kenne diesen Menschen wirklich zur Genüge, und heute kann ich seine damalige Entscheidung vielleicht besser beurteilen, als ich sie damals billigte.«

Wie zuvor von den Worten des Herrn Schweitzer schien Mister List nun auch von den Ausführungen meines Vaters tief enttäuscht. Eine ganze Weile sagte er nichts. Er warf die angerauchte Zigarette zu Boden und zertrat sie.

Nach einer längeren Pause sagte er: »Meine Herren, ich muß heute wieder nach Memmingen. Seien Sie mir also nicht böse, wenn ich mich jetzt von Ihnen verabschiede.«

Mit diesen Worten stand er auf, verließ den Raum und ging zu Fuß hinunter zum Café Heider.

IV

Wir kriegen einen Expositus!

Nur Doktor Bengelein als katholischer Publizist, der Benefiziat von Amts wegen und mein Vater wußten, was ein Expositus ist.

Eines Tages ging dieser höchstselber durchs Dorf. Er lief weder schnell, als habe er es eilig und wollte rasch irgendwo ankommen, noch schlenderte er nur so dahin, als habe er hier nichts zu suchen. Auch schien er nicht spazierenzugehn, denn er schritt gleichmäßig voran, neugierig zwar, wo er sich befinde, doch gleichzeitig wohl ahnend, wohin er beordert worden war.

Unserer Ortschaft war er zugewiesen worden, weil es hier eine neue Pfarrei aufzubauen galt: eine Aufgabe, die ihn reizte, zumal ein entfernter Verwandter von ihm, ein inzwischen verstorbener Priester, den Kobelberg hinauf bis zur Wallfahrtskirche mehrere Kreuzwegkapellen hatte erbauen lassen.

Niemals zuvor war der junge Expositus in diesem seltsamen Ort gewesen, wo niemand ihn kannte. Doch das ist nicht weiter wichtig, dachte er. Sie würden ihn schon noch kennen- und schätzenlernen, obgleich er noch kein Pfarrer im eigentlichen Sinn war.

Augenblicklich hatte er nichts weiter vor, als die Grenzen seiner Expositur und künftigen Pfarrei abzuschreiten. Die Leute begegneten ihm mit freundlicher Scheu. Selbstbewußt, als müßten alle bereits wissen, wer er sei, grüßte er sie, und sie erwiderten seinen Gruß, ohne seine Person besonders zur Kenntnis zu nehmen.

Westheim war ein schwieriger Ort für Seelsorger. Die hiesigen Katholiken gehörten zur Pfarrei Hainhofen. Vermutlich war die Hainhofer Kirche über einem heidnischen Tempel erbaut. In Westheim schien alles wie zufällig zusammengewürfelt. Es gab sogar eine evangelische Pfarrkirche.

Dafür besaßen wir hoch oben auf dem Kobel eine der Muttergottes von San Loreto geweihte Wallfahrtskirche. Außerdem gab es für die alten Weiblein des Notburgaheims zwei Hauskapellen und für die auswärtigen Geistlichen im Kurhaus einen geweihten Altar, wo jederzeit Messe gelesen werden konnte.

Das Kurhaus war früher einmal als Erholungsheim für Priester eingerichtet worden. Seit diese Herren jedoch lieber nach Bad Wörishofen fuhren, wurde es vergessen und vernachlässigt.

Gegen Ende des Krieges waren in einigen Räumen Evakuierte, Flüchtlinge und Ausgebombte einquartiert worden, so daß nur noch zwei oder drei Zimmer im Parterre, gegenüber der Hauskapelle, frei waren. Dort richtete der Expositus sogleich seine Expositur ein.

Auf seinem Gang durch den Ort war er vom Kurhaus kommend zunächst durch das untere Dorf gelaufen, an der Gärtnerei vorbei bis zum Notburgaheim. Dort stellte er sich der Oberin und den Schwestern vor. Die Oberin führte ihn durch sämtliche Räume und zeigte ihm stolz die beiden Kapellen. Er fragte, wie viele Insassen das Altersheim habe, und ob es lauter ehemalige Dienstmädchen seien. Die Oberin nannte ihm die genaue Zahl, nämlich hundert, wovon etwa zwanzig bettlägerige Pflegefälle seien. Einmal pro Woche komme der hiesige Arzt und halte im Heim eigens eine Sprechstunde ab. In der Zwischenzeit werde er aber öfters zu normalen Krankenbesuchen gerufen. Der Expositus wollte sofort wissen, ob dieser Arzt katholisch sei.

»Sogar sehr gut katholisch«, sagte die Oberin freudig, »ein praktizierender Christ, der, obwohl er sehr viel Arbeit hat, keine Sonntagsmesse versäumt.«

»So etwas hört man gern«, sagte der Expositus.

»Ja«, fuhr die Oberin fort, »es ist sehr wichtig für uns zu wissen, daß unsere Fräulein in besten Händen und seelisch wie leiblich wohlversorgt sind. Jeden Sonntag kommt auch ein geistlicher Herr aus der Stadt – an Festtagen sogar der Herr Domkapitular Woll persönlich –, der in unserer Hauskapelle eine Messe liest. Und jeden Nachmittag haben wir einen Rosenkranz.«

»Läßt sich der Herr Benefiziat auch manchmal blicken?« fragte der Expositus.

»Ja, er schaut manchmal herein«, antwortete die Oberin, »aber nicht allzu häufig. Schließlich möchte er den anderen geistlichen Herren nicht ins Gehege kommen.«

»Meinen Sie, daß ich ihn antreffe, wenn ich jetzt auf den Kobel hinaufpilgere?« fragte der Expositus.

»Sie müssen wissen«, erwiderte die Oberin, »der Herr Benefiziat ist ein sehr studierter Herr, der meistens über seinen abertausend Büchern sitzt.«

»Dann will ich mich gleich auf den Weg zu ihm machen«, sagte der Expositus und verabschiedete sich.

Er schritt an den Bauernhöfen vorbei und durchs untere Tunell, wo die Hindenburgstraße zum Bahnhofsviertel hin ansteigt. Dann ging er den Kobelweg hinauf, machte bei der ersten Kreuzwegkapelle halt und verweilte davor für ein kurzes Gebet. Dann bog er nach rechts ab, um auch noch die beiden anderen Kreuzwegkapellen zu besichtigen, und gelangte endlich zur Wallfahrtskirche.

Der Benefiziat stand im Freien und schnitt mit einer Gartenschere die Hecke zwischen Pfarrhaus und Seitenkapelle. Die beiden Geistlichen begrüßten einander. Dann führte der Benefiziat seinen Amtsbruder durch die Kirche in die Sakristei.

Beide sprachen wenig miteinander, sei es, daß ihre Charaktere zu gegensätzlich waren, sei es auch nur, daß sie den geweihten Kirchenraum achteten. Doch im Hinausgehn vereinbarten sie, sich in den nächsten Tagen einmal zu treffen, um alles Wichtige zu besprechen. Vorerst nämlich, so hatte es der Bischof ausdrücklich gewollt, sollte die Kobelkirche auch dem Expositus zur Verfügung stehn. Als er sich verabschiedete, fragte der künftige Pfarrer, auf welche Familien er beim Aufbau der Pfarrei besonders zählen könne. Der Benefiziat nannte Namen, darunter auch meinen Vater und Doktor Bengelein, der erst kürzlich seinen von den Amerikanern lizenzierten »Abendländischen Verlag« gegründet hatte.

»Ich möchte aber nicht in den Geruch kommen«, sagte der Expositus, »daß ich's nur mit akademischen Herrschaften und studierten Leuten halte.«

»Wenn Sie das nicht wollen«, antwortete der Benefiziat, »dann schlage ich vor, daß Sie alle gleich achten, egal, ob sie fleißig zur Kirche kommen oder nicht.«

»Ja, das wird wohl am vernünftigsten sein!« rief der Expositus im Weggehn zurück.

Er lief die Straße hinunter und kam hinter der Kurve beim Café Heider an der evangelischen Kirche vorbei. Einen Augenblick überlegte er, ob er nicht dem Pastor einen kurzen Höflichkeitsbesuch abstatten sollte. Dann verwarf er diesen Gedanken jedoch wieder, da er sich sagte, daß er hierher gekommen sei, um sich der eigenen Herde anzunehmen, und daß die Protestanten samt ihrem Pastor Abtrünnige seien, denen es obliege, den ersten Schritt zu tun.

Bei diesem ersten Rundgang streifte er das Lohwaldviertel nur kurz. Nach dem Tunell ging er die Rehlingenstraße hinauf, an der Nudelfabrik vorbei.

Er befand sich schon wieder im eigentlichen Dorf, als ein älterer Herr auf ihn zutrat, freundlich grüßte und sagte:

»Rate ich richtig? Sie sind der Pfarrer, auf den dieses Dorf schon seit tausend Jahren wartet!«

»Vorerst nur Expositus«, antwortete der Angesprochene, »denn ohne eigene Pfarrkirche können wir auch keine Pfarrei bilden, bloß eine Expositur.«

»Das wird unserem Seelenheil wohl keinen Schaden zufügen«, sagte der Herr lächelnd. »Wenn nur die Schäflein versorgt sind! Im übrigen haben wir die hübsche Wallfahrtskirche auf dem Kobel, wo unser guter Herr Benefiziat waltet, den Sie unbedingt kennenlernen sollten.«

»Wir haben uns vor zehn Minuten voneinander verabschiedet«, sagte der Expositus.

»Dann ist ja alles im Lot«, sagte der freundliche Herr.

»Warum hat er keine eigene Pfarrei?« fragte der Expositus.

»Er hatte eine Pfarrei, bis ihn die Nazis verjagten. Jetzt möchte er, scheint's, keine neue. Er ist zu enttäuscht von den Menschen.«

Endlich stellte sich Doktor Bengelein dem Expositus namentlich vor. Er sagte, er müsse viel spazierengehn, weil er die gleichmäßige Ruhe zum Nachdenken brauche.

»Worüber denken Sie nach?« fragte der Expositus.

»Über alles!« antwortete Doktor Bengelein. »Oder, wenn man es wörtlich nimmt, über Gott und die Welt.«

»Mit welchem Ergebnis?« fragte der Expositus.

»Vielleicht, um eines Tages seelenruhig zu sterben«, antwortete Doktor Bengelein, »jedenfalls schreibe ich die Gedanken, die mir unterwegs in den Kopf kommen, auf und teile sie meinen Mitmenschen mit.«

Der Expositus konnte mit dieser Erklärung wenig anfangen, und Doktor Bengelein bot sich an, ihn bis zum Kurhaus zu begleiten, um ihm sogleich die Besonderheiten der hier lebenden Menschen zu erklären:

»Wissen Sie, die Leute sind hier nicht besser oder schlechter als anderswo. Da Sie aber, wie ich an Ihrer Sprache merke, im Gegensatz zu mir, der ich aus Franken stamme, selber ein Schwabe sind, werden Sie sich weitaus schneller einleben können als andere. Wenn es unserem guten Doktor, den es aus Oberschlesien hierher verschlagen hat, und dem Benefiziat, der ein waschechter Niederbayer ist, gelungen ist, die Schwaben zu verstehen, dann werden Sie es von uns allen am leichtesten haben.«

»Ich habe gehört, daß Sie die Lizenz für einen Verlag besitzen«, sagte der Expositus. »Vielleicht können Sie mir behilflich sein, wenn wir eines Tages eine kleine Pfarrbücherei einrichten mit guten, moralisch hochwertigen Werken, damit die Leute nicht dauernd die Schmutz- und Schundromane verschlingen.«

»Der Verlag wird eigentlich von meinem ältesten Sohn geführt«, sagte Doktor Bengelein, »aber bei einer solchen Sache ist, wie Sie sich denken können, stets die gesamte Familie beteiligt. Für Ihre geplante Leihbücherei kann ich Ihnen schon jetzt einen kleinen Grundsockel versprechen.

Von jedem unserer Bücher bekommen Sie wenigstens ein Exemplar. Und wenn Sie erst einen geeigneten Raum gefunden haben, können wir auch einmal in meiner eigenen Bibliothek nach Geeignetem stöbern. Ich habe viele Bücher doppelt.«

Der Expositus freute sich über das Angebot und schlug vor, die ersten Bücher in einem seiner Zimmer im Kurhaus unterzubringen.

»Das ist eine glänzende Idee!« rief Doktor Bengelein. »Ich sehe, Sie sind ein junger, tatkräftiger Mann. So einen braucht Westheim, um nicht zu verrotten.«

Die beiden Herren hatten inzwischen die Dorfstraße verlassen und den Weg zum Eisernen Steg eingeschlagen. Da begegnete ihnen ein auffallend gebeugt gehender Mensch, der aus dem Kurhaus kommend hurtig dem Dorf zustrebte. Der seltsame Mann hatte seinen breitrandigen, schwarzen, alten Hut weit über die Stirn ins Gesicht gezogen und war auch sonst ganz in Schwarz gekleidet wie ein echter Priester. Doch seine Soutane war abgewetzt und verdreckt, als besäße er nur dieses eine Gewand und müsse es seit einem Jahrzehnt tragen.

Als er die beiden Herren auf sich zukommen sah, beschleunigte er seine ohnehin raschen Schritte noch mehr, als wollte er um jeden Preis ein Gespräch vermeiden. Er wich ihnen aus, ja, machte fast einen Bogen um sie, anscheinend aus scheuer Ehrerbietung und Angst. Im Vorbeigehn zog er mit der Rechten seinen Hut und murmelte einen Gruß, während die Linke ein Brevier hielt, das er fest gegen die Brust preßte, als befürchtete er, es zu verlieren und durch den Verlust selber verloren zu sein. Seine Hände und sein Gesicht waren von bläulichem Rot, als habe sich der arme Mann als Kind die Haut erfroren.

So plötzlich die Gestalt aufgetaucht war, so rasch verschwand sie zwischen den Bauernhäusern.

»Das ist der arme Pfarrer Hübsch«, sagte Doktor Bengelein, »eine wirkliche Tragödie!«

»Warum hatte er es so eilig?« fragte der Expositus.

»Wir sehen ihn jeden Tag durch Westheim hasten«, fuhr Doktor Bengelein fort. »Er wohnt in Ottmarshausen und liest täglich eine Messe im Kurhaus. Früher, als er noch gesund war, und bevor Gott ihn mit dieser Umnachtung schlug, hatte er selbst einmal eine eigene Pfarrei. Das ist aber zehn Jahre her, und jetzt hat er keinen anderen Wunsch mehr als einmal pro Tag seine Messe zu lesen. Dabei wiederholt er die meisten Gebete, sobald er glaubt, sie nicht aufmerksam und fromm genug gesprochen zu haben. Vor allem die Wandlung führt er oftmals bis zu einem dutzendmal durch. Erst wenn er überzeugt ist, daß Brot und Wein wirklich verwandelt sind, fährt er mit der Meßhandlung fort.«

»Das ist ja die reinste Entweihung und grenzt meines Erachtens an Gotteslästerung!« rief der Expositus.

»Hierin ist unser Bischof anderer Meinung«, sagte Doktor Bengelein. »Er meint, daß dieser arme Gottesknecht vielleicht mehr Frömmigkeit im Herzen trage als die meisten seiner gesunden Kollegen. Außerdem werden weder die sakralen Gegenstände noch die Hostien beziehungsweise der Wein in irgendeiner Weise zweckentfremdet, denn Pfarrer Hübsch konsekriert jeweils nur die in der Meßfeier benötigte Menge: die große Hostie und ein paar Schluck Wein für sich, und die genaue Zahl kleiner Hostien für die wenigen Anwesenden, zumeist eine oder zwei Ordensschwestern, die von der ersten Bankreihe aus die Klingelzeichen geben. Ministranten werden nicht eingesetzt, weil Sie sich ja vorstellen können, wie die Buben umhausen, wenn der arme Mann in seiner Messe steckenbleibt.«

»Und ob ich mir das vorstellen kann!« rief der Expositus und wischte sich Schweißperlen von der Stirn. »Nein, ehrlich gesagt, ich verstehe unseren Bischof nicht. Wie kann er so etwas überhaupt dulden. Nein, das finde ich nicht komisch.«

»Sehen Sie«, erwiderte Doktor Bengelein, »unser Bischof wird sich schon etwas dabei gedacht haben. Schließlich ist er wie ich schon ein älteres Semester und hat erlebt, wie sich gewisse Dinge entwickelt haben zu unser aller Schaden.«

»Aber was hat dies mit dem Mißbrauch des Allerheiligsten zu tun?« fragte der Expositus.

»Der arme Pfarrer Hübsch kam gegen Kriegsende in diesem erbärmlichen Zustand aus einem KZ zurück!«

»Einem KZ?« rief der Expositus. »Wie kam er denn da überhaupt hinein?«

»Ja, wie kamen Menschen ins KZ?« sagte Doktor Bengelein nachdenklich. »Vielleicht wissen Sie, daß auch Christen hineinkamen, darunter viele mutige Priester, und man sagt, Pfarrer Hübsch habe seinerzeit, als alles begann, von seiner Kanzel aus laut und offen gegen die Verfolgung von Juden und Zigeunern protestiert. Schon anderntags war der mutige Mann verschwunden. Den Leuten wurde erzählt, er sei verrückt geworden und man habe ihn nach Kaufbeuren verbracht. Aber natürlich hat niemand dieses Märchen geglaubt.«

V

»Ja, bist du groß geworden! Sag: Wie alt bist du jetzt?«
»Sechs.«
»Dann kommst du ja heuer in die Schule!«
»Ja, im Herbst.«
»Freust du dich schon drauf?«
»Ja.«

Ich brauchte ein paar notwendige Schulsachen: den Schulranzen, die Tafel, zwei oder drei Griffel, den Griffelkasten, vier oder fünf schmale Ölfarbstifte, ein Lineal, einen Schwamm und einen Wischlappen.

Der Schulranzen war aus echtem Leder, wurde mit zwei Riemen wie ein Rucksack getragen. Die Schiefertafel war etwa so groß wie ein Blatt Schreibmaschinenpapier, auf der Vorderseite liniert, und steckte in einem rohen Holzrahmen, durch den an einer der Schmalseiten ein Loch gebohrt war. An den Rahmen waren zwei dünne Stricke geknotet, an deren Enden der kleine Schwamm und der Wischlappen hingen. Die Griffel liefen spitz zu und waren wie die Tafel aus Schiefer. Der hölzerne Griffelkasten hatte einen genau eingepaßten Schiebedeckel und einige Fächer. Das Lineal war etwa so lang wie mein Unterarm und hatte in der schräg zulaufenden schmalen Kante eine ins Holz eingelassene Metallschiene.

Das waren fürs erste meine Schulsachen.

Später, wenn ich Schreiben und Lesen gelernt haben würde, müßte ich mir dann einen hölzernen Federhalter samt den einsteckbaren Metallfedern besorgen, und außerdem drei Hefte: ein Schreibheft, ein Rechenheft und eines für Religion. Dann bräuchte ich auch noch ein Lesebuch, in dem viele lustige Geschichten und Gedichte stünden.

Die warme Septembersonne schien mild durch die sattgrünen Blätter der Bäume.

Der erste Schultag verlief so schön, wie ich mir die Schule vorgestellt hatte. Der Unterricht dauerte genau eine Stunde.

Fast alle Kinder wurden von ihren Müttern, Großmüttern oder Tanten hin- und zurückbegleitet. Schultüten gab es immer noch nicht und auch keine Süßigkeiten, mit denen die Schultüten hätten gefüllt werden können. Dafür erzählten uns die Erwachsenen, daß es früher – zu ihrer Zeit – Schultüten mit vielen Bonbons, Plätzchen und Schokolade gegeben hätte, und wie sehr sie es bedauerten, daß wir an diesem so wichtigen Tag auf all die guten Sachen verzichten müßten. Und natürlich hätten sie uns gern eigenhändig eine Schultüte gebastelt, aber eine leere Schultüte sei halt noch trauriger als überhaupt keine. Schließlich müßten wir alle miteinander in schlechten Zeiten leben.

Ich weiß nicht mehr, worunter wir mehr litten: unter dem Fehlen der Schultüte oder unter den Erzählungen von den einst vorhandenen Schultüten.

Fräulein Scheile, unsere erste Lehrerin, gab jedem Kind die Hand und strich uns zärtlich übers wohlgekämmte, frischgewaschene Haar. Sie war noch sehr jung, trug altmodische Kleider, hatte ihr Haar zu einem Zopf zusammengesteckt und lächelte milde.

Am zweiten Schultag regnete es. Wie weggeblasen war die weiche Stimmung des Anfangs. Bei unserer Ankunft wurden wir von den Schülern höherer Klassen, die einen

Tag später Schulbeginn hatten, als Erstenbätzler verhöhnt. Wir rächten uns nach dem Unterricht an unseren Klassenkameraden, hielten sie am Schulranzen fest und rissen an dem neben dem Ranzen herabbaumelnden Schwamm. Einige Feiglinge zogen den kleinen Mädchen an den weißen Schleifen der dicken Zöpfe.

Jeder wollte zeigen, daß er der Größte, Stärkste und Beste war. Es half wenig, besonders gescheit zu erscheinen, weil der Stärkste entschied, was blöd oder nützlich war.

Deshalb schien es besser, den Bauernbuben aus dem Weg zu gehn. Sie sahen sehr gesund aus und aßen vor aller Augen täglich dicke Butterbrote mit großen Wurstscheiben.

Sobald Schnee fiel, gingen die Schneeballschlachten los. Es kam darauf an, den Schnee mit nackten Händen zu steinharten Bällen oder Eiskugeln zu formen, so daß die Getroffenen auch etwas spürten. Wer sich unbeliebt machte, dem wurde das Gesicht mit Schnee eingerieben, bis es brannte.

Der Winter war hart, kalt und lang.

Doch eines Tages entdeckte ich die ersten Schneeglöckchen am Gartenrand. In der Mittagssonne schmolzen die Eiszapfen, die von der Dachrinne der Garage herabhingen. Ich brach einen Eiszapfen ab und lutschte daran. Das Eiswasser war frisch und schmeckte süß. Jetzt ging es winterauswärts, und bald würden die Gärten wieder aufblühen.

Damals war die Nachricht bis nach Amerika gedrungen, daß es uns Deutschen sehr schlecht ging und viele Menschen hierzulande verhungerten oder erfroren. Manche Amerikaner hatten Mitleid und wollten uns helfen.

Also beschlossen sie, den deutschen Schülern vormittags eine warme Mahlzeit zukommen zu lassen. Dieses Essen hieß Schulspeisung. Sie bestand entweder aus einem Teller Grieß- oder Haferflockenbrei oder einem Schöpflöffel voll Nudel- oder Bohnensuppe. Manchmal gab es sogar ein Täfelchen Milchschokolade. Die Schulspeisung wurde während der Pause ausgegeben. Nur Bauernkinder bekamen nichts. Langsam wurden wir kräftiger und hofften, es beim Raufen bald mit den Bauernbuben aufnehmen zu können.

Zu Fuß oder mit Fahrrädern kamen noch immer fast täglich unbekannte Leute aus der Stadt zu uns aufs Land. Meistens trugen sie Rucksäcke oder Taschen. Die Städter gingen oder fuhren direkt ins Dorf hinunter, um bei den Bauern Kartoffeln, Rüben, Fleisch, Eier und Speck zu erhamstern. Umsonst bekamen sie dort nichts. Sie mußten dafür scheinbar wertlose Wertsachen eintauschen: silberne Bestecke, Ringe, Armreife, Ketten und goldene Uhren.

Oft passierte es, daß den Städtern ihr Hamstergut bei der Rückkehr schon am Stadtrand wieder abgenommen wurde, denn überall standen noch immer die Hilfsposten der Amerikaner herum. Am schlimmsten führten sich die deutschen Hilfspolizisten auf. Ihnen entging kein Verdächtiger.

Es waren gute Zeiten für Selbstmörder. Auch die Lebensmüden kamen meistens aus der Stadt, und seltsamerweise zog es sie ausgerechnet zu uns heraus, als ob es auf dem Land leichter wäre, sich das Leben zu nehmen.

Viele Selbstmörder warfen sich vor die vorbeirasenden Schnellzüge. Einige taten es dicht hinter dem Stellwerk, nicht weit von unserem Garten, oder in der Bahnkurve zwischen Neusäß und Westheim, direkt über dem Tunell der Weldener Nebenstrecke. Die meisten fuhren jedoch bis zum Ortsausgang, wo es nach Vogelsang ging und die Bahnlinie einen Hügel durchschnitt, auf dessen westlichem Teil ein Birkenhain stand. (Später wurde in der Nähe der Friedhof angelegt.)

Dort im Birkenwäldchen warteten die Lebensmüden, bis ein Schnellzug aus München oder Stuttgart heranrauschte. Ein paar Schritte auf die schwarze, übermächtige Lokomotive zu, und in einer Zehntelsekunde wurde der Menschenschatten erfaßt und zwischen Schienen und Rädern zerfetzt.

Es ging so schnell, daß die Lokomotivführer den Vorgang nicht genau wahrnehmen konnten. Sie meldeten beim nächsten Halt in Ulm oder Augsburg als besonderes Vorkommnis einen dumpfen Aufprall irgendwo zwischen Oberhausen und Diedorf. Vermutlich habe ein Reh den Bahndamm überquert und sei überfahren worden. Doch die Bahnpolizei wußte besser Bescheid, suchte sofort die Gegend um das Birkenwäldchen ab und fand an der üblichen Unfallstelle meistens die Überreste des zerfetzten Leichnams.

Daraufhin wurde die Kriminalpolizei benachrichtigt, die wiederum keine amtliche Feststellung treffen durfte ohne das Untersuchungsergebnis des Leichenschauarztes. In unserer Gegend war dafür mein Vater zuständig. Er wurde also von Zeit zu Zeit zu diesem Zweck gerufen und mußte mit den Kripobeamten die Bahnstrecke abschreiten, um gemeinsam die mitgeschleiften, zerstreut liegenden Leichenteile zu suchen. Er selbst half nicht beim Zusammentragen der Körperreste des jeweiligen Selbstmörders. Seine Aufgabe war es bloß, die Todesursache festzustellen und zu überprüfen, ob vielleicht Fremdverschulden vorlag. In keinem Fall durfte die Kriminalpolizei von sich aus eine solche Behauptung aufstellen. Erst wenn mein Vater mit Sicherheit jede fremde Einwirkung ausschloß, konnten die Kriminaler als amtliche Todesursache »Selbstmord« eintragen.

Gott sei Dank war diese gräßliche Leichenschau die Ausnahme unter zehntausend Bagatellfällen. Meistens wurde mein Vater zu irgendeiner schweren Grippe, einer Lungenentzündung, einer Blinddarmreizung oder einer äußeren Verletzung gerufen. Das Telefon klingelte Tag und Nacht, und wir wurden regelmäßig Zeugen aller Mißgeschicke des menschlichen Lebens. Es gab keinen ruhigen Augenblick, in dem nicht ein plötzlicher Anruf die friedliche Stimmung des Familienlebens unterbrechen und zerstören konnte.

Wenn wir bei Tisch saßen, rief wahrscheinlich ein Patient an und wollte Rat oder Hilfe, und oft mußte mein Vater sein Essen stehen lassen, um sogleich einen Schwerkranken zu besuchen. Krankheiten gehörten für uns zu den natürlichsten Dingen des Lebens. Es war unvermeidlich, daß darüber vor uns gesprochen wurde. Also hatten wir mit der Zeit das Gefühl, daß andere Menschen das Recht hatten, krank zu sein, wir selbst aber gerade dadurch vor Krankheit irgendwie gefeit wären.

Als wir uns wie immer zum Abendessen versammelt hatten, schrillte das Telefon. Beim ersten Klingelzeichen dachte ich an die Selbstmörder, die sich vor den Zug warfen, und hatte plötzlich das Gefühl, daß mein Vater sogleich zu einem solchen Unglücksfall gerufen würde.

Meine Mutter hob ab, meldete sich, hörte stumm zu und antwortete knapp: »Ja, er kommt gleich.«

Dann hängte sie ein und sagte nur das Wort »Birkenwäldchen«.

Mein Vater stand ruhig, ja fast gelassen auf und ging ins Nebenzimmer, um Jacke und Mantel anzuziehen.

Als er zurückkam, fragte ich: »Darf ich mitfahren?«
»Das ist nichts für dich.«
»Bitte, laß mich mit!«

Er sagte einen Moment lang nichts, dann antwortete er: »Nun gut, wenn du unbedingt willst! Aber du mußt im Auto bleiben.«

Ich versprach es, und wir fuhren ab. Am Dorfausgang, hinter dem Schmutterhaus, steigt die Straße leicht an und macht dann eine Krümmung zur Bahnlinie hin. Dort fällt sie wieder ab und führt zu einer schmalen Unterführung. Dahinter geht sie in eine scharfe Rechtskurve über und stößt kurz vor Vogelsang auf die Hauptstraße, die vom Sandberg herabführt und sich vor dem Gasthof gabelt.

So weit mußten wir nicht fahren. Über dem Tunell stand ein Kriminaler und blinkte mit einer Stablampe, sobald der Wagen näherkam. Mein Vater hielt gleich hinter der Unterführung und parkte das Auto auf dem links neben dem Bahndamm entlanglaufenden Feldweg.

Der Beamte kam herab, grüßte freundlich und sagte: »Wir haben die Unglücksstelle gefunden und auch schon die meisten Leichenteile zusammengetragen. Jetzt fehlt nur noch der Kopf. Der Leichnam ist bis zur Unkenntlichkeit verstümmelt und zerfetzt. Auch haben wir das Fahrrad des Täters sichergestellt.«

Inzwischen war ein zweiter Kriminalbeamter vom Bahndamm heruntergestiegen. Er grüßte ebenfalls sehr respektvoll. Mein Vater hieß mich im Wagen warten.

Dann gingen er und die beiden den Feldweg zum Birkenwäldchen hinauf.

Während ich im Auto saß und wartete, stellte ich mir vor, was in dem Selbstmörder in den Minuten vor seinem Tod vorgegangen sein könnte: Wie er vom Schmuttertal her zunächst ganz fern die erste leise Ankündigung des erwarteten Schnellzugs vernimmt, wie aus dem leisen Grollen rasch ein immer heftiger werdender, die Abendluft durchschneidender Wind wird, der sich rapid zum drohenden Sturm entwickelt, wie das schwere Eisen der Waggons die Schienen erdröhnen und schon bis zu ihm erzittern läßt, wie er am Horizont die Scheinwerfer der Lokomotive zunächst als grellen Punkt und dann plötzlich als blendende Augen erkennt, wie der donnernde Sturm zum wild tobenden Orkan anschwillt, wie aus der Nacht die schwarze Lok auftaucht, wie ihre Umrisse sich vor ihm ausweiten, als fahre sie auf der Stelle, wie Himmel und Erde über und unter ihm zusammenzubrechen scheinen, wie er sich jetzt den alles entscheidenden Ruck gibt und aus dem Birkenhain heraus zum Schienenstrang stürzt, wie ihm aus der Lokomotive jäh ein nicht enden wollender Warnpfiff entgegenschreit, der wüste Ruf eines blutrünstigen Drachen, wie er sich mit letzter Wucht und seiner ganzen Kraft in dessen Rachen hineinwirft, als habe er nichts, rein gar nichts mehr zu verlieren, und wie er im Fallen schon diesen seinen letzten Schritt zutiefst und für immer bereut, ihn noch zurücknehmen möchte, um noch einmal zu leben, ein neues, besseres Leben zu beginnen, doch bei diesem letzten Gedanken bereits vom rohen Eisen erfaßt, zerquetscht, zerfetzt, verstümmelt, aufgelöst ist, und sein den Bahndamm hinabrollender Kopf noch denkt, er habe dies alles so nicht gewollt.

Diese Gedanken nahmen von meinem Hirn Besitz, so heftig und stark, daß mir schier schwindlig wurde, als wäre *ich* jener Selbstmörder gewesen, als hätte niemand sonst diese abscheuliche Szene bewirkt und erlebt, als wäre mir und keinem anderen dieses unwiderrufliche Unglück passiert und als würde ich selber nie und nimmermehr zum Leben erweckt.

Als ich aus dem Taumel meiner Vorstellung erwachte, spürte ich starken Brechreiz. Ich verließ entgegen der Anweisung meines Vaters das Auto, lief durchs Tunell, hielt mich am Rand der Unterführung fest und kotzte in den Straßengraben.

Dann atmete ich tief durch. Die kalte Nachtluft tat mir gut. Schon wollte ich zum Wagen zurückgehn, als ich nur wenige Schritte entfernt etwas entdeckte. Auf den ersten Blick sah es aus wie ein überfahrener Igel. Doch als ich genauer hinschaute, erkannte ich zwischen gefrorenen Grasbüscheln und Schneeresten den blutverschmierten Schädel des Selbstmörders.

Ich hatte keine Lust, den Totenkopf näher zu betrachten. Also ging ich zum Auto zurück und setzte mich auf den Beifahrersitz.

Nach einiger Zeit kam mein Vater mit den beiden Kriminalern den Feldweg herab. Als sie neben dem Wagen standen und sich noch eine Weile unterhielten, glaubte ich zu hören, daß sie sich noch immer um den fehlenden Schädel des Selbstmörders sorgten. Ich überlegte, ob ich ihnen meinen Fund mitteilen sollte. Dann kurbelte ich das Seitenfenster herunter und sagte: »Der Kopf liegt im Graben hinter der Unterführung.«

Die beiden Kriminaler blickten meinen Vater skeptisch an, als wollten sie fragen, ob ich glaubwürdig sei. Er schien leicht zu nicken, sagte aber nur: »Gehn wir nachsehn!«

Sie liefen zu dritt durchs Tunell zu der besagten Stelle. Wenig später kam einer der Beamten mit meinem Vater zurück, verabschiedete sich und ging den Feldweg hinauf.

Offensichtlich hatte mein Vater nun seine Leichenschau beendet, denn er setzte sich wieder ans Steuer und fuhr in Richtung Schmutterhaus davon. Hinter dem Tunell stand der zweite Kriminalbeamte und bewachte den Schädel des Selbstmörders. Als wir vorbeifuhren, grüßte uns der Kriminaler ganz offiziell, indem er seine rechte Hand an die Schläfe hielt.

»Warum hast du vorhin den Wagen verlassen?« fragte mich mein Vater.

»Mir war schlecht und ich mußte brechen«, antwortete ich.

Die Heimfahrt über schwiegen wir. Ich fragte meinen Vater nicht nach Einzelheiten. Erst als wir in die Lessingstraße einbogen, wurde die Stille unterbrochen. Als wäre nichts geschehen, fing mein Vater nun an, leise durch die Zähne zu pfeifen. Ich kannte die Melodie. Sie gehörte zu dem Lied »Morgen kommt der Weihnachtsmann, kommt mit seinen Gaben«.

Im Haus wusch sich mein Vater die Hände, setzte sich wieder zu Tisch und nahm seine unterbrochene Mahlzeit wieder auf. Ich selbst hatte keinen Appetit mehr.

Krankheit und Tod betrachteten wir als ein Anrecht der anderen. Trotzdem wurden natürlich auch wir krank. Wir nahmen aber die meisten Erkrankungen weniger tragisch als die armen Patienten. Deswegen hatte mein Vater zuerst diese zu behandeln, und wenn einer von uns ein Alltagsleiden bekam, so mußte er warten, bis die wirklichen Patienten behandelt waren. Erst dann kam die Reihe an uns.

Dieser Umstand machte uns nicht nervös oder ungeduldig, weil wir einfach damit rechneten, daß mein Vater uns im Ernstfall rasch und wirksam heilen würde.

Eines Abends bekam meine Schwester Christine sehr hohes Fieber und phantasierte im Schlaf. Es war vermutlich nichts weiter als eine übliche Grippe, die bei Kindern das Fieber sehr rasch in die Höhe treibt, es aber meistens nach zwei oder drei Tagen ebenso schnell absinken läßt.

Christine bekam sofort ein fiebersenkendes Mittel und Wadenwickel. Am nächsten Morgen war das Fieber jedoch wider Erwarten nicht gesunken. Zunächst wurde eine schwere Grippe, dann eine Lungenentzündung vermutet. Aber das Krankheitsbild schien atypisch. Als sich nach mehreren Tagen keine Besserung einstellte, bekamen wir alle große Angst und zweifelten heimlich an der ärztlichen Kunst meines Vaters. Tatsächlich wandte er sich hilfesuchend an einige namhafte Kollegen aus der Stadt. Diese eilten herbei, wußten aber ebensowenig Rat wie mein Vater. Die Krankheit verschlimmerte sich von Tag zu Tag. Keinem der vielen Ärzte war diese Krankheit je vorgekommen. Und wir befürchteten, daß Christine das geheimnisvolle Fieber nicht überleben würde.

Als weder mein Vater noch seine fachärztlichen Kollegen Rat und Hilfe wußten, durchblätterte meine Mutter Tag und Nacht alle medizinischen Handbücher, die wir zu Hause hatten, um in einer Art Schnellstudium die geheimnisvolle Krankheit Christines zu ergründen. Gleichzeitig bat sie uns, für unsere todkranke Schwester zu beten. Wir taten es morgens und abends. Unterdessen erwachte Christine nur noch selten aus ihrem Fieberwahn. Sie bebte und zitterte am ganzen Leib, und wir befürchteten, ihr kleiner Körper könnte die lange Strapaze nicht mehr lange durchstehn, und wenn kein Wunder geschähe, würde der Kreislauf schon bald zusammenbrechen.

Währenddessen kamen jeden Tag immer neue Ärzte ans Krankenbett. Sogar ein Professor aus München war eigens angereist. Doch kein Spezialist wußte Bescheid. Alle taten ihr Bestes, schlugen viele, einander widersprechende Behandlungsmethoden vor, stets ohne spürbare Wirkung. Da jedoch nichts half, schüttelten sie nacheinander ratlos den Kopf und sagten, es müsse sich um eine neue, noch völlig unentdeckte Viruskrankheit handeln. Ich wunderte mich über so viel versammelte Unwissenheit und dachte an unser Sprichwort »Viele Köche verderben den Brei«.

Vermutlich würde Christine, wenn das Fieber noch einmal anstieg, die folgende Nacht nicht überleben. Meine Mutter wollte jedoch das Unvermeidliche nicht glauben, saß über den Fachbüchern und unterbrach die Lektüre nur für kurze Augenblicke, um sich die Tränen aus den Augen zu wischen. Plötzlich aber stand sie vom Tisch auf, nahm eines der Bücher mit ins Nebenzimmer, wo mein Vater mit dem Münchner Professor stand und gedämpft sprach. Mit glänzenden Augen schritt sie den Herren entgegen und rief: »Ich hab's! Es ist das Pfeiffersche Drüsenfieber!«

Die beiden Herren blickten einander schweigend an. Mein Vater genierte sich vor dem Professor, da dieser jetzt wohl dachte, hier spräche eine besonders naive Frau, die bei aller verständlichen Mutterliebe den gesunden Menschenverstand verloren habe und – nach Art der Laien –

aus dem eigenen Unverstand eine phantastische Theorie ableitete.

Nachdem der Professor den Artikel überflogen hatte, fragte er meinen Vater, was er darüber denke. Mein Vater las nun ebenfalls die Krankheitsbeschreibung, runzelte die Stirn, hob vielsagend die Augenbrauen und sagte: »Ich weiß nicht, aber es scheint mir doch äußerst unwahrscheinlich.«

»Gnädige Frau«, sagte daraufhin der Professor, an meine Mutter gewandt, »gnädige Frau, die von Ihnen entdeckte Krankheit ist eine Tropenkrankheit, die in Deutschland nicht mehr vorkommt, seit wir unsere Kolonien verloren haben.«

»Aber in Gottes Namen!« rief jetzt meine Mutter erregt, »sehen Sie denn nicht, daß alle Symptome der Krankheit mit der Beschreibung übereinstimmen?«

»Scheinbar ja«, sagte der Professor, »doch eben nur scheinbar. In Wirklichkeit sind dies nur äußerliche Parallelitäten.«

»Man könnte doch wenigstens ausprobieren, ob die angegebene Heilmethode hilft!«

»Ich will es gerne versuchen, gnädige Frau. Doch seien Sie bitte hernach nicht enttäuscht, wenn alles nichts nützt.«

»Wenigstens werden wir uns später den Vorwurf ersparen«, antwortete meine Mutter, »etwas versäumt zu haben.«

Also sahen sich der Professor und mein Vater gezwungen, die vermeintliche Tropenkrankheit in der angegebenen Weise zu behandeln.

Und wunderbarerweise hatten sie damit Erfolg. Das Fieber klang ab, und nach gut einer Woche war Christine wieder auf den Beinen.

»Trotzdem bleibt mir unverständlich«, sagte der Professor bei einem abschließenden Besuch, »von wem die Krankheit in unsere Breitengrade eingeschleppt worden ist.«

»Vermutlich von den Amerikanern«, erwiderte meine Mutter.

VI

Nach jenem denkwürdigen Gespräch, das Mister List in der Sakristei der Kobelkirche mit den vier Herren geführt hatte, die sich untereinander für Hitler-Gegner und für Männer des Widerstands aus christlichem Geist hielten, nach jener für beide Seiten unbefriedigenden Unterhaltung wurde der Amerikaner nur noch ein paarmal kurz in Westheim gesehen. Es hieß, er habe nunmehr viel drüben in Stadtbergen zu tun.

Häufig soll er beobachtet worden sein, wie er dort eine beschlagnahmte Villa aufsuchte, und es kam das Gerücht auf, er treffe sich da mit einem ehemaligen hohen Gestapotier. Es gab sogar einige Leute, die behaupteten, sie wüßten, mit wem Mister List in Stadtbergen zusammentreffe, nämlich mit dem »Schlächter von Lyon«.

Zwar hatte kein Westheimer den Unbekannten je von Angesicht zu Angesicht gesehen, doch wurde viel darüber spekuliert, wieso Mister List so oft ausgerechnet mit einem echten Nazi zusammenkam. Die einen sagten, der »Schlächter von Lyon« sei in der beschlagnahmten Villa eingesperrt und würde pausenlos verhört, und wenn die Amerikaner aus ihm alle Geheimnisse herausgepreßt hätten, würden sie ihn nach Landsberg bringen und dort an einem bereits vorbereiteten Galgen aufhängen. Die anderen meinten, es sei überhaupt nicht die Absicht der Amis, einen solchen Mann unschädlich zu machen, vielmehr beabsichtigten sie, ihn einer Gehirnwäsche zu unterziehen, um ihn anschließend für Amerika arbeiten zu lassen.

In mir hatte der Ausdruck »Schlächter von Lyon« sofort die seltsamsten Phantasien hervorgerufen. Ich kannte Lyon nur in Zusammenhang mit der »Lyoner Wurst« und dachte zunächst, daß es sich bei dem Unbekannten tatsächlich um einen Metzger handelte, dessen Verbrechen allerdings darin bestand, daß er aus echtem Menschenfleisch Würste hergestellt habe. Als ich diese Vermutung von meinen Eltern bestätigt haben wollte, erschraken sie, wurden böse und sagten, es sei eine schlimme Sünde, so etwas überhaupt zu denken, und eine noch schlimmere, es einem Menschen anzudichten, selbst wenn es sich später als wahr herausstellen würde.

Als ich wieder einmal Doktor Bengelein auf der Straße begegnete, und er mich zur Rede stellte, da ich zufälligerweise einen Kaugummi im Mund hatte, fragte ich, um ihn abzulenken, ob er wisse, wer dieser »Schlächter von Lyon« in Wirklichkeit sei und ob es stimme, daß dieser aus Menschenfleisch Wurst mache.

»Wer hat dir denn so etwas erzählt?« fragte Doktor Bengelein.

»Ich hab's im Dorf gehört«, sagte ich.

»Und wo soll sich dieser ›Schlächter von Lyon‹ deiner Meinung nach befinden?«

»In Stadtbergen drüben! Jedenfalls behaupten das die Leute.«

»Und was geht *uns* das an?«

»Ich dachte nur, weil Sie diesen Mister List kennen!«

»Einen Mister List kenne ich wohl, aber mir ist schleierhaft, was er mit der Horrorgeschichte zu tun hätte, die dich anscheinend so durcheinanderbringt.«

»Nicht ich hab' mir diese Geschichte ausgedacht«, erwiderte ich, »sondern sie wird von allen möglichen Leuten auf der Straße frei herumerzählt. Warum soll sie nicht wahr sein?«

»Du bist ein rechter Naseweis«, antwortete Doktor Bengelein. »Sei lieber froh, daß du noch klein bist und dich um derlei nicht kümmern mußt.«

»Aber wenn es wahr ist, geht es auch uns Kinder etwas an«, sagte ich.

»Ja, wenn!« rief Doktor Bengelein und schob mit seinem Spazierstock einen Stein aus dem Weg. »Warten wir's ab! Die Wahrheit hat Zeit, und wenn es sein muß: eine Ewigkeit lang.«

Vielleicht hatte ich mir diese grausame Geschichte wirklich nur eingebildet, aber der Gedanke, sie könnte am Ende stimmen, quälte und verfolgte mich. Allerdings konnte ich mir kaum vorstellen, daß Mister List, der so genau zu wissen schien, was richtig oder falsch, gut und schlecht war, sich heimlich mit einem Menschenschlächter traf, um ihn in Amerikas Dienste zu stellen. Was sollten die guten Amerikaner überhaupt mit einem solchen Unmenschen anfangen? Schließlich hatten sie Fleisch und Wurst in Hülle und Fülle und waren gewiß auch keine Menschenfresser.

Also zügelte ich meine Phantasie und verdrängte den schrecklichen Alp.

Wahrscheinlich wäre die ganze Geschichte meinem Gedächtnis für immer entfallen, wenn sich Mister List nicht eines Tages auf eine recht seltsame Weise bei uns gemeldet hätte. Er schickte einen in der Stadt abgestempelten Brief an meinen Vater, worin er schrieb, daß es ihm aufgrund besonderer Umstände leider verwehrt sei, nochmals nach Westheim zu kommen, daß er sich jedoch lebhaft an die Unterredung in der Sakristei der Kobelkirche erinnere.

Nach langem Nachdenken habe sich in seinem Kopf der Verdacht festgefressen, der so ausführlich geschilderte Fall des unfreiwillig mit der Nazipartei in Berührung gekommenen Arztes könnte möglicherweise etwas mit seiner Person, der Person meines Vaters, zu tun haben. Er möge ihm deshalb verzeihen, wenn er so direkt und ehrlich frage, ob er selbst die beschriebene Figur gewesen sei. Natürlich müsse mein Vater ihm darauf keine Antwort geben, aber da er von ihm einen so außerordentlich günstigen Eindruck gewonnen habe, dränge es ihn geradezu, in diesem Punkt die ganze Wahrheit zu erfahren, wenngleich sich in seinem Inneren etwas gegen die Vorstellung sträube, sein Verdacht würde von meinem Vater bestätigt. Noch wisse er nicht, wie er eine solche Nachricht verkraften werde, doch wolle er ihm versichern, daß er ihn auch weiterhin für einen korrekten Mann und guten Deutschen halte, ganz gleich, wie die Antwort ausfallen werde.

Mein Vater schrieb an Mister List einen kurzen Brief, dessen Inhalt ich nicht kenne. In den folgenden Monaten entwickelte sich zwischen den beiden eine Korrespondenz. Die Briefe meines Vaters waren meist äußerst knapp. Mister List hingegen sandte in der Regel mehrseitige Schreiben, in denen er seine in Bayern gemachten Erfahrungen zu Papier gebracht hatte. Er schrieb, in diesem seltsamen Land sei ihm alles so fremd, als befinde er sich in China. Da er jedoch wisse, daß mein Vater selber kein Bayer sei, wende er sich vertrauensvoll an ihn, um von ihm, den es schon vor dem Krieg in diese Gegend verschlagen habe, etwas über das unerklärliche Wesen dieses seltsamen Volksstammes zu erfahren.

Mein Vater antwortete, daß er die eigentlichen Bayern kaum kenne. Hier habe er hauptsächlich mit Schwaben zu tun. Diese seien im allgemeinen klug und gescheit, aber etwas hinterfotzig, maulfaul und geizig. Wer Bayern beurteile, müsse wissen, daß die eigentlichen Bayern in diesem Land in der Minderheit seien. Die Mehrheit bestehe aus Franken und Schwaben.

Solche Unterschiede schienen Mister List jedoch nicht zu interessieren. Er kam in seinen Briefen immer wieder auf »diese Bayern« zu sprechen und beklagte sich, daß seine amerikanischen Landsleute anscheinend keinerlei Abwehrkräfte gegen die bajuwarische Lebensweise besäßen, immer von neuem auf diese urgemütlichen Leute hereinfielen und sich in kürzester Zeit einlullen ließen.

Mit großer Ausführlichkeit schilderte er meinem Vater sodann ein Erlebnis, das er im Jahr 1945 hierzulande gehabt hatte:

»Auf meiner Inspektionsreise kam ich auch nach Garmisch, wo es sicherlich einen Militärregierungsoffizier geben mußte. Da es spät am Nachmittag war, beabsichtigte ich, zum Abendessen beim örtlichen Militärregierungsoffizier zu bleiben und dann zu versuchen, eine Übernachtungsmöglichkeit zu finden. Als ich beim Amt der Militärregierung ankam, verwies man mich an das Haus des örtlichen Militärgouverneurs, den ich hier Captain L. nennen möchte. Er hatte sich in Garmisch eine wahrhaft prächtige Residenz ausgesucht, die berühmte Villa Witting, die grandios moderne Version einer mittelalterlichen Burg mit einem hohen schmiedeeisernen Zaun rund um den Park und einem Kiesweg, der in zwei großen Bögen um eine Kiefernpflanzung führte bis vor dieses wirklich kolossale und prachtvolle moderne Schloß.

Ich klopfte mit dem Türklopfer, und alsbald erschien

eine sehr hübsche Dame in einer weißen Seidenbluse. In vollendetem Englisch bat sie mich herein. Ich legte die Waffe ab und machte mich frisch. Nun führte mich die Dame durch einen Raum, ein längliches Gemach mit einer langen fürstlichen Tafel und Ritterrüstungen in jeder Ecke des Saals, mit einem gigantischen mittelalterlichen Kandelaber an der Decke und prächtigen Wandteppichen. Von hier aus ging es weiter in den großen Salon, der auf einer anderen Ebene lag – jede Zimmerflucht lag auf einer anderen Ebene, jede war kolossal in den Ausmaßen und prachtvoll in der Ausstattung.

Nun erschien die Gastgeberin, ebenfalls eine hübsche Dame, bat mich, Platz zu nehmen, und fragte, ob ich Tee, Kaffee oder einen Cocktail wolle. Ich bat um einen Cocktail. Sogleich erschien eine andere hübsche Dame und brachte den Cocktail. Sie sagte mir, der Captain kleide sich gerade an und werde gleich herunterkommen. Als ich so dasaß und an meinem Cocktail nippte, erschien eine vierte schöne Deutsche im Salon, begrüßte mich und sagte, Captain L. werde jeden Moment herunterkommen. Und so erschien er dann schließlich.

Nun erfuhr ich, daß er früher ein Impresario in Hollywood gewesen war. Offensichtlich wollte er Garmisch wenigstens für ein Weilchen in ein kleines Hollywood verwandeln. Aber seine Tage waren gezählt. Er bat mich, zum Abendessen dazubleiben, und sagte fröhlich: ›Nachher wird noch ein Luftwaffenoberst kommen, und zwar mit zwei DP-Damen.‹

Mir war natürlich sofort klar, wen man damals angesichts des strengen Fraternisierungsverbots Displaced Persons nannte. Denn Garmisch war ja der bevorzugte bombensichere Wohnort für Nazifrauen gewesen, und folglich gab es sie hier in Scharen. Diese armen amerikanischen Simpel konnten, wenn sie eine schöne Dame sahen, nicht mehr zwischen einer Nazifrau und sonst einer unterscheiden. Also nannten sie einfach alle DPs.

Endlich erschien der Oberst mit zwei sehr attraktiven Damen. Eine von ihnen sah ziemlich norddeutsch aus. Also wandte ich mich an sie und fragte auf deutsch, ob sie aus Berlin komme. Sie bejahte. Von diesem Augenblick an war mir klar, daß sie keine Displaced Person war.

Das Abendessen war mehr als üppig. Als Bedienungen erschienen während des Essens noch drei hübsche Damen, und keine war identisch mit einer der früheren. Nach dem Essen sagte der Captain: ›Sie haben ja noch gar nichts gesehen. Ich werde Ihnen jetzt etwas wirklich Tolles zeigen.‹

Wir verließen die Villa, und er ließ die Drahtseilbahn in Bewegung setzen, die auf die Spitze des Wank führt. Und schon fuhren wir mit der Bergbahn hinauf, wo dieser Offizier das Berghotel in eine Cocktailbar verwandelt hatte. Und wieder gab es Drinks.

Danach hatte ich ein Gutteil meines Interesses und meiner Begeisterung für diesen Ort eingebüßt. Bevor wir wieder hinunterfuhren, nahm mich der Captain beiseite und flüsterte: ›Dies ist mein Königreich, und ich bin stolz darauf.‹

Nur, nach zwei Wochen war der König gestürzt. Er wurde schnurstracks nach Hause geschickt. Dieser Mann war vollkommen nutzlos gewesen.

Wie sollen wir bei den Deutschen so etwas wie Verantwortungsgefühl entwickeln, wenn wir mit solchen Typen nicht aufräumen?«

Anscheinend machte es Mister List wenig aus, daß mein Vater ihm stets nur in wenigen Zeilen antwortete. Es schien, als würden seine Briefe desto länger, je kürzer mein Vater sich faßte. Von einem wirklichen Gedankenaustausch konnte keine Rede sein. Dem Amerikaner ging es offenbar immer mehr darum, seine Enttäuschung über die Bayern loszuwerden, und meinem Vater kam es zwecklos vor, überhaupt zu widersprechen.

Eines Tages kam wieder eines dieser langen Schreiben. Es war in Stadtbergen abgestempelt. Meine Eltern wußten sich dieses seltsame Verhalten nicht zu erklären, da Mister List sich leicht zu uns nach Westheim hätte chauffieren lassen können und in zehn oder fünfzehn Minuten hier angelangt wäre.

In einem seiner letzten (durch glückliche Umstände nicht verloren gegangenen) Briefe schrieb Mister List:

»Gegenüber der Besatzungsmacht zeigen die Bayern ihr verwurzeltes Bajuwarentum und wollen nicht zugeben, daß auch sie durchaus verpreußt sind. Es gibt keine wesentlichen Unterschiede zwischen einem bayrischen und einem preußischen Unteroffizier.

Es ist unter der Würde des eingewurzelten Bayern, mit den ›Amis‹ (wie man uns hier abfällig tituliert) enge Beziehungen zu unterhalten. Weil die Deutschen keine Freunde in Europa haben und weil die übrige Welt alles Deutsche verabscheut, müßten sich die Deutschen – so sagen die Bayern – aus eigener Kraft und ohne Hilfe von außen helfen und dürften dabei auf die großen Bewegungen in der Weltpolitik keine Rücksicht nehmen, frei nach dem Motto: ›Wir sind ein friedliebendes Volk, und damit basta!‹

Fritz Schäffer sagte mir vor kurzem: ›Sie sprechen von

bayrischen politischen Parteien. Was für ein Unsinn! Es gibt in Bayern heute nur zwei politische Parteien: die einen sind für und die anderen gegen die Amerikaner.‹

Die Amerikaner beabsichtigten, den Bayern fremde und korrumpierende demokratische Institutionen aufzupfropfen. Die Amerikaner, sagt man, seien bei ihrer Entnazifizierung auf gefährliche Weise kurzsichtig, denn diese Politik habe aus dem öffentlichen Dienst alle guten bayrischen Kräfte und aus der Wirtschaft alle Experten und erfahrenen Manager ausgeschaltet.

Mit Ausnahme bestimmter Kräfte im öffentlichen Dienst haben die meisten Bayern nicht den Mut, zu offener Sabotage überzugehen. Aber innerhalb und außerhalb des öffentlichen Dienstes sagt eine wachsende Zahl von Bayern: ›Je schneller sich die Lage verschlechtert, um so besser. Je weniger heute erreicht wird, um so offensichtlicher wird es, daß die Amerikaner nichts erreichen können.‹ Tatsächlich gehen bayerische Beamte, gestützt auf solche Elemente in der Bevölkerung, zur Obstruktion, zu Verzögerungen und zur Schaffung von Schwierigkeiten bei der Ausführung von Landesmaßnahmen über.

Die Vorwürfe gegen die amerikanische Militärregierung gipfeln in dem Punkt: Sie ist schuld an der Demoralisierung der jungen deutschen Frauen, weil sie Beziehungen zwischen Soldaten und deutschen Mädchen erlaubt.

Sogar Leute, die noch im Mai 1945 zwar passiv, aber gegen die Nazis waren, vertreten nun derartige Ansichten.

Ich glaube, daß diese Mentalität unter den Bayern für die Zwecke der Militärregierung viel gefährlicher ist als die Machenschaften einzelner Nazis. Gewiß, die Bayern verurteilen alles, was offensichtlich mit den Nazi-Verbrechern zusammenhängt. Keiner übt ernsthaft Sabotage gegen die

Besatzungsmacht. Die Naziführer haben allen Kredit verloren. Aber diese öffentliche Meinung muß, gerade weil sie gemäßigt ist und oft einleuchtende Gründe vorbringt, ernstgenommen werden, wenn wir den Deutschen mehr beibringen wollen als die äußeren Formen demokratischer Institutionen. Dieser Geist gefährdet die künftige deutsche Demokratie und untergräbt den moralischen Kredit der Besatzungsmacht.

Manche Leute neigen dazu, das Problem Bayern mit der Bemerkung abzutun, daß man sich mit den Gegebenheiten abfinden müsse. Aber die wirkliche Schwierigkeit liegt woanders. Die Deutschen sind erziehbar, nach dem Franzosen Jacques Rivière, der ein äußerst tiefschürfendes Buch über den deutschen Charakter geschrieben hat, sogar unendlich erziehbar. Aber die Wahrheit ist, daß es der Militärregierung bislang nicht gelungen ist, die volle Unterstützung der bayerischen Intellektuellen zu gewinnen. Sie verharren in Schweigen und stehn abseits.

Die bayerischen Intellektuellen sind bedrückt, unterernährt und schwach. Sie sind bisher nicht wirklich angesprochen worden. Ihr geistiger Hunger ist so groß wie ihr leiblicher. Es ist aber unmöglich, unter den Deutschen eine neue demokratische Welt ohne Gedanken, Tatsachen und Wissen aufzubauen. Ohne diese können sie weder die Nürnberger Prozesse verstehen noch den militaristischen Geist ihrer Landsleute bekämpfen.

Kürzlich sagte mir ein bayerischer Intellektueller: ›Wehe der Welt, in Schuld verstrickt, wie sie ist, wenn sie Deutschland richtet, denn sie wird später Buße tun müssen.‹ Ein Theologe meinte, daß die ganze Welt, insbesondere ihr angelsächsischer Teil, mit Schuld bedeckt sei.

Deshalb trügen die Kirchen, nicht nur in Deutschland, eine gemeinsame Verantwortung.

Sicher, Hitler wird gehaßt und verurteilt, aber Angriffskriege werden als Machtpolitik abgetan, und angeblich ist die ganze moderne Welt von Machtpolitik beherrscht.

Die Leute hier wissen nichts über die Entwicklung der modernen Welt außerhalb Deutschlands. Deshalb kann eine demokratische Besatzungsmacht wie die unsere keinen anderen Standpunkt einnehmen, als daß allein Wissen die Deutschen freimacht.«

Solche und ähnliche Gedanken äußerte Mister List immer wieder in seinen Briefen. Meine Mutter war darüber sehr wütend. Sie griff plötzlich wieder das alte Gerücht auf, der Amerikaner treffe in Stadtbergen regelmäßig mit dem »Schlächter von Lyon« zusammen. Folglich wäre es unter der Würde meines Vaters, mit einer so zwielichtigen Figur wie diesem amerikanischen Besatzungsoffizier auch nur noch ein einziges Wort zu wechseln. Dies verbiete einem nicht nur der Anstand, sondern auch das letzte Fünkchen Ehre, das auch wir Deutsche gerade angesichts derartiger Methoden bewahren müßten. Schließlich dürften wir nicht zulassen, daß die Sieger nunmehr einerseits versuchten, alle Deutschen mehr oder minder zu nazifizieren, andrerseits aber mit Schwerstverbrechern kollaborierten.

Diese Meinung gefiel meinem Vater. Er legte den Brief des Amerikaners beiseite, ließ Politik Politik sein und ging weiter seiner Arbeit nach.

Zu jener Zeit – es war ein milder Sonntag im Mai – machte Familie Schweitzer einen Spaziergang von Pfersee hinauf auf den Kobel. Wie immer kamen die Schweitzers bei solchen Gelegenheiten auch zu uns in die Lessingstraße, und weil mein Vater irgendwo ein Pfund Bohnenkaffee aufgetrieben hatte, lud meine Mutter alle zum Kaffeetrinken ein.

Nachdem zunächst über Alltäglichkeiten wie Schwarzmarkt und Hamsterfahrten geredet worden war, brachte Herr Schweitzer das Gespräch auf die Amerikaner. Es sei eine Schande, meinte er, daß sie uns Deutsche drei Jahre nach Kriegsende noch immer hungern ließen, während sie selber durch die Gegend liefen wie feiste Speckmaden.

Mein Vater versuchte, das Verhalten der Amerikaner zu erklären. Der deutsche Name sei durch die Verbrechen in den Konzentrationslagern für immer besudelt, und wir müßten uns einfach damit abfinden, daß die Sieger nunmehr das ganze deutsche Volk für Hitler haftbar machten, frei nach der Devise: »Mitgefangen, mitgehangen!«

Doch Herr Schweitzer ließ diese Erklärung nicht gelten. »Wenn es nur so wäre!« rief er zornig. »Die Amis lassen die Unschuldigen büßen und machen bereits mit alten Nazis krumme Geschäfte!«

Zum Beweis erzählte er die Geschichte seines Schwagers aus Stadtbergen. Dessen Haus in der Mozartstraße sei kürzlich von den Amerikanern beschlagnahmt worden. Es habe geheißen, es würde für eine amerikanische Offiziersfamilie benötigt. Statt dessen sei jedoch ein ehemaliger Gestapomann samt Anhang einquartiert worden. Daran könne jeder ablesen, wie ernst es den Amerikanern mit der Entnazifizierung in Wirklichkeit sei.

»Vielleicht halten sie den Gestapomann dort nur gefangen«, erwiderte meine Mutter, »vielleicht steht er unter Sonderbewachung.«

»Im Gegenteil!« rief Herr Schweitzer erregt. »Der Kerl läuft frei herum, und man erzählt, er habe sogar ein eigenes Büro in der Stadt.«

»Und dein Schwager?«

»Dies ist ja der eigentliche Skandal! Mein Schwager, der sich bekanntlich zwölf Jahre lang standhaft geweigert hat, in die Partei einzutreten, muß jetzt mitsamt Familie in einem einzigen Raum hausen, auf einem Bauernhof hinter Biburg.«

Wir schwiegen.

Dann sagte meine Mutter: »Seien wir froh, daß nunmehr auch die Amerikaner weiteres Unrecht tun und neue Schuld auf sich laden. So wird unser deutsches Volk wenigstens ein klein wenig entlastet.«

VII

Niemand erinnert sich heute noch an den alten Herrn Knoll. Er lebte drunten im Dorf in einem einstöckigen Haus, dem Müllerwirt gegenüber. Mit Frau und zwei Töchtern bewohnte er die rückwärtigen Räume, deren Fenster zum Bahndamm hinausgingen. Vorne, zur Straße hin, hatte er seinen Kolonialwarenladen.

Noch immer gab es kaum etwas zu kaufen, weil das Geld keinen Wert hatte und Lebensmittelkarten knapp waren. Oft gab es auch auf Lebensmittelkarten nichts, und die Leute mußten sich beeilen, die Lebensmittelkarten rasch loszuwerden, sobald das Gerücht aufkam, es gäbe etwas.

Unter Kolonialwaren stellte ich mir Grieß, Mehl, Haferflocken, Salz, braunen Zucker, Malzkaffee, trockene Erbsen, Linsen und Sauerkraut vor. Und manchmal gab es wie durch ein Wunder beim alten Herrn Knoll wirklich Grieß oder Mehl, Linsen und trockene Erbsen, Haferflocken, Malzkaffee, Sauerkraut oder sogar Zucker. Der Zucker war braun, feucht und grobkörnig. Salz gab es genug. Es kam aus einem Bergwerk in Bad Reichenhall, wo Salz für tausend Jahre lag. Genauso weiß wie das Salz wünschten wir uns den Zucker, der nach wildem Honig roch. Braunen Zucker hielten wir für minderwertig und dachten, daß wir ihn zur Strafe gefärbt erhielten.

Immer bot der alte Herr Knoll alles redlich zum Kauf an, was von irgendwoher angeliefert wurde.

Unter dem Fenster neben dem Ladentisch stand ein halbhohes, abgedecktes Holzfaß. Darin bewahrte er das

Sauerkraut auf, falls wieder einmal eine frische Ladung angekommen war. Sofort eilten die Leute herbei, um sich eine gute Portion in die mitgebrachte Emailleschüssel füllen zu lassen.

Herr Knoll hatte eine dicke, rote, knorpelige Nase, deren Besonderheit es war, daß unter ihrer Spitze stets ein kleiner Rotztropfen hing. Schlurfte Herr Knoll in seinen Filzpantoffeln zum Sauerkrautfaß hinüber, hob er den Holzdeckel auf und legte ihn beiseite. Wenn er sein Gesicht tief übers Faß beugte, um mit einer großen Holzgabel im Kraut herumzustochern, fiel der Tropfen manchmal von der Nase ab und machte das Kraut noch saftiger. Aber niemand im ganzen Dorf war so heikel, wegen dieser Kleinigkeit auf eine gute Portion Sauerkraut zu verzichten.

Unterm Ladentisch und im rückwärtigen Schrank befanden sich große, tiefe Schubladen. Sie waren fast immer leer. Herr Knoll konnte nichts dafür. Niemals wäre es ihm in den Sinn gekommen, irgendwelche Kolonialwaren anderswo zu verkaufen als in seinem Laden. Bekam er Grieß oder Mehl oder ähnliche Kostbarkeiten, füllte er alles fein in die Schubladen. Es sprach sich in Windeseile herum, und sogleich liefen die Leute mit ihren Lebensmittelkarten in das Geschäft, um sich ein paar hundert Gramm von der frisch eingetroffenen Ware zu besorgen. Dann beugte sich Herr Knoll wie über das Krautfaß nun auch über die aufgezogenen Schubladen, füllte mit einem kleinen Blechschäufelchen die Haferflocken oder den Grieß in mattbraune Tüten und verlor bei dieser Tätigkeit wieder den Tropfen von der Nasenspitze.

Alle Kunden übersahen es, keinen schien es wirklich zu stören. Hätte es einen gestört, hätten sich alle anderen gefreut. Es war schon all die Jahre über so gewesen und vermutlich ging es noch eine ganze Zeit so weiter.

Obwohl Herr Knoll einen Kolonialwarenladen besaß, war seine Familie ebenso mager wie die anderen Familien, denn niemals wäre es ihm in den Sinn gekommen, sich dies oder jenes privat abzuzweigen, um es heimlich einzubehalten. Er verkaufte jedem so viel, wie diesem zustand, und solange der Vorrat reichte.

Im Juni kam das Gerücht auf, unsere Währung würde bald reformiert. Wir konnten uns darunter nichts vorstellen. Schlechter konnte unser Geld nicht werden.

Allerdings wußten wir auch nicht, was wir mit einem anderen Geld anfangen sollten, denn wir vermuteten, daß man uns keine Dollars geben würde.

Viele erinnerten sich nun an die große Inflation der zwanziger Jahre, als alle Deutschen hundertfache Millionäre und Milliardäre gewesen waren und eine Semmel vielleicht eine Million und ein Ei acht Millionen Mark gekostet hatten. Ganz alte Leute wußten aber auch von einer Zeit zu berichten, die sie »Goldmarkzeit« nannten, als es für ein paar Pfennige ein Dutzend Eier zu kaufen gab. Jedenfalls stellten wir uns nichts unter einer Währungsreform vor, weder eine neue Inflation wie nach dem Ersten Weltkrieg noch den plötzlichen Ausbruch eines goldenen Zeitalters.

Vorerst hatten wir noch unser windiges Scheingeld. Das Papier war abgegriffen, vergilbt, verhunzt und schmutzig. Die Münzen waren grau wie abgeschabte Landseruniformen und bleiern, plump und wertlos, als wären sie aus weggeworfenen Wehrmachtshelmen geprägt. Drei Jahre nach Kriegsende hatten wir noch immer dieses dreckige, schäbige Geld mit seiner pompösen Aufschrift »Deutsches Reich«. Und ein kalter, drahtiger, starrer Adler hielt weiterhin krampfhaft sein zackiges, kantiges Hakenkreuz zwischen den Krallen.

Das ist also von unserer ganzen Vergangenheit übriggeblieben, dachte ich, das sollen wir uns in unsere Hirne einprägen, und anhand dieses abgefingerten Geldes mit diesem vermaledeiten Zeichen sollen wir ein für allemal geheilt werden von diesem Zeichen.

Für unser Scheingeld gab es aber nichts. Es hatte nur den Tauschwert, unsere Phantasie und unser Bewußtsein zu täuschen.

Erst jetzt, da alle, alt und jung, Mann und Frau, Greis und Kind, Tote und Ungeborene, es anerkannten als ihr schmutziges, dreckiges, ekliges Geld, als den letzten Überrest ihrer selbst, war der Augenblick gekommen, uns unsre eigne Wertlosigkeit in einer großangelegten Aktion zu zeigen.

Als aber die Nachricht von der unmittelbar bevorstehenden Währungsreform durchgesickert war, sprachen die älteren Leute von der alten Zeit und die jungen von einer neuen Zeit, die alles Vergangene in den Schatten stellen würde.

Alle wären am liebsten mit dem gesamten ersparten Geld irgendwohin gelaufen, um alles zusammenzukaufen, was es zu kaufen gab. Doch jetzt gab es plötzlich überhaupt nichts mehr, weder eine Stecknadel noch einen Schnürsenkel. Nirgends bildeten sich Einkaufsschlangen. Nichts lag in den Auslagen, nichts in den Regalen. Alles war leer, wie weggeblasen von einem nächtlichen Sturm.

Ein warmer Sommerregen setzte ein. Es war Mitte Juni. Dieser Regen dauerte einige Tage und Nächte. Auf

Straßen und Plätzen, Wegen und Pfaden, in Höfen und Vorgärten bildeten sich große Pfützen und Wasserlachen.

Und eines Morgens war es soweit.

Die Nachricht verbreitete sich wie ein Lauffeuer von Haus zu Haus. Die Menschen liefen zu ihren Nachbarn hinüber und sagten es weiter oder riefen es den Vorübergehenden zu, und wer es noch nicht gewußt hätte, mußte es an der plötzlichen Unruhe und Hast spüren, die mit einem Schlag das Land erfaßte. Eine ungewohnte Betriebsamkeit brach aus. Es war, als würden die Menschen von einer gewaltigen, unbekannten Kraft gelenkt, angetrieben und elektrisiert.

Und dann sahen sie, daß über Nacht ein Wunder geschehen war, als hätten die Heinzelmännchen von Köln aus dem Inneren der Erde alle Glitzerdinge und Kostbarkeiten ans Licht geschafft, die dort seit Urzeiten lagerten.

Die Wunderwaren lagen und standen in großen Mengen in sämtlichen Schaufenstern und auf allen Regalen: nagelneue Schuhe, elegante Kleider, Nylonstrümpfe mit und ohne Naht, bunte Badeanzüge, elektrische Rasierapparate, silbrig blinkende Bügeleisen, Föne, Waschmaschinen, Elektroherde, Waschpulver, Luxusseifen in Glanzpapier, Zahnpasta, Shampoo, Parfüm, Haarwasser, Badesalz, Frottee-Handtücher, vor allem aber Salami, Nudeln, Reis, echter Bohnenkaffee Marke »Quieta«, schwarzer Tee, Zigaretten, Zigarren und Tabak in Dosen, Schokolade, Pralinen, Torten, Bonbons, Weißbrot, Pumpernickel, Rheinwein, Sekt, Säfte, Schnäpse, Holländer und Schweizer Käse, Würstchen in Dosen, Brühwürfel, Suppenpulver, Fleisch und Eier, Schinken und Speck, Butter und Fett, Milch und Öl, schneeweißer Zucker und Mehl.

Bis zur Decke waren die Regale der Geschäfte vollgestopft mit übereinander gestapelten Büchsen, Kartons und Gläsern. Da gab es Marmeladen, Konfitüren, Puderzucker, Gewürze, geschälte Tomaten, Honig, Sirup, Erdnußbutter, Kakao, Maispulver, frische Erbsen und junge Bohnen, Obst und Salat, kandierte Früchte und – verschlossen in einer abgedichteten Truhe, einer Box – kleine, ordentlich nebeneinander geschichtete, in Silberpapier gewickelte Päckchen mit Vanille-, Schokoladen-, Himbeer-, Zitronen- und Erdbeereis.

Neben den Waren in den Schaufenstern standen kleine, säuberlich gedruckte Schildchen mit dem jeweiligen Preis. Die Passanten blieben stehn und staunten. Sie wagten es noch nicht, die Geschäfte zu betreten, weil keiner glaubte, der ganze Zauber sei auch für ihn da.

»Ah!« riefen sie wie Kinder, die zum erstenmal im Leben die bunten Kugeln und Lichter eines geschmückten Weihnachtsbaums erblicken. Sie standen unter aufgespannten Regenschirmen und gafften.

Endlich fragte jemand schüchtern und voller Zweifel: »Meinen Sie, daß man das alles wirklich kaufen kann? Oder sind es bloß Ausstellungsstücke zur Dekoration?«

»Wenn man es nicht kaufen könnte«, sagte ein anderer, »wären vermutlich keine Preisschildchen dabei.«

»Eigentlich ist es gar nicht so teuer«, sagte ein dritter.

Und eine Frau, die mehrere Minuten lang ungläubig den Kopf geschüttelt hatte, murmelte: »Nein, nein, so etwas, nein!«

Menschentrauben hatten sich vor den Auslagen gebildet. Allmählich fingen die Leute an, die vielen schönen Dinge beim Namen zu nennen. Plötzlich löste sich ein älterer Mann aus der Gruppe, schob die anderen etwas unsanft beiseite und rief: »Wozu steht ihr alle herum wie der Ochs vor dem Berg. Ich geh jetzt hinein und frage.«

Alle warteten, bis er wieder herauskam. Er hatte nichts gekauft. Jedenfalls trug er nichts in den Händen.

»Was hat man Ihnen geantwortet?«

»Ja«, sagte der Mann, »es gibt alles zu kaufen, aber nicht für unser altes Geld.«

Nach diesen Worten löste sich die Menschentraube auf, und alle liefen rasch zur Gemeindekanzlei, um sich neues Geld zu besorgen. Sie mußten es kaufen: für eine neue D-Mark mußten sie gleich zehn alte R-Mark auf den Tisch blättern. Es gab erregte Diskussionen, denn alle waren sehr enttäuscht, als sie erkannten, daß die Wunderdinge in den Schaufenstern und Läden teuer, sehr, sehr teuer waren. Wer sich aber bereits vorgenommen hatte, geschwind alles mögliche zusammenzukaufen, bekam ein langes Gesicht und schlurfte betrübt aus der Geldwechselstube hinaus.

Viele Leute hatten eine Menge alter Geldscheine mitgebracht, die sie vorsichtig aus Briefumschlägen zogen, um augenblicklich das schmutzige alte Geld loszuwerden. Zunächst wurden pro Person jedoch nur vierzig D-Mark ausgehändigt, gegen vierhundert R-Mark.

Auf dem Rückweg blieben die Leute wiederum staunend vor den üppigen Schaufenstern stehn, überlegten, rechneten und wunderten sich, wie teuer alles plötzlich war. Trotzdem betraten die meisten schon jetzt die wundersamen Geschäfte und kauften ein bißchen ein: ein wenig Fleisch, einige Eier, etwas Schinken und Speck, Butter und Fett, Milch und Öl, Zucker und Mehl. Sie kauften alles auf der Stelle, und dazu etwas Tee, Kaffee und Tabak. Und als sie die paar Sachen, die allesamt in einer einzigen Einkaufstasche Platz hatten, bezahlen mußten, merkten sie, daß sie dafür ihr ganzes Geld benötigten, und noch bevor sie wußten, wieviel das neue Geld wert war, hatten sie es ausgegeben und verbraucht.

Für uns war Kathrin mit einer großen Einkaufstasche zur Gemeindekanzlei gegangen. Sie sollte das Geld sogleich nach Hause bringen, damit wir es in Ruhe betrachten konnten.

Es hatte aufgehört zu regnen. Ich ging vors Haus, dann die Lessingstraße entlang zur Lohwaldstraße, wo ich Kathrin vor dem freien Feld begegnete, jenem Grundstück, das uns ein paar Monate lang gehört hatte und dem meine Eltern noch immer nachtrauerten.

»Wie sieht das neue Geld aus?« fragte ich. »Laß es mich sehn!«

Sie machte die Einkaufstasche auf, zog einen Briefumschlag heraus und zeigte es mir.

Nie zuvor und niemals seither habe ich so wundervolles Geld gesehen. Es waren lauter druckfrische Geldscheine in leuchtenden schönen Farben.

Es gab hellgrüne, hellblaue und glühend rote Scheine. Sie hatten verschiedene Größen: kleine Fünf- und Zehnpfennig-Scheine und größere für eine halbe, eine, zwei, fünf, zehn und zwanzig Mark. Es war sauberes, unberührtes, glattes, ungefaltetes Geld, so neu und frisch, als sei es überhaupt nicht dazu bestimmt, durch viele Hände zu wandern. Die Scheine waren aus wertvollstem Papier und schienen einzig dazu auserssehen, betrachtet und besessen zu werden. Dieses Geld war so herrlich bunt und funkelnagelneu, als käme es auf direktem Weg aus Amerika.

»Laß es mich anfassen«, sagte ich zu Kathrin, und sie gab es mir in die Hand. Ich berührte es. Doch in dem

Moment, da ich es selber zwischen den Fingern spürte, war mir, als sei plötzlich all seine Zauberkraft entschwunden. Ich fühlte in diesem Augenblick nur noch die glatte Oberfläche eines beliebig bedruckten Papiers. Mir war, als seien all diese Geldscheine nur Scheingeld, eine Vorspiegelung, der Beginn eines langen, quälenden, endlosen Alptraums.

»Werden wir von nun an zufriedener und glücklicher sein?« fragte ich Kathrin.

Sie schwieg eine Weile, als sänne sie über etwas nach. Dann lächelte sie mich an, strich mir zärtlich und liebevoll übers Haar und sagte: »Nein.«

Zu Haus wartete die ganze Familie. Alle brannten darauf, das neue Geld zu bewundern und anzufassen. Während dies geschah, wurde mein Vater telefonisch zu einem dringenden Besuch gerufen.

Jemand hatte sich für das neue Geld sogleich die schönsten Eßwaren und besten Schnäpse gekauft. Da der Magen jedoch nach den jahrelangen Entbehrungen nichts mehr vertrug, bekam der arme Mensch eine Kolik.

Mein Vater stand auf, um aus dem Sprechzimmer die Arzttasche zu holen. Während er hinausging, fragte ihn mein Bruder:

»Wirst du für diesen Besuch eigentlich schon mit neuem Geld bezahlt?«

»Das wollen wir doch hoffen«, antwortete mein Vater und schloß die Tür hinter sich.

Nachdem alle miteinander die bunten Scheine lange genug hin- und hergedreht und -gewendet hatten, rief meine Mutter plötzlich mit durchdringender Stimme: »Genug!«

Dann packte sie das Geld zusammen und verstaute es in einer ledernen Brieftasche.

Nun verließen alle den Raum, außer meiner Mutter und mir. Wir redeten nichts.

Ich beobachtete eine fette, grün schillernde Fleischfliege, die sich ausgerechnet auf dem Kruzifix über unserer Eßnische niedergelassen hatte und anscheinend ziellos auf dem Körper des Gekreuzigten umherwanderte.

Meine Mutter schien in Gedanken versunken und starrte wie geistesabwesend auf die gegenüberliegende Wand, wo es außer der alten, gemusterten Tapete nichts zu sehen gab. Ich fragte sie nicht, was ihr in diesen Augenblicken durch den Kopf ging, sondern wartete ruhig ab, bis sich ihre Jenseitigkeit allmählich verflüchtigte.

Nach einem kurzen Seufzer erhob sie sich, legte die lederne Brieftasche, die sie bis dahin mit beiden Händen wie ein Gebetbuch im Schoß gehalten hatte, zur Seite, ging zu einem Schrank, in dessen oberstem Fach säuberlich Küchentücher aufgestapelt lagen, stieg auf einen Stuhl, kramte wortlos zwischen den Tüchern, nahm einige heraus und legte sie auf den Tisch. Sodann bestieg sie den Stuhl ein zweites Mal und holte aus der hintersten Ecke des Schrankfachs eine schwarze Kassette hervor. Diese öffnete sie mit einem kleinen Silberschlüssel, den sie an einer Schnur um den Hals getragen hatte.

In der Kassette befanden sich mehrere mit kleinen Gummis umspannte Umschläge. Diese nahm meine Mutter sogleich heraus und legte sie aufs Sofa, auf dem sie sich unter einem neuerlichen Seufzer niederließ.

Sie streifte die Gummis von den Umschlägen ab und entnahm den Kuverts mehrere dicke Packen wohlsortierter und gebündelter R-Mark-Scheine. Nachdem sie alle Bündel schön nebeneinander vor sich hingelegt hatte, nahm sie eins nach dem andern in die Hände und fing an, das Geld langsam und bedächtig zu zählen, wobei sie die jeweilige Summe wie eine Litanei vor sich hinflüsterte und größere Zwischensummen mit halblauter Stimme aussprach wie Rosenkranzgeheimnisse.

»Was tust du denn da?« fragte ich.

»Pst! Stör mich nicht«, sagte sie, »ich zähle Geld.«

»Wozu?« fragte ich weiter.

»Eintausendeinhundertelf, eintausend, einhundert, siehst du, mit deiner ewigen Fragerei hast du mich jetzt drausgebracht!« rief sie wütend. »Jetzt kann ich gleich noch einmal von vorne anfangen.«

Ich schwieg nun und schaute ihr beim Geldzählen zu. Sie fing also noch einmal an, zählte zuerst rasch und konzentriert, dann bedächtig und nachdenklich und wurde allmählich immer langsamer und zögernder, als sei ihre Tätigkeit Schwerstarbeit.

Auf einmal beobachtete ich, wie ihr unter der Brille dicke Tränen aus den Augen quollen und über die Wangen herabrollten. Noch immer versuchte sie zu zählen, so lange, bis sie vor lauter Tränen das vor ihr liegende Geld nicht mehr unterscheiden konnte. Erst jetzt nahm sie die Brille ab, schluchzte und wischte sich die Tränen mit dem Taschentuch ab.

Seltsamerweise empfand ich in diesem Augenblick keinerlei Mitleid, obwohl es doch meine Mutter war, die da Tränen vergoß. Statt dessen fragte ich: »Warum weinst du? Es gibt doch überhaupt keinen Grund, beim Geldzählen zu heulen!«

»Ach, was weißt du dummer kleiner Bub!« antwortete sie. »Was weißt du vom Lauf der Welt! Jahrelang hat sich dein fleißiger Vater Tag und Nacht abgerackert, damit wir uns etwas beiseite legen könnten für bessere Zeiten. Und jetzt ist alles umsonst gewesen!«

Ich fand keine Worte, meine Mutter über soviel Unglück hinwegzutrösten. Also schwieg ich.

»Das gute, hart verdiente Geld! Alles umsonst, alles umsonst!«

Mit diesen Sätzen stand sie vom Sofa auf, ging zum Fenster und blickte hinab auf das vor Jahren enteignete Grundstück vor unserem Haus.

VIII

Bei schönem Wetter wurde Teilhart Kraft zu Winnetou. Er schilderte sein Vorbild so genau, als habe es Winnetou wirklich gegeben.

»Wie viele Karl May hast du schon gelesen?« fragte er jeden von uns, weil er wußte, daß wir keine Karl May besaßen.

»Leihst du mir einen?« fragte Ehrgeiz.

»Dir? Ausgerechnet dir?« rief Teilhart. »Dir leih' ich keinen. Nie!«

Wir wußten nicht, warum Teilhart ausgerechnet Ehrgeiz keinen Karl May leihen wollte, doch konnten wir es uns denken. Nach einer Weile sagte Teilhart: »Wenn ich demnächst einem von euch einen Karl May leihe, dann ist es Johannes.«

»Welchen von deinen achtundachtzig leihst du mir?« fragte mein Bruder.

»Ich habe nicht gesagt, *daß* ich dir einen leih'«, sagte Teilhart, »sondern *wenn*. Das ist ein kleiner Unterschied. Vergiß nicht: Wenn das Wörtlein wenn nicht wär', wär' mein Vater Millionär.«

»Vielleicht hast du dir den ganzen Karl May nur ausgedacht«, sagte ich.

»Ich besitze zwar jede Menge Phantasie«, sagte Teilhart, »doch nicht ganz so viel wie Karl May. Doch beruhig dich, morgen bring ich deinem Bruder ›Winnetou I‹ mit. Dann kann er's bezeugen. Allerdings leih' ich ihm das Buch bloß für eine Woche und auch nur auf Ehrenwort, daß er es keinem weiterverleiht.«

»Wieviel Bände Winnetou gibt es denn?« fragte mein Bruder.

»Mehrere«, sagte Teilhart geheimnisvoll. »Lies erst einmal Band I!«

Anderntags brachte Teilhart meinem Bruder tatsächlich das versprochene Buch mit, und Johannes las die ganze Woche darin, kam aber nur bis zur Hälfte, weil es zu dick war. Teilhart bestand jedoch auf seinem Wort und forderte das Buch unnachgiebig zurück.

Gerne hätte Johannes »Winnetou I« zu Ende gelesen und vermutlich auch die Fortsetzungen und sämtliche noch verfügbare Karl May, aber Teilhart blieb stur. Von da an war mein Bruder vom Lesen sehr enttäuscht und las zur Strafe nie mehr einen Karl May. Ihm verging überhaupt die Lust an den Büchern, so daß er in seinem ganzen künftigen Leben höchstens noch zwei oder drei Bücher bis zum Ende schaffte. Meistens hörte er nach einem Drittel, spätestens in der Mitte auf, mit dem Ergebnis, daß er mit der Zeit meinte, es genüge, jedes Buch nur anzulesen, um zu wissen, daß es nichts tauge.

In den nächsten Monaten durchbrach Teilhart Kraft seine ehernen Grundsätze und lieh verschiedene Karl May her.

Vermutlich hatte er noch andere Quellen als seine Karl May. Jedenfalls kannte er alle Gebräuche der Indianer, als wäre er ihnen schon begegnet und hätte eine Zeitlang unter ihnen gelebt.

Wir waren Bleichgesichter und erkannten sein Recht an, unser Oberhäuptling zu sein. Meinen Bruder Johannes und den neidigen Ehrgeiz ernannte er zu Unterhäuptlingen. Die übrigen Mitglieder unsres Stamms erhielten wohlklingende Namen wie »Fliegender Pfeil«, »Adlerauge« und »Feuriger Blitz«. Es gab auch zwei Indianerfrauen, nämlich Giggels Schwester, die den Namen »Blume des Mittags« bekam, und Teilharts Schwester Iris, die wegen ihrer dunkel glänzenden Haare »Schwarzes Gold« gerufen wurde. Nur Jörg Fahl hieß zur Strafe weiterhin Meidscher. Teilhart verdächtigte ihn, ein Halbblut zu sein, und behauptete, jedes Halbblut sei von Natur aus ein Verräter.

Der Meidscher setzte sich heftig zur Wehr und versprach, jede gewünschte Mutprobe auf sich zu nehmen, aber es half nichts. Teilhart sagte lediglich: »Halbblut bleibt Halbblut.«

Eines Tages hatte unser Oberhäuptling eine echte Indianerkluft an. Sein Vater, der gute Beziehungen besaß, hatte sie irgendwo besorgt, und Teilhart trug sie jetzt vor aller Augen stolz durch die Gegend.

Die Kluft bestand aus Kopfschmuck, Hemd und langer Hose. Von einem breiten, mit farbigen Ornamenten verzierten Stirnband, das mit einem über den Hinterkopf gezogenen, ebenso breiten Gummiband befestigt war, hingen hinter den Ohren zwei lange Stoffsträhnen herunter, die wie Zöpfe auf dem Rücken lagen. In Stirnband und Stoffsträhnen eingenäht waren gefärbte Gänsefedern, die steil von Kopf und Rücken abstanden. Dasselbe Muster wie am Stirnband lief in Streifen auch über die Außennähte von Hemd und Hose und reichte bis zu den Ärmel- und Hosenenden, die ebenfalls mit einer farbigen Borte abschlossen. Das Hemd hatte zwei zuknöpfbare Brusttaschen, die Hose vier tiefe Taschen in Schenkelhöhe und eine schmale Seitentasche als Geheimfach. Sie wurde von einem breiten, ebenso verzierten Ledergürtel gehalten, von dem links und rechts zwei feste Schlaufen herabhingen, in denen ein geschnitztes Holzmesser beziehungsweise ein Holzbeil steckte. Außerdem war am Gürtel über der linken Gesäßtasche ein Köcher befestigt, in dem zehn oder zwölf Pfeile steckten, deren Ende dieselben farbigen Federn zierten wie den Kopfschmuck.

Außerdem gehörte zu der Kluft ein breitgeschwungener Bogen, der mit einer echten Natursaite bespannt war.

»Was willst du mit dem stumpfen Holzmesser und dem Holzbeil anfangen?« fragten wir.

»Erstens ist das kein Beil, sondern ein Tomahawk«, belehrte uns Teilhart, »und zweitens ist das Holzmesser nur ein Zeichen.«

»Ein Zeichen für was?«

»Für meine Manneswürde!«

»Aber im Kampf ist es wertlos!«

»Dafür habe ich Pfeil und Bogen und besitze außerdem noch zwei weitere Messer.«

Tatsächlich hatte er außer dem Fahrtenmesser seines toten Bruders noch ein Taschenmesser bei sich mit mehreren Klingen, einem Korkenzieher und Nagelfeile.

»Und welchen Wert soll der Tomahawk haben?« fragten wir weiter.

»Wenn ich ihn einem von euch über den Schädel schlage, wird er es schon merken.«

Wir wollten die Indianerkluft selber anprobieren, aber zur Strafe für unser neidisches Geschwätz trug Teilhart seine Ausrüstung mehrere Tage ganz allein und ließ keinen anderen heran.

Als Häuptling führte er unsere Bande an, und wir zogen johlend und jaulend ins Bahnhofsviertel hinauf und hinunter ins Dorf bis zum Schmutterhaus. Vor den Bahnhöflern hatten wir keine Angst. Aber bei den Schmutterhäuslern mußten wir uns auf unsre schnellen Beine verlassen, wenn es zu einem Zusammentreffen kam.

Um wie richtige Indianer zu erscheinen, hatten auch wir uns inzwischen allesamt einen Kopfschmuck zugelegt. Er war allerdings einfacher und bestand nur aus einem um den Kopf gespannten Einweckgummi, in den wir Gänsefedern steckten. In dieser Begleitung wirkte Teilharts Aufmachung noch eindrucksvoller. Jeder sah von weitem, wer der Oberhäuptling und wer die einfachen Indianer waren.

»Zwar sind wir Indianer«, sagte Teilhart, »doch sehen wir noch aus wie Bleichgesichter. Außerdem haben Indianer Tätowierungen.«

Wir liefen heim, kramten nach den Lippenstiften der Mütter, betupften Gesicht und Hände und verrieben die Punkte, bis wir echte Rothäute waren.

»Jetzt fehlen immer noch die Tätowierungen«, sagte Teilhart.

Sein Vater besaß einen schweren Schreibtisch aus Eichenholz. Darauf stand eine Federhalter-Ablage mit zwei kleinen Marmorbehältern, die Glasfäßchen mit blauer Tinte und schwarzer Tusche enthielten. Teilhart holte die Ablage mit den Behältern heimlich in den Garten, und wir zeichneten uns mit Gänsefederkielen wilde Tätowierungen auf die Haut.

Im Dorf trafen wir auf einige Schmutterhäusler und mußten fliehen. Es waren kräftige Bauernburschen, die jeden Tag viel zu essen bekamen, und es war nicht ratsam, sich mit ihnen auf eine Rauferei einzulassen. Allerdings waren sie etwas behäbig und langsam, vielleicht, weil sie so viel fraßen. Also konnten wir es im Rennen jederzeit mit ihnen aufnehmen. Die Bahnhöfler hingegen flößten uns keine Furcht ein. Zwar suchten wir auch mit ihnen keinen offenen Kampf, aber jede Bande hatte ihr Revier und achtete die Grenzen der anderen.

Die Nudelfabrik bildete die Grenze zu den Schmutterhäuslern. Unser Gebiet ging bis zur Bahnlinie und zum Abhang der Rehlingenstraße.

Vor den Schmutterhäuslern waren wir jedoch nicht auf direktem Weg geflohen, sondern hatten den Umweg über das Bahnhofsviertel gewählt. Das hatte den Vorteil, daß sich die Bahnhöfler mit uns gegen die Schmutterhäusler verbündet hätten, sobald diese ins Bahnhofsviertel eingedrungen wären. Allerdings waren die Schmutterhäusler so schlau, unsere List zu durchschauen, und ließen uns hinter dem zweiten Tunell ungeschoren weiterziehen. Dadurch gerieten wir in eine unerwartete Lage. Die Bahnhöfler fühlten sich von uns herausgefordert und stellten sich uns in den Weg. Gern hätten wir sofort den Kampf mit ihnen aufgenommen, doch Teilhart befürchtete, seine Indianerkluft einzubüßen, und machte das vereinbarte Zeichen zur Flucht. Rasch rannten wir die Hindenburgstraße entlang bis zum Bahnhof und hinunter zum ersten Tunell, hinter dem unser Revier lag und wohin uns die Bahnhöfler aus guten Gründen nicht mehr verfolgten.

Durch diese doppelte Niederlage fühlten wir uns zutiefst in unserer Ehre verletzt und sannen auf Rache.

Zwar wäre es ganz einfach gewesen, ohne Indianerkluft sofort ins Bahnhofsviertel zurückzukehren, doch hätten die Bahnhöfler den Verzicht auf unsere Ausrüstung vermutlich als Schwäche aufgefaßt, da sie nichts so aufregte wie Teilharts ungewöhnlicher Aufzug. Also wollten sie die Kluft erbeuten, und solange sie sie nicht selber hatten, mußten sie uns hassen.

Plötzlich fiel Jörg Fahl eine List ein.

»Wißt ihr was?« sagte er, »Wir nehmen einen oder zwei von denen gefangen und lassen sie erst wieder frei, wenn wir ihnen unsere Bedingungen diktiert haben.«

»Wie willst du das anfangen?« fragten wir.

»Einer von uns zieht Teilharts Häuptlingsgewand an und setzt sich allein an den Rand des Pfads, der zum Tunell hinunterführt.«

»Und was soll dieser Quatsch?« fragte Teilhart.

»Das werde ich dir gleich erklären«, sagte der Meidscher. »Wenn die Bahnhöfler einen allein so dasitzen sehn, werden sie gierig auf die Indianerkluft starren und ihn entführen wollen, um eben diese Kluft zu erbeuten.«

»Und dann?« fragte Teilhart weiter.

»Dann werden sich zwei oder drei von ihnen anschleichen, um ihn zu packen. Aber genau in diesem Augenblick stürzt *ihr* heraus und schleppt die Angreifer hier herauf in den Garten, wo wir sie in das Verlies im Sommerhaus sperren.«

»Und wer soll deiner Meinung nach die Indianerkluft anhaben?« fragte Teilhart mißtrauisch. »Meinst du, daß sie sich an *mich* heranwagen?«

»Du hast recht«, erwiderte der Meidscher, »es wäre falsch, wenn *du* sie anhättest. Sofort würden sie vermuten, daß an der ganzen Sache etwas faul ist. Deswegen muß ein anderer von uns deine Kluft anziehen.«

»Und wer, wenn ich fragen darf?«

Teilhart Kraft schaute forschend in die Runde, wer den Ehrgeiz besäße, sein Indianergewand anziehen zu wollen. Wir schwiegen.

»Wer außer mir käme in Frage?«

Wir schwiegen weiter, und keiner von uns wagte sich hervorzutun.

»Wie ich sehe, hat keiner den Mut«, sagte Teilhart.

»Doch!« rief der Meidscher. »Mir würde es nichts ausmachen.«

»Nichts ausmachen . . . Hast du den Mut oder nicht?«

»Mut! Was für einen Mut? Dazu gehört überhaupt nichts. Ich stelle mich freiwillig zur Verfügung.«

»Okay«, sagte Teilhart, »ihr habt es gehört. Er ist bereit, sich jeder Gefahr auszusetzen, und folglich soll er seine Mutprobe haben. Als erster außer mir erhält er das Recht, mein Häuptlingsgewand zu tragen, obwohl er eigentlich ein Halbblut ist, wenn man genauer hinsieht. Aber wir haben schon früher festgestellt, daß er seine Bewährungsprobe noch vor sich hat. Und jetzt ist der Moment gekommen. – Wehe aber, wenn du dich schnappen läßt und an meinem Kopfschmuck hinterher auch nur eine einzige Feder fehlt.«

Teilhart zog sein Häuptlingsgewand aus und überließ es Jörg Fahl. Dieser nahm es stolz entgegen und streifte es sich über. Er vergaß weder Kopfschmuck noch Holzmesser und Tomahawk. Nur den wertvollen Bogen und den Köcher mit den Pfeilen ließ er zurück.

Wir sagten ihm, er solle sich ziemlich weit oben an den Rand des Pfades setzen, damit sie ihn vom Güterbahnhof her gut sehen und wir ihm von unserem Garten aus schnell zu Hilfe eilen könnten. Er tat genau, was wir ihm aufgetragen hatten, und setzte sich wenige Schritte vom Garten entfernt vor den am Bahndamm entlangführenden Graben.

Und in der Hecke hinter dem Gartenzaun saßen wir und beobachteten das Ganze.

Zuerst rührte sich nichts. Dann, nach einiger Zeit, tauchten drüben am Güterbahnhof die ersten Bahnhöfler auf und guckten argwöhnisch herüber. Wir verhielten uns still und reglos, so daß sie nur den Meidscher in der Indianerkluft sehen konnten, der so tat, als wollte er sich in der Sonne ausruhen.

Eigentlich erwarteten wir, daß sie auf direktem Weg über die Bahngleise herüberkommen würden. Doch waren sie schlauer, als wir vermutet hatten.

In der nächsten halben Stunde passierte überhaupt nichts. Die Bahnhöfler waren nach ihrem Erkundungsgang abgezogen. Jörg Fahl saß scheinbar zufällig am Wegrand, und wir hockten erwartungsvoll in der Hecke, bereit, jede Sekunde hinauszustürmen und dem bedrängten Meidscher zu Hilfe zu kommen.

Aber nichts geschah.

Von Zeit zu Zeit schaute Jörg Fahl ungeduldig und ratlos zu uns herüber, als sei er enttäuscht, daß sich niemand für ihn interessierte.

Wir zischten ihm zu, sich weniger auffällig zu verhalten. Er aber schien unsere Hinweise falsch zu verstehn und setzte sich einige Meter weiter pfadabwärts.

Dies war sein größter Fehler.

Wir konnten ihn aber nicht zurückhalten. Denn wären wir jetzt hinausgerannt, wäre alles umsonst gewesen.

»Komm zurück!« riefen wir vorsichtig.

Er freilich verstand uns schon nicht mehr und setzte sich jedesmal einige Meter weiter pfadabwärts in Richtung Tunell.

Das ging noch einige Male so hin und her, bis wir ihn von oben nicht mehr sehen konnten, weil die Böschung ihn verdeckte.

Dann war es ganz still. Drüben am Güterbahnhof, jenseits der Gleise, rührte sich nichts. Der Meidscher machte sich nicht mehr bemerkbar. Und wir wollten unser Versteck nicht verlassen. Wir pfiffen. – Keine Antwort. Wir wiederholten denselben Pfiff, den der Meidscher kennen mußte. Dann kam die Antwort. Uns fiel jedoch auf, daß der Pfiff nicht einmal, sondern mehrmals zugleich zu uns heraufscholl, als hätte der Bahndamm ein Echo geworfen.

Und wiederum blieb alles im ungewissen.

Im Laub raschelte eine Amsel. Auf der Straße vor dem freien Feld kurvte irgendwann ein amerikanischer Jeep an der Linde vorbei und hinterließ eine Staubwolke, die sich nur langsam verteilte und wie ein Nebel auf Bäume und Gräser sank. Später hörten wir einmal die Stimme von Herrn Kraft, der seine Kinder Teilhart und Iris rief.

»Teili! Irili!« klang es herauf. Doch Teilhart ließ sich nicht beeindrucken und hielt uns an, ganz ruhig zu bleiben. Später fuhr ein scheppernder Güterzug über die ausgeleierten Gleise in Richtung Diedorf.

Wir horchten, hörten aber nichts.

So verging vielleicht noch eine Viertelstunde.

Und plötzlich hörten wir einen schrillen, durchdringenden Schrei.

»Hilfe! Hilfe! Helft mir, sie kommen!«

Und jetzt sahen wir den Meidscher den Pfad herauflaufen. Hinter ihm her rannten drei Bahnhöfler, die ihn beinahe erreicht hatten und ihm im Lauf den Federschmuck der Indianerkluft vom Kopf rissen. Einen Augenblick schaute er sich um, dann erwartungsvoll in unsere Richtung, und schon hatten sie ihn gepackt.

»Los! Hinaus!« schrie jetzt Teilhart. »Sie rauben unsere Uniform!«

Wir stürmten durch die Gartentür auf den Pfad hinaus. Doch die Bahnhöfler hatten den Meidscher inzwischen in ihrer Gewalt und schleppten ihn rasch zum Tunell hinunter.

Es hatte keinen Sinn mehr, die Verfolgung aufzunehmen. Die Bahnhöfler hatten nämlich nicht nur den Gefangenen als Geisel, sondern vor allem Teilharts wertvolle Kluft, die sie jederzeit beschädigen konnten, wenn wir ihnen nachstellten.

Also mußten wir sofort Späher ausschicken, um zu erkunden, wohin sie den Meidscher entführten und wo sie ihn versteckten. Teilhart schlug vor, mein Bruder und ich sollten der Bande heimlich folgen, allerdings nicht durchs Tunell, sondern auf dem Umweg über die Gleise vor dem Güterbahnhof.

Wir überquerten den Bahndamm und rannten im Schutz der von der Augsburger Straße zum Tunell führenden Schlucht zur gegenüberliegenden Böschung, wo uns Bäume und Gebüsch gute Deckung boten. Von dort aus sahen wir, wie sie den Meidscher an Melchior Pfaffs Haus vorbeiführten und dann in den Kobelweg einbogen.

Wir vermuteten, daß sie irgendwo im Kobelwald ihr Lager errichtet und Reisigburgen gebaut hatten.

Als sie uns nicht mehr sehen konnten, rannten wir geschwind die Hindenburgstraße hinauf bis zur Bahnhofsgaststätte. Dann liefen wir quer durch den Wirtsgarten, immer darauf bedacht, daß uns die dicken Stämme der Kastanienbäume beim Anschleichen verdeckten.

Am Ende des Wirtsgartens, dort, wo der Kobelweg steil anzusteigen beginnt, hatten sich Fußgänger, die von

Steppach nach Westheim oder umgekehrt liefen, zur Wegabkürzung einen Trampelpfad geschaffen. Er führte über ein brachliegendes Waldstück, auf dem nur noch vier oder fünf Bäume standen. Bis vor zwei Jahren hatte der Wald bis hierher gereicht. Aber bei Kriegsende waren an dieser Stelle fast alle Bäume vom Borkenkäfer befallen, und das Waldstück wurde abgeholzt. Nur am oberen Rand des Brachlands gab es niedrige Hecken und wild wachsende Brombeersträucher. Der Boden war teilweise von Moos, Unkraut und buschigem Gras bedeckt, aber überall schien der nadelige Waldboden noch durch. Im Sommer war es angenehm, barfuß über das Brachfeld zu laufen, denn die Nachmittagssonne heizte die langen, weichen Kiefernnadeln auf, und man ging wie auf einem Teppich.

Als wir an der Abzweigung angelangt waren, entdeckten wir, daß die Bahnhöfler ihr Lager dicht unterhalb der Brombeersträucher errichtet hatten. Aus Decken und alten Planen der Wehrmacht hatten sie niedrige Zelte gebaut. Nur ein Zelt ragte etwas höher empor. Es mußte das Häuptlingszelt sein, denn an einem Stecken über der Zeltspitze wehte ein roter Wimpel. In dieses Zelt schleppten sie den Meidscher.

Wir versetzten uns in seine Lage und stellten uns vor, wie schlecht er sich in diesem Augenblick fühlte. Auch dachten wir, daß ihn ein Lebenszeichen von uns sicher aufmuntern würde. Dann hätte er wenigstens die Hoffnung, bald wieder befreit zu werden. Also beschlossen wir, uns ganz nah anzuschleichen und ihm durch unseren Pfiff zu verstehen zu geben, daß wir seinen Aufenthaltsort bereits wußten.

Zu diesem Zweck gingen wir zur Hindenburgstraße

zurück und ein Stück die nach Steppach führende Straße hinauf, um uns von der Bergseite her unbemerkt dem Zeltlager zu nähern.

Es war leicht. Die Bahnhöfler hatten zwar einige Wachen postiert, doch spähten diese unentwegt den Hang hinunter, weil sie nur von dorther einen Angriff erwarteten. Als wir vom Kobel her bis zu den Sträuchern vorgedrungen waren, mußten wir allerdings noch barfuß durch Brennesselstauden laufen und wurden beim Durchschleichen des Gebüschs im Gesicht sowie an Händen und Füßen zerkratzt.

Bald waren wir so weit zum Lager vorgedrungen, daß wir verstehen konnten, was im Zelt gesprochen wurde. Die Bahnhöfler verhörten den Meidscher und drohten, die Indianerkluft zu beschädigen. Er sollte verraten, wo wir unsere Heckenburgen gebaut hätten. Dies war wichtig, denn wenn es zwischen den Banden zu Kämpfen kam, wurden die Heckenburgen der anderen mit Vorliebe zerstört.

Nach einiger Zeit führten sie Jörg Fahl aus dem Zelt. Sie hatten ihm die Hände auf dem Rücken zusammengebunden und wollten ihn nun auch noch an den Füßen fesseln.

Der Moment war günstig, dem Meidscher nunmehr unsere Nähe mitzuteilen. Deswegen pfiffen wir dreimal kurz. Als der Erkennungspfiff ertönte, schaute der Meidscher sofort in unsere Richtung, konnte uns jedoch ebensowenig erblicken wie seine Bewacher. Wir waren gut getarnt. Also pfiffen wir ein zweites Mal und sahen, wie der Meidscher mit einem versteckten Lächeln darauf antwortete. Er hatte verstanden, und als sie ihm nun auch noch die Füße zusammenbanden, ließ er es ruhig mit sich geschehen, weil er wußte, daß wir sein Versteck entdeckt hatten und er mit baldiger Befreiung rechnen konnte.

Um nichts zu gefährden, verhielten wir uns nunmehr ganz still, und als alle wieder in den Zelten verschwanden, krochen wir durch die Sträucher zurück und rannten rasch zu unserer Bande ins Lohwaldviertel hinab, wo wir alles erzählten.

Wir durften jetzt keine Zeit verlieren und mußten handeln. Deshalb hielten wir sogleich einen Kriegsrat ab. Ehrgeiz hatte im Schrank seines Vaters eine Tabakspfeife gefunden und eingesteckt. Teilhart besaß etwas Kippentabak. Diesen vermischten wir mit getrockneten, feingehackten Kastanienblättern. Also rauchten wir wie echte Indianer die Kriegspfeife. Der Tabak schmeckte gräßlich, und wir husteten um die Wette.

»Eigentlich hat das Halbblut es nicht verdient, daß wir ihn befreien«, sagte Teilhart. »Er hat alles seiner eigenen Dummheit und Dreistigkeit zu verdanken. Wenn es nicht um unsere Ehre und mein Indianergewand ginge, würde ich ihn glatt seinem Schicksal überlassen.«

Bevor wir zum Angriff aufbrachen, mußten wir noch ein Problem lösen.

Die Bahnhöfler hatten nämlich ausgerechnet heute Verstärkung bekommen. Während unseres Beobachtungsgangs hatten wir gesehen, daß sie den dicken Lehrling des Steppacher Bäckers dabei hatten, und nach allem, was wir gehört hatten, war er ihr neuer Anführer.

»Wetten, daß du es mit dem nicht aufnimmst!« sagte Ehrgeiz zu Teilhart.

»Ich nehme es jederzeit mit jedem auf«, erwiderte Teilhart, »aber heute geht es nicht darum, herauszufinden, wer der Stärkere ist, sondern um das Zurückholen meines Häuptlingsgewands, und zwar unversehrt.«

»Wenn es so steht, brauchen wir Verstärkung«, sagte mein Bruder.

»Woher willst du Verstärkung bekommen?« fragte Teilhart. »Aus dem Schmutterhaus vielleicht?«

Wir berieten weiter, doch es fiel uns niemand ein.

Da sagte Giggel: »Ich wüßte einen, der stark genug wäre.«

»Wüßte, wäre«, sagte Teilhart ungeduldig, »nenn ihn uns!«

»Siegfried Jonker!«

»Der Holländer?«

»Ja, der Holländer.«

»Meinst du, er gibt sich für so etwas her?«

»Ich habe schon einmal mit ihm geredet«, sagte Giggel. »Er war sehr freundlich, und wenn wir ihm unsere Lage erklären, hilft er uns bestimmt.«

Wir überlegten eine Weile. Dann sagte Teilhart: »Einverstanden! Es ist eine prima Idee. Gehen wir zu ihm und bitten ihn.«

Siegfried Jonker wohnte gemeinsam mit seiner Mutter, einem älteren Bruder und einer jüngeren Schwester in der Schillerstraße. Sie hatten alle miteinander nur ein Zimmer und einen kleinen, ehemaligen Abstellraum zur Verfügung. Ihr Essen bereiteten sie auf einem Spirituskocher zu, der auf einer Anrichte im größeren Zimmer stand.

Bei Kriegsende waren die Holländer zu fünft in unser Dorf gekommen. Damals war auch noch Herr Jonker bei seiner Familie, die seinetwegen aus Holland hatte fliehen müssen. Er hatte mit den Deutschen kollaboriert.

Anfangs hatten die Jonkers im Haus eines Nazipianisten gewohnt, bis Herr Jonker mit dessen Frau eine Liebschaft begann und eines Tages durchbrannte. Frau Jonker zog aus und bekam für sich und ihre drei Kinder die jetzige Behausung zugewiesen, wo sich alle vier so gut einzurichten versuchten, wie es die Zeitumstände gestatteten. Nach Holland konnten oder wollten sie nicht mehr zurück. Aber Frau Jonker war mutig und übernahm alle möglichen kleineren Arbeiten, ging in fremde Häuser, half dort beim Putzen, bügelte Uniformen und Hemden amerikanischer Offiziere und verfertigte in Heimarbeit Kinderschuhe für eine Lederfabrik in Aystetten. So hielt sie ihre im Stich gelassene Familie zusammen, ohne ihr Schicksal anzuklagen oder sich selbst zu bemitleiden.

Mit seiner Mutter und seinen Geschwistern sprach Siegfried holländisch, auf der Straße aber schwäbisch, das nur deswegen auffiel, weil es schwäbischer klang als das Schwäbisch der Schwaben.

Wir hatten mit den Holländern keine Schwierigkeiten. Sie zeigten sich stets freundlich und waren von einer beneidenswerten Fröhlichkeit.

In unsere Spiele hatten wir sie nicht einbezogen, weil Siegfried und sein Bruder Richard älter waren. Aber gerade wegen des Altersunterschieds konnte uns Siegfried heute sehr nützlich sein. Also suchten wir ihn auf.

Wir trafen ihn daheim an, wo er seiner Mutter beim Zuschneiden von Lederresten half. Noch bevor wir ihn fragen konnten, schickte seine Mutter ihn mit uns hinaus auf die Straße, wo wir ihm unser Problem erklärten.

Vor unserem geplanten Angriff gingen wir noch einmal in unseren Garten hinauf, um uns zu bewaffnen. Jeder von uns besaß einen aus einem Haselnußast geschnittenen, mit einem einfachen Strick zusammengehaltenen Bogen. Auch die dazugehörigen Pfeile waren selber gemacht, allerdings aus härterem, glattem Binsenholz. An der Spitze jedes Pfeils steckte – etwa in der Länge eines Fingerhuts – ein kleines Holunder-Holzstück. Einige von uns hatten, um ihre Pfeile noch gefährlicher zu machen, Stecknadeln ins Mark der Holunderspitze gesteckt. Diese Todespfeile wollten wir jedoch höchstens im äußersten Notfall, zum Beispiel auf dem Rückzug, abschießen.

Unter dem Dachvorsprung des Sommerhauses standen lange Bohnenstangen. Wir überlegten, ob sie uns nützlich wären, etwa, um die Gegner auf Abstand zu halten. Aber diesen Gedanken verwarfen wir sogleich, weil sie uns bei den Raufereien eher hinderlich sein würden und wir sie im Kampfgetümmel leicht verlieren konnten. Also zogen wir kürzere Holzprügel vor.

Unterwegs rissen wir ganze Wedel von Brennesseln aus dem Boden, in der Absicht, sie über die bloße Haut unserer Feinde zu peitschen.

Wir hatten verabredet, einen Sturmangriff zu unternehmen und unseren gefangenen Freund während dieser Überraschungsaktion schnell zu befreien. Teilhart sollte wegen seiner Stärke einige Gegner beschäftigen, und meinem Bruder und mir – die wir die Lage bereits kannten – fiel die Aufgabe zu, in einem unbeobachteten Moment zum Häuptlingszelt der Bahnhöfler zu rennen, mit Teilharts Taschenmesser die Fesselstricke zu durchtrennen, so daß der Meidscher möglichst rasch die Flucht ergreifen und die Indianerkluft in Sicherheit bringen konnte.

In der Zwischenzeit hatten die Bahnhöfler ihre Späher zurückgezogen, vielleicht, weil von uns weit und breit nichts zu sehen war. Vermutlich erwarteten sie, daß wir uns Verstärkung in Neusäß besorgen würden.

Wir liefen im Graben zwischen Pfad und Bahndammböschung zum Tunell hinunter. So waren wir nicht einmal vom Güterbahnhof aus zu sehen. Es war unsere Absicht, rasch durchs Tunell zu laufen und drüben, wo das Bahnhofsviertel begann, die Böschung der Hindenburgstraße zu erreichen, um im Schutz der Bäume und Hecken möglichst unentdeckt bis in die Nähe des Bahnhofs zu gelangen. Dort wollten wir dann schreiend und johlend losstürmen, um den Feind einzuschüchtern.

Unser Plan wäre beinahe mißlungen. Die Bahnhöfler hatten nämlich im Gebüsch der Böschung einen Vorposten versteckt. Es war Schnapper, der Sohn des Friseurs, der, kaum daß er uns erblickt hatte, wild zu brüllen begann. Sofort stürzte sich Teilhart geistesgegenwärtig auf ihn, hielt ihm den Mund zu und machte uns ein Zeichen, inzwischen weiter vorzurücken.

Als wir die Höhe des Bahnhofs erreicht hatten, ließ Teilhart den Schnapper los, und wie erwartet brüllte dieser jetzt um so heftiger. Dies war uns sehr recht, denn wir hatten ohnehin vor, nunmehr mit Indianergeschrei den Sturmangriff zu beginnen. So rannten wir johlend in Richtung Kobelweg und dann bis hinauf zum gerodeten Waldstück, wo sich das feindliche Zeltlager befand.

Die Bahnhöfler waren von unserem plötzlichen Angriff völlig überrascht und wurden durch unser Gebrüll in zusätzliche Verwirrung gestürzt. Sie konnten sich nicht mehr formieren, und bis sie die Situation ganz durchschaut hatten, waren wir bereits mitten auf dem Kampfplatz. Jetzt stürmten sie uns wütend und ebenfalls schreiend entgegen. Der dicke Bäckerstift machte sich sofort an Teilhart heran, um ihn umzustoßen, hatte jedoch nicht mit Siegfried Jonker gerechnet, der mindestens so stark war wie er und sich sofort um ihn kümmerte. Dadurch kam Teilhart frei und stand für weniger kräftige Gegner zur Verfügung.

Neben dem Hauptkampf zwischen Siegfried und dem Bäckerstift entwickelten sich nun mehrere kleine Gefechte, und wir mußten viele Pfeile, darunter auch einige Todespfeile, zum Einsatz bringen. Ich selber wehrte mich nach Leibeskräften und schlug mit den Brennesseln jeden, der sich mir entgegenstellte.

Alle, auch die Bahnhöfler, waren so sehr in den Kampf verwickelt, der sich hauptsächlich unter den wenigen stehengebliebenen Birken abspielte, daß niemand mehr an Jörg Fahl dachte, der vermutlich noch immer gefesselt im Hauptzelt der Bahnhöfler lag. Plötzlich hörten wir ihn schreien, ein Zeichen, daß sie vergessen hatten, ihn zu knebeln.

»Helft mir«, schrie er, »helft mir, befreit mich! Ich bin hier oben im Zelt.«

Sofort rannten mein Bruder und ich zu den Zelten hinauf und drangen in das Hauptzelt ein. Johannes klappte Teilharts Taschenmesser auf, durchtrennte die Stricke, und der Meidscher stand auf und rannte ins Freie. Bevor uns die Bahnhöfler verfolgen konnten, warfen wir einige Zelte um. Dann rannten wir den Abhang hinunter.

Der Meidscher wollte auf der Stelle in die Kämpfe eingreifen, doch wir riefen ihm zu: »Renn weg! Rette die Kluft!«

Also rannte er in Richtung Bahnhofswirtschaft davon. Einige Verfolger konnte er abwimmeln, weil wir seinen Rückzug sicherten, wie wild mit unseren Prügeln um uns schlugen und zu guter Letzt einige Todespfeile abfeuerten.

Inzwischen hatte Siegfried den fetten Bäckerlehrling zu Boden geworfen und so lange mit ihm gerungen, bis er auf den Schultern lag und sich nicht mehr rühren konnte.

»Gibst du auf?« fragte er mehrmals.

Noch wollte der Bäckerlehrling Widerstand leisten. Mit seiner ganzen Kraft bäumte er sich auf, schaffte es jedoch nicht. Er war klar unterlegen und hatte verloren. Nach der dritten Aufforderung zur Aufgabe, Siegfried drückte ihm dabei immer mehr die Luft ab, röchelte er: »Ja, ja, ich geb' auf. Laß mich los!«

Nach diesem Sieg und der Befreiung der Geisel war der Kampf praktisch beendet. Die Bahnhöfler hatten ihre Niederlage eingestehen müssen und ließen uns alle beinahe friedlich abziehen. Lediglich der mittlere der drei Malzahn-Brüder wollte es noch nicht wahrhaben und warf aus Wut eine Ladung Dreck hinter uns her.

Daraufhin zog Ehrgeiz seine Schleuder aus der Tasche und schoß einen Stein in die Richtung des Angreifers. Es sollte nur ein Warnschuß sein, der auf Malzahns Leib gezielt schien. Doch traf der Stein den Angreifer mitten auf die Stirn, so daß Malzahn laut aufschrie, sich das Gesicht hielt und zu Boden sank.

Später erfuhren wir, daß ihm weniger passiert war, als wir im ersten Augenblick befürchtet hatten.

IX

»Mein liebstes Schwesterherz!« schrieb Tante Charlotte aus Bayreuth. »Verzeih bitte mein langes Schweigen. Ich hoffte, Dir in diesem Brief eine gute Nachricht zukommen zu lassen, denn bis vor drei Tagen sah es danach aus. Vor einiger Zeit wurde nämlich Otto aus dem amerikanischen Internierungslager entlassen. Du kannst Dir unsere Freude vorstellen, als er plötzlich unter der Tür stand. Endlich hatte sich meine Vermutung bestätigt, daß eigentlich alles ein Irrtum oder gar eine Verwechslung gewesen sein mußte, weil Otto niemals auch nur einer Fliege etwas zuleide getan hatte. In meinen Augen war er immer unschuldig. Nun aber müssen wir erneut um ihn bangen. Vor drei Tagen fuhr er nämlich nach Regensburg, um seinen alten Vater zu besuchen. Aber er ist dort nicht eingetroffen! Was soll ich tun? An wen kann ich mich wenden? Hältst Du es für möglich, daß er versehentlich ein zweites Mal inhaftiert wurde? Ich bin verzweifelt und ratlos! Grüße die Deinen herzlich von uns und sei tausendmal umarmt von Deiner Dich liebenden Schwester.«

Wir wußten nicht, wie Tante Charlotte zu helfen wäre. Meine Mutter wollte auf der Stelle zu ihrer Schwester fahren, doch mein Vater redete es ihr aus und prophezeite, Onkel Otto würde gewiß bald irgendwo auftauchen.

Tatsächlich bekamen wir schon nach wenigen Wochen ein Lebenszeichen von ihm. Der Brief war in Freiburg im Breisgau aufgegeben und enthielt außer einigen Grußfloskeln einen Theaterzettel für die Operette »Wiener Blut«. Die mitwirkenden Künstler waren mit Photos aufgeführt, und wir erkannten Onkel Otto sofort, wenngleich unter seinem Bild sein neuer Künstlername stand: »Adriano Adriani«.

Da erinnerte ich mich an das Gespräch, das Onkel Otto mit meinem Bruder und mir vor nicht allzu langer Zeit über unsere Berufswünsche geführt hatte, und dachte: Endlich hat er seinen alten Jugendtraum verwirklicht und widmet sein künftiges Leben ausschließlich den Künsten und der Musik.

Doch mein Vater runzelte die Stirn und sprach: »Derlei Kapriolen zu schlagen, ist eines erwachsenen Mannes unwürdig.«

Meine Mutter hingegen nahm die Angelegenheit weniger tragisch und sagte: »Warten wir ab! Er wird sich schon wieder beruhigen. Nach dieser dummen Zeit im Internierungslager braucht er halt ein bißchen Abstand zu allem. Vielleicht hat er seine Arbeitserlaubnis noch nicht wiederbekommen. Was soll er sonst tun?«

»Jedenfalls sollte er seine Familie, die so treu zu ihm gehalten hat, nicht so schamlos verraten«, antwortete mein Vater.

»Du wirst sehn, es dauert nicht lang«, sagte meine Mutter voraus.

»Wer weiß, was ihm noch alles in den Kopf kommen wird«, rief mein Vater. »Jedenfalls ist er in höchstem Maß verantwortungslos. Ich möchte dein Gesicht sehn, wenn *ich* euch allesamt so im Stich lassen würde. Da würdet ihr Augen machen!«

»Aber du willst dich doch nicht mit Otto vergleichen«, versuchte meine Mutter zu beruhigen, »er ist halt eine Künstlernatur!«

»Künstlernatur!« rief mein Vater erregt. »Das nennst du Künstlernatur?«

Damit war die Unterhaltung beendet.

Allerdings sollte meine Mutter recht behalten: Onkel Ottos Operettenkarriere dauerte nur wenige Monate. Kein Vierteljahr nach der Währungsreform, mitten in den Vorbereitungsproben zum »Land des Lächelns«, platzte das reisende Ensemble. Von wiedereröffneten Bühnen hatten einige Sänger verlockende Angebote erhalten. Andere kehrten reumütig in ihren alten bürgerlichen Beruf zurück, da sie sich ausrechneten, dort wieder gutes Geld zu verdienen. Also löste sich die Künstlertruppe so rasch auf, wie sie sich gebildet hatte.

Auf seinem Rückweg nach Bayreuth kündigte Onkel Otto uns seinen Besuch an. Mein Vater freute sich nicht, doch meine Mutter erwiderte, sie dulde es nicht, daß der Mann ihrer einzigen Schwester kleinlich empfangen werde. Und da sie wußte, wie gern ihr Schwager große Fleischportionen verzehrte, überlegte sie, was zu diesem Anlaß gekocht werden konnte.

In den aus den Brettern und Stützbalken des ehemaligen Luftschutzkellers errichteten Ställen hielten wir Hühner und Karnickel. Die Hennen und Göckel liefen den ganzen Sommer über in einem Gatter hinter dem Haus umher und saßen nachts im Keller auf den Stangen ihrer Gestelle. Dort schliefen sie mit offenen Augen. Im Winter mußten sie meistens im Keller bleiben, um nicht schneeblind zu werden oder zu erfrieren. Die Karnickel waren wegen ihres Fells von der Witterung weniger abhängig und blieben das ganze Jahr über in den Hasenställen hinter der Garage. Die Türen der Hasenställe waren nachts mit einem kleinen Vorhängeschloß gegen Diebe abgesichert, obwohl es genügt hätte, den Maschendraht durchzuschneiden, die Tiere am Kragen zu packen und einfach mitzunehmen.

Eines Morgens beim Füttern entdeckte mein Bruder, daß sich auf unerklärliche Weise Mäuse in einen Hasenstall eingeschlichen hatten. Wir packten die kleinen Tiere am Schwanz und warfen sie ins Freie, damit sie unsere braven Haustiere nicht belästigten.

Etwas später erzählten wir es Kathrin, die darüber sehr böse wurde und sagte: »Lauft schnell und seht, ob ihr die Tiere noch findet! Es sind keine Mäuse, sondern junge Kaninchen. Ihr müßt sie sofort in den Stall zurückgeben, weil die Hasenmutter sonst traurig ist.«

Tatsächlich lagen die kleinen Kaninchen noch dort, wo wir sie hingeworfen hatten. Doch regten sie sich kaum. Wir legten sie sogleich in den Hasenstall zurück. Es nützte aber nichts, denn schon am nächsten Morgen fanden wir sie tot zwischen den Heubüscheln liegen.

»Die Kaninchenmutter hat ihre Kleinen nicht mehr angenommen«, sagte Kathrin, »weil ihr sie berührt habt und sie den fremden Geruch menschlicher Hände ablehnt.«

»Vielleicht waren sie schon gestern tot«, trösteten wir uns selbst.

»Das nächstemal dürft ihr nicht so voreilig sein!« sagte Kathrin.

Inzwischen hatte meine Mutter beschlossen, für Onkel Otto zwei Göckel aus unserem eigenen Bestand zu opfern. Die einzige Schwierigkeit bestand jedoch darin, daß keiner von uns den Mut besaß, die Tiere zu schlachten. Deswegen wurde Herr Distel, unser Nachbar, gefragt, ob er das schmutzige Geschäft für uns erledigen würde.

»Nichts leichter als dies!« rief Herr Distel. »Wo sind die Viecher? Denen hack' ich gleich den Kopf ab. Das geht kurz und schmerzlos.«

Johannes und ich begleiteten Herrn Distel in den Keller. Er nahm einen leeren Kartoffelsack, der dort in einer Ecke lag, und näherte sich den Hühnerställen. Es war noch früh am Morgen, und die Hennen befanden sich in den Gestellen. Als die Hühner spürten, welche Gefahr ihnen drohte, begannen sie plötzlich wild zu gackern und flatterten nervös zwischen den Stangen umher. Herr Distel versuchte nun, sie mit Lockrufen zu beruhigen, als wäre er bloß gekommen, sie zu füttern. Aber die braven Vögel ließen sich nicht täuschen und flatterten gackernd und kreischend weiter zwischen den Stangen hin und her.

»Wir werden uns die beiden größten Göckel schnappen«, sagte Herr Distel. »Die haben sich schon lang genug ausgelebt und die Hennen getrappt. Jetzt müssen sie dran glauben und dafür büßen. Jeden erwischt es zu seiner Zeit. Komm, du Schlingel!« rief er und hatte schon den ersten Gockel in der Hand. Schnell steckte er ihn in den Kartoffelsack, dessen Öffnung er abdrehte, während wir die Gattertür zuhielten, damit die Hühner in ihrer Angst nicht entwischten. Dann legte er den Sack auf den Zementfußboden und beschwerte ihn mit einem Ziegelstein.

»Und jetzt zu dir, du geiler Schlawiner!« rief er mit blutrünstiger Stimme. »Jetzt hat es sich ausgevögelt. Sag deinen Hennen ade!«

Mit diesen Worten griff er nach dem größten Gockel, zog ihn aus dem Gestell und steckte ihn ebenfalls in den Sack.

Wir stiegen die Kellertreppe hinauf und gingen hinaus in den Garten. Oben, zwischen Sommerhaus und Garage, stand ein Holzpflock, wo manchmal ein Patient meines Vaters aus breiten Baumscheiben Kleinholz für unseren Badeofen spaltete. Herr Distel hatte sein eigenes Beil mitgebracht und es neben den Holzpflock ins Gras gelegt.

»Zuerst werden wir uns den Großen vorknöpfen!« rief er freudig erregt. »Das wäre doch gelacht!«

Die beiden Göckel im Kartoffelsack verhielten sich erstaunlich ruhig. Nur von Zeit zu Zeit bewegte sich einer, und sogleich wurde auch der zweite nervös.

Herr Distel griff in den Sack und zog eines der Tiere an den Beinen heraus. Es war aber der kleinere Gockel, dem unser Nachbar doch vorherbestimmt hatte, eine Minute länger am Leben zu bleiben. Sobald er ihn wiedererkannte, warf er ihn wütend in den Sack zurück und packte den anderen.

»Du bist mir der Richtige!« rief er lachend und seine Stimme hatte etwas Röhrendes. »Jetzt hat dein letztes Stündlein geschlagen, alter Hurenbock!«

Es war wirklich ein prächtiger Hahn, stolz und stark und eigentlich zu schade, in einen Suppentopf geworfen zu werden. Obwohl Herr Distel ihn mit beiden Händen festhielt, wäre er ihm um ein Haar entwischt.

Er drückte ihn auf den Holzpflock, indem er eine Hand unterhalb des Halses auf den Flügelansatz preßte, so daß der Gockel nicht mehr flattern konnte. Das Tier schrie schrill und grell und zischte, als Herr Distel die Gurgel gegen den Rand des Holzpflocks schob.

»Schnell! Das Beil!« rief er uns zu. »Her mit dem Beil!«

Mein Bruder bückte sich, hob das Beil auf und gab es Herrn Distel in die rechte Hand, die dieser einen Augenblick von dem Tier losgelassen hatte. Der Kopf des Gockels schaute leicht über den Rand des Pflocks. Der rote Kamm war geschwollen und stand vom Kopf seitwärts weg wie eine gespreizte Hand. Für eine Sekunde war das Tier ganz still. Es bewegte sich nicht. Mir schien, als blickte es uns ganz unbeteiligt an, als besäße es eine Weisheit, die uns fehlte.

Und genau in dieser Sekunde schlug Herr Distel mit dem scharfen Beil auf den Hals des wehrlosen Hahns.

Der Kopf fiel über den Rand des Holzpflocks ins Gras. Aus dem offenen Hals spritzte hellrotes Blut.

Herr Distel warf den Körper des Tiers auf die Wiese und schrie, als hätte er den Verstand verloren und als ginge ihm alles viel zu langsam: »Rasch! Rasch! Her mit dem anderen Gockel!«

Wir öffneten den Sack, und Herr Distel griff nach dem Tier, das er, weil es kleiner war, besser in der Hand hatte. Schon wollte er auch dem zweiten Gockel den Kopf abschlagen, da geschah etwas Unvorstellbares.

Der im Gras liegende, kopflose, scheinbar tote Hahn bewegte sich. Er zuckte und wirbelte herum, flatterte, obwohl doch nur Rumpf, mit den Flügeln, stand mit einem kräftigen Ruck jäh auf den zähen, drahtigen Beinen und lief nun wahrhaftig einige Schritte über das Gras.

Wir waren so überrascht, daß es uns die Sprache verschlug. Herr Distel hielt mitten im Schlag inne, links den anderen Hahn auf dem Pflock, rechts das Beil für Sekunden unbewegt in der Luft.

Doch jetzt erst passierte das eigentlich Unwahrscheinliche: Der kopflose Hahn fing an zu rennen, als würde er verfolgt, flitzte an der Garagenwand entlang, schneller und schneller, schlug wie wahnsinnig mit den Flügeln und erhob sich vor unseren Augen in die Luft.

Er schwang sich hinauf, so hoch wie das Haus, flog

sicher und fest auf das Dach empor bis zum First, wo er sich, vielleicht zwei Sekunden lang, flatternd in der Luft hielt, bevor er plötzlich jedes Leben verlor und mit einem einzigen Ruck, wie ein Stein abstürzend, auf der anderen Seite des Hauses zur Erde fiel.

Herr Distel stutzte, blickte kurz um, als fürchtete er, beobachtet worden zu sein, entsann sich nun wieder des Gockels in seiner Hand und schlug ihm, ohne weiter nachzudenken, den Kopf vom zuckenden Leib.

Gegen Mittag kam Onkel Otto an. Er brachte einen Bärenhunger mit und sparte nicht mit Komplimenten für die Kochkünste meiner Mutter. Ohne sich mehrmals bitten zu lassen, griff er nach allem, was auf dem Tisch stand, und ehe wir zu unserem Recht kamen, hatte er allein fast ein ganzes Hähnchen verschlungen.

Nach dem Essen sorgte er für eine neue Überraschung. Auf die arglos gestellte Frage meines Vaters, wie er sich nunmehr seine berufliche Zukunft vorstelle, platzte er mit der Nachricht heraus, sich demnächst scheiden zu lassen. Sein ganzes bisheriges Leben sei verkehrt und sinnlos gewesen, und alles Vergangene habe er für immer hinter sich. Während der Operettentourneen habe er die Frau seines Lebens kennengelernt, eine geschiedene kinderlose Zahnärztin, die besser zu ihm passe als Tante Charlotte.

Wir erfuhren nun, daß die Zahnärztin keine eigene Praxis besaß und baldigst nach Argentinien auszuwandern gedachte, wo es einen ausgesprochenen Mangel an Zahnärzten gäbe. Die Einwanderungserlaubnis habe sie bereits in der Tasche. Er selbst wolle sich in allernächster Zeit ebenfalls um ein solches Dokument bemühen.

»Und was willst du in Argentinien anfangen?« fragte mein Vater.

»Ich habe die Absicht«, antwortete Onkel Otto, »dort eine kleine private Irrenanstalt aufzubauen.«

»Aber du kannst doch kein Spanisch!«

»Ein musikalischer Mensch lernt eine Sprache in vier Wochen.«

»Aber man muß auch Land und Leute kennen, wenn man seine Patienten verstehn und richtig behandeln will.«

»Das ist überhaupt kein Problem«, rief Onkel Otto. »Verrückte gibt es auf der ganzen Welt, in Amerika ebenso wie bei uns. Daran herrscht nirgendwo Mangel. Außerdem sind sie überall gleich.«

Ich horchte auf und fragte meinen Onkel: »Wie vielen Verrückten bist du in deinem Leben schon begegnet?«

Er antwortete: »Normale Menschen gibt es nicht. Wir sind alle verrückt.«

In der Verwandtschaft wurde nun viel hin und her gerätselt, wie sich Tante Charlotte verhalten sollte. Unsere fränkische Großmutter riet ihrer Tochter, die Scheidung sofort selbst einzureichen.

»Charlotte muß sich ihm verweigern«, sagte sie.

Da ich mir darunter nichts vorstellen konnte, fragte ich später, was sie damit gemeint hatte.

Sie sagte: »Er soll ihr nicht einmal mehr leicht übers Haar streichen dürfen.«

»Und wenn er es trotzdem tut?« fragte ich.

»Dann soll sie ihm auf seine dreckigen Pratzen schlagen«, sagte sie zornig.

Mein Vater war ebenfalls für eine Scheidung, obwohl so etwas, sagte er, vom streng katholischen Standpunkt aus eigentlich unzulässig sei. Aber in diesem Fall irre die Kirche. Denn was nicht zueinander passe und nimmer beieinander bleiben könne, dürfe auch Gott nicht gewaltsam aneinander ketten und koppeln. Außerdem hätten die Pfarrer allesamt in diesem speziellen Punkt ohnehin keinerlei Ahnung und seien absolute Laien.

»Otto hat eine solche Frau niemals verdient. Sie ist einfach ein zu feiner Mensch und ein zu gutmütiges Wesen«, sagte er.

»Du kennst meine Schwester nicht«, erwiderte meine Mutter. »Bei all ihrer Sanftmut kann sie auch manchmal etwas langweilig sein. Und langweilige Frauen – mögen sie noch so treu und gutmütig sein – haben es sich halt oft selber zuzuschreiben, wenn ihr Mann, bloß weil er mehr Temperament hat, einen Seitensprung wagt.«

Jedenfalls riet sie ihrer Schwester, vorerst überhaupt nichts zu unternehmen, sondern lieber abzuwarten, bis sich vielleicht alles von allein wieder einrenken würde. Sie meinte sogar, Tante Charlotte sollte gerade jetzt besonders zärtlich zu ihrem Mann sein und versuchen, ihn mit den Waffen einer Frau für sich zurückzugewinnen.

»Denkst du also«, fragte ich, »sie sollte sich ihm *nicht* verweigern?«

»Wie meinst du das?« fragte sie erstaunt.

»Ich meine damit«, sagte ich, »daß sie ihm erlauben sollte, ihr übers Haar zu streichen, statt ihm eins auf die Pfoten zu geben.«

»Eine Ehefrau hat überhaupt niemals das Recht«, antwortete meine Mutter, »die Hand gegen ihren Mann zu erheben, vor allem nicht, wenn er sie streicheln will.«

Doch Tante Charlotte hätte fremder Ratschläge ohnehin nicht bedurft. Sie schwieg und lächelte, ohne sich zu verweigern.

X

Im selben Jahr fuhren mein Bruder Johannes und ich mit der Bahn nach Erlangen. Unsere Großmutter hatte jetzt wieder etwas mehr Platz in ihrem Häuschen, denn inzwischen hatte Frau Kietzke samt Sohn eine bessere Behausung gefunden mit Spülklosett und eigener Küche.

Vor uns war schon Brunhild eingetroffen, unsere schöne Kusine aus Bayreuth. Sie nahm gleich nach unserer Ankunft Johannes beiseite, um ihm zu erzählen, Tante Charlotte sei schwanger, was daher käme, daß ihre Eltern in ein und demselben Bett geschlafen hätten.

Im Parterre wohnte statt des Gärtners und der Frau Hexenzahn nunmehr Familie Hilfreich. Frau Hilfreich war eine kleine, quirlige Person von etwa dreißig Jahren. Ihr Haar war sehr blond, wie gebleicht, der Mund stark geschminkt, und sie blickte uns mit sympathischen Augen an. Mir fielen vor allem ihre langen, dunkelrot lackierten Fingernägel auf.

Kaum hatten wir unser Gepäck ins erste Stockwerk gebracht, stellte sie uns schon ihre beiden Kinder vor: eine zweijährige Tochter, die ebenso blonde Haare hatte wie die Mama, und einen halbjährigen Sohn, den sie, wie sie betonte, dreimal täglich wickeln mußte.

»Meinen Mann könnt ihr heute leider noch nicht kennenlernen«, sagte sie. »Er wurde nämlich vor einer Stunde wieder ins Krankenhaus eingeliefert. Später muß ich ihn noch besuchen, falls ich eine gute Seele finde, die auf meine beiden Kinder aufpaßt.«

Wir boten uns sofort für diesen Dienst an, und Frau

Hilfreich nahm unser Angebot auf der Stelle an, als hätte sie nichts anderes erwartet.

»Also dann in einer halben Stunde!« rief sie.

»Ja, in einer halben Stunde«, sagten wir.

Unsere Großmutter war froh, uns beschäftigt zu wissen, vor allem mit einer so ehrenvollen Aufgabe.

Herr Hilfreich hatte sich als Soldat in Rußland schlimme Erfrierungen an beiden Beinen zugezogen. Deshalb waren ihm schon die Zehen des linken Fußes amputiert worden. Nun hatte es sich aber leider herausgestellt, daß die erste Operation nicht ausreichte und wahrscheinlich der ganze linke Fuß bis zum Knöchel abgetrennt werden mußte. Heute oder morgen fiel die Entscheidung der Ärzte.

Nach genau einer halben Stunde holte Frau Hilfreich uns ab, und wir gingen zusammen hinunter in ihre Wohnung.

»Die Kinder sind brav, ihr müßt weiter nichts tun, als bei ihnen zu sein«, sagte sie. »Wenn das Baby schreit, laßt es ruhig schreien oder gebt ihm den Schnuller. Nach einiger Zeit hat es sich müde gebrüllt und beruhigt sich von selbst. Meistens hat es bloß in die Windeln gemacht.«

Wir versprachen, gut aufzupassen. Frau Hilfreich zog sich vor dem Spiegel über dem Küchenbecken die Lippen nach und verabschiedete sich rasch von uns. Im Hinausgehn fiel ihr jedoch etwas ein:

»Hört mal, Kinder«, sagte sie, »hier im Schrank ist etwas Johannisbeerwein. Den hab' ich mir selber gebraut. Wenn es euch sehr langweilig wird, dann nehmt jeder einen Eierbecher und gießt euch ein bißchen davon ein. Aber nicht zuviel, sonst steigt euch das Zeug in den Kopf.

Auch dürft ihr eurer Oma nicht erzählen, daß ich euch so etwas angeboten habe.«

Wir fanden Frau Hilfreich sehr nett und hätten sie nie im Leben verraten. Also ging sie beruhigt aus dem Haus.

Zunächst hatten wir die Absicht, den Johannisbeerwein lieber unberührt stehn zu lassen. Wir befürchteten, daß er fast so stark wie Schnaps wäre, und wir, wenn er uns allzu rasch in den Kopf steigen würde, die Kinder vernachlässigen könnten.

Als Frau Hilfreich jedoch nach anderthalb Stunden immer noch nicht von dem Besuch im Krankenhaus zurückgekehrt war, gossen wir uns jeder einen Eierbecher voll ein. Da merkten wir, daß unsere Angst eigentlich unbegründet war, denn der Johannisbeerwein schmeckte kaum anders als Johannisbeersaft, bittersüß und gut.

Das Getränk war ganz nach unserem Geschmack, und da wir ohnehin Durst hatten, genehmigten wir uns gleich noch zwei weitere Eierbecher.

Als wir nach einer Viertelstunde noch keine Wirkung spürten, meinten wir, Frau Hilfreich habe uns etwas vorgeflunkert und in Wirklichkeit Johannisbeersaft als Johannisbeerwein angedreht, bloß um uns das Aufpassen schmackhafter zu machen. Also nahmen wir anstandslos zwei größere Gläser aus dem Küchenschrank und füllten sie bis zum Rand.

Wir warteten und warteten, aber Frau Hilfreich ließ sich nicht blicken.

Nach zwei Stunden hielten es die zwei kleinen Kinder nicht mehr aus. Das Baby fing fürchterlich zu schreien an, und das zweijährige Mädchen wurde davon angesteckt und rief unentwegt nach seiner Mami.

Brunhild steckte dem Baby den Schnuller in den Mund,

doch es spuckte ihn ziemlich regelmäßig wieder aus, um weiterzubrüllen. Dieses Spiel dauerte ungefähr eine halbe Stunde, doch ließen wir uns zunächst nicht beeindrucken und folgten genau den Anweisungen von Frau Hilfreich.

Plötzlich verbreitete sich in der Wohnung ein unangenehmer Geruch. Wir öffneten das Fenster, aber durch die frische Luft von draußen wurde der Gestank nur noch deutlicher. Brunhild roch nun am Strampelhöschen des Babys und sagte: »Der Fratz hat in die Windeln gekackt!«

»Soll ich Oma rufen?« fragte mein Bruder.

»Nein«, entschied Brunhild, »das schaffen wir schon selbst!«

»Weißt du denn, wie man ein Baby wickelt?« fragte ich.

»Nein«, sagte sie, »aber ich habe es einmal gesehen. Außerdem kann man es nur lernen, wenn man einmal damit anfängt.«

Diese Logik schien uns sehr weise, und wir machten uns an die Arbeit.

Zuerst suchte Brunhild im Kleiderschrank nach Ersatzwindeln. Dann knöpfte sie dem Baby das Strampelhöschen auf und zog es ihm aus. Als sie danach die Gummieinlage öffnete, schwappte uns nun derselbe Gestank voll entgegen, und wir traten unwillkürlich einen Schritt zurück.

Doch Johannes und Brunhild hatten sich schnell wieder gefangen, vielleicht, weil sie spürten, daß es schlecht möglich war, den Säugling in diesem Zustand einfach daliegen zu lassen.

Sie breiteten nun auch noch die verklebten Windeln auseinander, und Brunhild rief:

»Das ist ja eine schöne Bescherung!«

Das Baby lag in der süßlich beißenden, stickigen, stinkenden, hellbraunen Creme seiner eigenen Kacke und schrie aus Leibeskräften.

Ich wußte nicht, was mich mehr störte, der gräßliche Anblick oder der widerliche Gestank. Jedenfalls wäre es mir nie in den Sinn gekommen, mir aus der Beseitigung dieses Schlamassels einen Spaß zu machen.

Brunhild und mein Bruder hingegen schienen dem Zustand und Vorgang durchaus bemerkenswerte Seiten abzugewinnen, denn sie studierten nicht nur voller Neugier den vor ihnen liegenden Brei, sondern machten sich sogleich voller Eifer ans Werk, wischten mit einem feuchten Handtuch den klebrigen Kot zwischen den Beinen des Säuglings weg, trockneten die Haut mit einem zweiten Tuch ab, cremten den Po ein und überpuderten den winzigen Zipfel, als müßten sie eine Geburtstagstorte dekorieren.

Ich hatte mich inzwischen ein wenig vom Ort des Geschehens entfernt und schaute aus dem offenen Fenster in den Garten hinaus.

Nachdem der Säugling gewickelt war, hörte er auf zu schreien, schloß die Augen und schlief ein. Jetzt störte nur noch das dauernde Gejammer der Zweijährigen, die fast so tat, als wäre sie von ihrer Mutter für immer verlassen worden. Wir trösteten sie und sagten, die Mama käme gleich, und jedesmal, wenn jemand vom Eichenwald kommend am Garten vorbeiging, behaupteten wir, jetzt sei sie sicher gleich da.

Dieser Trick wirkte freilich nur fünf- oder sechsmal. Dann glaubte uns das Mädchen überhaupt nichts mehr und rief nur noch: »Du lügst! Du lügst!«

Außerdem klagte es, vielleicht da es uns hatte trinken sehn, über Durst. Weil wir uns aber nicht anders zu helfen wußten und endlich unsere Ruhe haben wollten, gaben wir ihm ebenfalls ein kleines Gläschen von dem falschen Johannisbeerwein.

Auf einmal schien das kleine Mädchen seinen ganzen vorherigen Schmerz vergessen zu haben, als fühlte es sich von uns wieder ausreichend geliebt. Da ihm der Saft ebensogut schmeckte wie uns, gaben wir ihm, als wir uns selber nachgossen, ebenfalls noch ein Gläschen zu trinken. Nunmehr wurde das Kind sehr fröhlich, sang »Alle meine Entchen« und tanzte uns etwas vor. Dies dauerte eine ganze Weile. Plötzlich aber drehte sich die Kleine im Kreis, torkelte und fiel auf der Stelle um. Wir legten sie sofort aufs Sofa und sahen, wie sie ihre Augen seltsam verdrehte und mit dem Kopf wackelte.

»Bist du krank?« fragten wir. »Fühlst du dich schlecht?«

»Ulla nicht krank, Ulla nicht Krankenhaus gehn«, sagte sie, legte das Köpfchen auf die Seite und schlief ein.

Nach dieser Szene kam uns der Verdacht, daß es doch ein echter Johannisbeerwein gewesen war, was uns Frau Hilfreich beim Weggehn empfohlen hatte. Also gossen wir uns vorsichtshalber nur noch ein halbes Glas davon ein, obwohl er uns mit jedem Schluck besser geschmeckt hatte.

Jetzt aber glaubten auch wir seine Wirkung zu spüren. Wir wurden ausgelassen und lachten so laut, daß unsere Großmutter herunterkam, um nach dem Rechten zu sehn.

Als sie die leeren Gläser und die halbleere Flasche sah, erschrak sie. Wir sagten, wir hätten den Obstwein für Saft gehalten. Aber sie glaubte es nicht, sondern befürchtete, Frau Hilfreich könnte, wenn sie sähe, daß wir uns selber bedient hatten, enttäuscht sein.

Doch bevor wir lange darüber sprechen konnten, kam

Frau Hilfreich zurück. Sie entschuldigte sich für die Verspätung und verkündete die schlechte Nachricht, daß ihr Mann weiter amputiert werden müsse. Die Ärzte hätten ihr im Vertrauen sogar angedeutet, daß im schlimmsten Fall mit immer neuen Amputationen zu rechnen sei, weil sich der Frost wie ein Fremdkörper in den befallenen Gliedern befinde und niemand vorhersagen könne, bis zu welchem Punkt er sich noch voranfresse, ja, ob er überhaupt jemals haltmache.

Die arme Frau war äußerst nervös und verzweifelt und rauchte eine Zigarette nach der anderen.

»Das ist aber auch nicht gerade gesund, was Sie da machen!« sagte meine Großmutter.

»Ich weiß«, erwiderte Frau Hilfreich, »aber was bleibt mir? Früher oder später müssen wir alle miteinander dran glauben. Der eine hat Glück und übersteht alles, den anderen erwischt's halt. Warum soll ich mir in meiner Lage auch noch das Rauchen abgewöhnen? Da könnt' ich mir ja gleich einen Strick kaufen, um mich aufzuhängen!«

»So dürfen Sie nicht sprechen«, sagte meine Großmutter. »Bedenken Sie stets: Sie haben zwei Kinder!«

»Ja, wenn ich die nicht hätte, könnte mich nichts mehr halten. Ich glaube, ich wäre schon längst über alle Berge davon!«

»Jetzt versündigen Sie sich aber! Schließlich ist da Ihr kranker Mann, der bei Gott nichts dafür kann, daß ihn dieser Hitler nach Rußland geschickt hat.«

»Vielleicht haben Sie recht. Aber der Hitler hat sich eine Kugel durch den Kopf gejagt, und von dem versprochenen Lebensraum im Osten ist nichts übrig geblieben.«

Auf diesen Einwand wußte meine Großmutter wenig zu erwidern. Sie schaute gedankenvoll zum Fenster hinaus, seufzte und sagte: »Wissen Sie, Frau Hilfreich, als mein Mann starb, war ich erst neununddreißig. Zwar sind Sie heute vielleicht zehn Jahre jünger als ich damals, aber ausgesprochen alt habe ich mich damals auch noch nicht gefühlt. Und glauben Sie mir: Diese zehn Jährchen verrauschen schneller als Sie denken. Ich habe meinem Mann jedoch über den Tod hinaus die Treue bewahrt, um sein Andenken in mir zu bewahren. Meine beiden Töchter waren damals noch unmündig: sechzehn die eine, vierzehn die zweite. Ich mußte sehen, wie wir zurechtkamen, denn begütert waren wir nicht. Gottlob hatten wir dieses Häuschen mit dem großen Garten, und immerhin hatte mein Mann es zum Oberpostinspektor gebracht; also bekam ich auch eine Witwenpension, die zu viel war zum Sterben und zum Leben zu wenig. Was sollte ich tun? Mir einen Strick kaufen, wie Sie sagen, oder mich in mein Schicksal fügen?«

»Ach, Frau Pfannenmüller«, sagte Frau Hilfreich und schlug ihre schwarz bemalten Wimpern nieder, »heutzutage ist alles ganz anders. Keiner traut dem andern, jeder sieht zu, wie er sich selber über die Runden rettet. Und wenn Sie selber auch schwere und schwerste Zeiten durchlebt haben, woran ich nicht zweifle, so konnten Sie doch damit rechnen, daß –«

»Und die ganze Inflation, und die Hitlerzeit«, rief meine Großmutter in ungewohnter Erregung, »glauben Sie etwa, die Menschen damals waren so stark, das alles unbeschädigt zu überstehn?«

»Vielleicht nicht«, sagte Frau Hilfreich, »aber jetzt ist ein neues Zeitalter angebrochen, und wir jungen Leute sind seine ersten Opfer.«

»Ich sage Ihnen frank und frei, was ich denke«, erwiderte meine Großmutter, »es gibt heute zu wenig Sparsamkeit in Deutschland! Das kann nur schlecht enden!«

Nach diesen Worten ging sie, ohne eine weitere Antwort abzuwarten, hinaus und nahm uns mit hinauf in ihre Wohnung.

XI

Eigentlich müßte ich von Aia, Trixi, Mimi, Lalla, Lucki, Butschi, Bapfe und vielen anderen erzählen. Aber das ergäbe einen Roman für sich.

Also erwähne ich nur, daß wir stolz waren, endlich keine Erstenbätzler mehr zu sein.

Leider hatten wir Fräulein Scheile, unsere liebe Lehrerin, nicht mehr. Sie war, ohne uns zu fragen, während der Großen Ferien einfach in ein Kloster eingetreten, um Nonne zu werden. Also gab es nunmehr weder ein Pappsternchen für jede Fleißaufgabe noch ein Heiligenbildchen für zehn Pappsternchen.

Frau Weinert, unsere neue Lehrerin, sagte: »Das ist nur etwas für Erstenbätzler. Aus diesem Alter seid ihr jetzt heraus.«

Sie war noch jung, lebte jedoch wie eine Witwe, denn ihr Mann war noch immer in russischer Kriegsgefangenschaft.

Besonders brave katholische Kinder konnten sich allerdings noch ab und zu ein Heiligenbildchen verdienen. Der Benefiziat, unser neuer Religionslehrer, versprach sie für schöne saubere Zeichnungen vom Heiligen Land. Wir mußten jetzt nicht mehr nur mit Schiefergriffeln auf unsere Schiefertafel kritzeln, sondern durften auch schon mit Bleistift oder Tinte in richtige Hefte schreiben. Aber nicht alle Hefte waren holzfrei. Es war gut, jedes Wort vor dem Hinschreiben dreimal zu überlegen. Die Tinte befand sich in einem kleinen Glasfaß, das vorne in jedem Pult in einer zuklappbaren Vertiefung stand. Unsere Federhalter waren dünne Holzstifte, die am unteren Ende eine runde Vertiefung mit einem winzigen Metallköcher hatten. Dort steckten wir die Metallfeder hinein. Wir durften sie nur mit der Spitze in die Tinte tauchen, sonst gab es sofort Kleckse und Batzen auf dem Heft oder gar auf dem Weg zwischen Tintenfaß und Papier, und das Löschblatt hätte nicht ausgereicht, alles zu trocknen.

Trotzdem batzten wir auf jeder Seite viel, denn die Federn spreizten sich, sobald wir etwas fester aufdrückten. Die Tinte füllte die Schlaufen der Buchstaben aus oder verrann zwischen den einzelnen Wörtern. Außerdem war es eine Kunst, beim Schreiben nicht auf eines der unzähligen im Papier verbliebenen winzigen Holzstückchen zu treffen, die sofort die Tinte aufsogen und um sich herum zu einem blauen Stern verteilten.

Ich schmierte und batzte, wie es kam, fuhr mit der vollgetankten Feder über und unter die vorgezeichneten Linien und verwandelte jede Seite und jedes Blatt in die wahre Seelenlandschaft meines Gemüts. Zu meiner eigenen Überraschung schrieb ich die schlecht geschriebenen Wörter richtig.

Mit dem Benefiziat vertrug ich mich weniger als mit dem Expositus. Dieser hatte zwar, wie ihm die Hand stand und wann immer sie ihm ausrutschte, Ohrfeigen, Watschen und Bockfotzen verteilt, hatte böse Buben an beiden Ohren von der Schulbank hochgezogen und ihnen mit dem spitzen Knochen des Mittelfingers der geballten Faust eine Nuß verpaßt oder mit dem Stock gleich ein halbes Dutzend Tatzen auf die Fingerspitzen der offenen Hände niedersausen lassen, so plötzlich und jäh, daß keiner – selbst wenn er es gewagt hätte – Zeit hatte, die freiwillig ausgestreckte Hand in letzter Sekunde wegzuziehn, so geschwind, daß wir den Tatzenstock durch die Luft sausen hörten wie einen grellen Pfiff, und so wuchtig, daß keiner von uns nachher behauptete: Es hat überhaupt nicht wehgetan!

Der Benefiziat hingegen machte, wenn er den Tatzenstock aus der Kathederschublade zog, eine bittere Miene, als täte es ihm unheimlich leid, einen von uns strafen zu müssen, und als züchtige er uns nur, um uns endlich die tiefsitzende Verderbtheit auszutreiben.

Ich war dem Benefiziat gleich in der ersten Religionsstunde unangenehm aufgefallen. Wahrscheinlich erinnerte er sich, wie häufig er meinem Bruder eine Tatze hatte erteilen müssen, wenn dieser hinter seinem Rücken Schabernack trieb, ihm Maikäfer auf den schwarzen Anzug setzte, Vogelstimmen nachahmte oder wie ein Pferd wieherte, was seine Spezialität war. Jedenfalls warf der Benefiziat von Anfang an ein besonders strenges Auge auf mich, und ich auf ihn.

Plötzlich fragte er mich: »Warum grinst du?«

»Ich grinse überhaupt nicht«, antwortete ich.

»Doch, du grinst schon die ganze Zeit. Ich habe dich beobachtet.«

»Nein«, wiederholte ich, »ich habe nicht gegrinst.«

»Jetzt schon wieder!« rief der Benefiziat. »Ich sehe es doch mit meinen eigenen Augen. Oder willst du behaupten, ich sei ein Lügner?«

Niemals wäre es mir eingefallen, den Benefiziat einen Lügner zu heißen, weil ich bis dahin geglaubt hatte, ein geweihter Priester würde niemals lügen. Jetzt aber behauptete dieser Mensch etwas, was einfach nicht stimmte, und verlangte sogar, daß ich es ihm bestätigte.

Deswegen sprach ich: »Und wenn Sie es tausendmal

behaupten und sich meinetwegen auf den Kopf stellen: Ich habe nicht gegrinst!«

Meine Mitschüler freuten sich, daß ich den Mut besaß, dem Benefiziat zu widersprechen. Sie lachten, und ich lachte mit.

»Jetzt aber habe ich dich wirklich ertappt«, rief er, und sein Gesicht lief vor Zorn hochrot an. »Jetzt hast du nicht nur gegrinst, sondern sogar offen über mich gelacht.«

Nun konnte ich ihm tatsächlich nicht mehr widersprechen. Es stimmte: Ich hatte gelacht.

»Hat er gelacht?« fragte er in die Klasse.

Einige Mitschüler nickten.

Er holte nunmehr seinen Tatzenstock aus der Schublade und schlug mir damit dreimal auf jede Hand. Ich ließ jedoch die Hände ruhig ausgestreckt, um vor der Klasse nicht als Feigling zu gelten. Auch verzog ich während der Bestrafung keine Miene. Dann aber steckte ich meine Hände in die Taschen, ging auf meinen Platz zurück und grinste.

»Willst du jetzt immer noch behaupten, ich sei ein Lügner?« fragte der Benefiziat.

»Ja«, sagte ich, »Sie sind ein Lügner!«

So rot angelaufen er vorher gewesen war, so kreideweiß wurde er jetzt. Er legte den Tatzenstock in die Katederschublade zurück, wandte sich dann der Klasse zu und sagte:

»Es tut mir in der Seele weh, gleich am ersten Tag unseres gemeinsamen Schuljahrs zu solchen Mitteln greifen zu müssen. Aber wie ich sehe, gibt es auch in eurer Klasse schwarze Schafe. Ich hoffe nur, daß dieses das einzige bleibt.«

Dann warf er mir einen verachtungsvollen Blick zu und

sagte kurz: »Du Bösewicht, geh vor die Tür und bleib dort stehn, bis ich dich rufe!«

Ich stand auf und schritt zur Tür. Noch während ich hinausging, rief er mir nach: »Täusche dich nicht, Bürschlein, deinem Herrn Vater und deiner Frau Mutter werde ich schon bald klaren Wein einschenken über dich und dein Verhalten. Verlaß dich drauf!«

Ich schloß die Tür.

Draußen blieb ich eine Weile stehn. Dann spürte ich, daß ich pissen mußte. Also ging ich die paar Stufen zur Aborttür hinunter. Der Lokus war nur wenige Meter von unserem Klassenzimmer entfernt, und trotzdem rochen wir seinen Gestank während des Unterrichts nicht. Jedenfalls fiel uns niemals etwas auf, geradeso als hätte unsere Schule einen einheitlichen Geruch gehabt, eine aus vielen Lüften und Düften zusammengebraute Qualmwolke, eine graue Soße, einen einzigen Brei aus Dunst und Dampf.

Nur wenn man die abwärts führende Aborttür öffnete, schlug einem ein widerlicher Gestank entgegen, und man merkte vielleicht, daß dieser zähe Gestank längst Besitz ergriffen hatte von den Gängen und Fluren, dem Treppenhaus, den Wänden und Türen, von den Klassenräumen, den Bänken und Pulten, den Tischen und Tafeln, der gesamten Einrichtung, ja selbst von uns, die wir uns tagtäglich zwischen allem bewegten, alles einatmend und berührend, daß der Gestank unterschiedslos in uns alle eingedrungen war, in Schüler wie Lehrer.

Dies dachte ich, als ich die Aborttür aufmachte und der ganze unbeschreibliche Gestank mir unerwartet entgegenschlug wie ein stickiger Wind voller Verwesung.

Ich war so überrascht von diesem dicken, trägen, festen Gestank, der mehr ein Zustand zu sein schien als eine sich auflösende Wolke, daß ich die Tür unwillkürlich hinter mir schloß, als wollte ich verhindern, daß etwas davon sich verflüchtigte und in meinem Gedächtnis verloren ginge.

Diese volle, in sich ruhende Pestilenz war aber nichts im Vergleich zu dem Zustand des Raumes, aus dem sie stetig heraussickerte.

Sobald sich nämlich meine Augen an das Halbdunkel gewöhnt hatten, denn nur durch die trübe Scheibe eines Gucklochs fiel ein matter, fauliger Hauch von Tageslicht ein, gewahrte ich, um mich blickend, eine höchst lebendige andere Welt. Ihre Farben verrieten sich im Blick erst beim zweiten Hinsehen: Sie reichten vom schwärzesten Braun bis zu einem fast grünlichen Weiß. Alles glänzte in glitschiger Pracht. Die Wände troffen von gelbem, öligem Tau. Aus Mauern schoben sich Warzen aus Kalk und wuchsen zu Miniaturgebirgen zusammen. Aus dem mattgrauen Kellerboden sprossen dunkle, grün schillernde Algen und hell leuchtende Flechten. Alles schien zu wogen und sich in einer einzigen riesigen Welle gemeinsam und doch gegeneinander zu bewegen. Es war, als wuchere der Raum lustvoll und zugleich boshaft aufeinander zu.

Und nun sah ich Tiere, die sich emsig und strotzend regten: fette gelbe Maden, die von der Abflußrinne heraufkrochen, sich aneinanderklammernd, übereinander steigend und einander niederdrückend, jede in der Absicht, als erste und einzige hinaufzugelangen, nach oben, wo es kein ersichtliches Ziel gab; blaue Schaben und grüne Käfer sah ich und rosarote Würmer; alles kroch und krabbelte rücksichtslos auf- und übereinander, und zwischen allem schwebten, flogen, surrten feinhaarige Mücken und Schnaken, giftgrüne Fleischfliegen und schwarze Insekten, setzten sich für Augenblicke auf die klebrigen Wände, sogen an den strotzenden Wucherungen, um wenig später ihren wirren Flug wieder aufzunehmen.

Ich hatte den Abort betreten, um zu pissen, und war einer Unterwelt begegnet. Jetzt stellte ich mich vor die braungelbe Wand und spülte mit meinem Urin einige allzu hoch gekletterte Maden in die klebrige Ablußrinne hinab. Sodann verließ ich rasch und ohne mich umzublicken den Raum.

Als ich wieder vor der Tür des Klassenzimmers stand, dachte ich, daß der Benefiziat vielleicht in der Zwischenzeit nach mir gesucht haben konnte. Ich überlegte, ob ich anklopfen sollte, ließ es aber sein, weil ich froh war, diesen Unterricht zu versäumen. Schließlich kam mir in den Sinn, einfach nach Haus zu gehn, denn mit der Religionsstunde war der heutige Unterricht ohnehin beendet. Da fiel mir ein, daß noch meine Schulmappe unter dem Pult lag.

Wenig später hörte ich von drinnen das Geräusch der aufklappenden Sitze. Meine Mitschüler standen also auf, um das Schlußgebet zu sprechen. Jetzt ließ mich der Benefiziat wieder hereinrufen, und ich betete mit.

Ich hatte erwartet, daß er mich nun noch einmal zu sich heranwinken würde, um mir ins Gewissen zu reden, doch würdigte er mich im Hinausgehen keines Blicks. So hatte ich wenigstens für heute meine Ruhe.

Seine Drohung machte er allerdings wahr. Schon am nächsten Sonntag berichtete er meiner Mutter von meinem höhnischen Grinsen und frechen Verhalten.

»Gnädige Frau«, sagte er, »ich muß leider sagen, daß ich den Eindruck habe, daß Ihr zweiter Sohn noch schlimmer ist als Ihr erster.«

»Wie meinen Sie das?« fragte meine Mutter, die nichts auf uns kommen ließ.

»Ich meine, daß Johannes seine Lausbübereien vielleicht aus einer gewissen Oberflächlichkeit heraus begeht, während Ihr Zweiter sich bei allem durchaus etwas zu denken scheint. Jedenfalls stört er mit seinem andauernden Feixen meinen Unterricht in erheblichem Ausmaß. Es fällt mir schwer, die Klasse im Zaum zu halten, wenn einer aus der Reihe tanzt.«

»Soll ich ihn denn vom Religionsunterricht abmelden?« fragte meine Mutter.

»Das dürfte kaum möglich sein«, antwortete der Benefiziat, »denn Religion ist, wie Sie wissen, in Bayern Pflichtfach.«

»Ich weiß nicht«, erwiderte meine Mutter, »wie ausgerechnet Sie, Herr Benefiziat, der Sie doch allein schon von Ihrem geistlichen Amt her dazu berufen sind, stets das Gute in jedem Menschen zu sehen und zu suchen, speziell bei meinen beiden Buben zu einem so negativen Urteil haben gelangen können. Sie kennen schließlich unsere Familie und unsere christliche Grundüberzeugung, vor allem die meines Mannes, und müßten wissen, daß wir unsere Kinder in diesem Geist erziehen. Und trotzdem –«

»Ja, gerade weil ich Ihren Mann so gut kenne und hochschätze, wundere ich mich desto mehr und bin überrascht, um nicht zu sagen: enttäuscht«, sagte der Benefiziat.

»Ich verstehe schon«, sagte nun meine Mutter, »wahrscheinlich schlagen meine Buben mehr in meine Art und haben zu wenig vom Ernst ihres Vaters. Im Zweifelsfall sind ja immer die Frauen an allem schuld, ist es nicht so? Jedenfalls bin ich schon lange der Meinung, daß die katholische Kirche im Grunde die Frauen als minderwertig einstuft und infolgedessen verachtet. Eigentlich sollten die Frauen überhaupt nicht mehr in die Kirche gehn. Dann würden die Pfarrer nämlich oft vor leeren Bänken predigen.«

»Jetzt haben Sie mich aber absolut mißverstanden«, lenkte der Benefiziat ein, »so hatte ich das alles nie und nimmer gemeint. Ich wollte nur vorschlagen, daß Sie einmal in einem passenden Augenblick mit Ihren Filiussen ein Wörtlein reden, sie ein bißchen an den Ohren zupfen und ihnen die Leviten lesen sollten, wobei Sie Ihren Gatten durchaus als leuchtendes Beispiel hinstellen könnten.«

»Keiner von uns, weder ich noch Sie noch mein Mann, ist vollkommen«, erwiderte meine Mutter. »Warum sollten wir also von den Kindern mehr verlangen, als wir Erwachsene zu leisten imstande sind? Nein, Herr Benefiziat, ich weiß, daß meine Söhne nicht schlechter und nicht besser sind als andere, nur muß man eben, lassen Sie's mich wiederholen, in jedem Menschen zuerst einmal das Gute sehn und es aus ihm herausholen. Im übrigen habe ich von unserem Herrn Expositus solche Klagen niemals hören müssen.«

»Unser guter Herr Expositus«, sagte darauf der Benefiziat, »geht mit den Kindern bekanntlich auch nicht immer sehr sanft um.«

»Aber immer gerecht!« rief meine Mutter. »Niemals war er ungerecht gegen einen. Oder können Sie mir einen Fall nennen, wo der Expositus jemandem Unrecht tat?«

»Nein, gnädige Frau, das habe ich niemals behauptet«, sagte der Benefiziat.

Tatsächlich fühlte sich der Expositus weniger leicht verhöhnt oder verspottet. Ihm ging es vorerst nur darum, seine Expositur aufzubauen und sie mit der Zeit in eine richtige Pfarrei umzuwandeln.

Dazu brauchte er Ministranten.

Er nahm aber nicht jeden, sondern nur solche, die gut lesen und das Gelesene auch im Kopf behalten konnten. Dies war wichtig für die lateinischen Gebete und Formeln, die auswendig hergesagt werden mußten.

Obwohl er uns heuer keinen Religionsunterricht erteilte, erschien er eines Tages in unserer Klasse und fragte, wer Lust hätte, Ministrant zu werden.

Ich hatte keine Lust dazu und meldete mich nicht.

Doch genügend andere hoben den Finger, und er bestellte sie für den nächsten Mittwochabend in die Sakristei.

»Denkt nicht, daß jeder, der sich jetzt gemeldet hat, damit bereits automatisch ein Ministrant wäre«, sagte er. »Ministrant sein ist etwas ganz Außergewöhnliches, und nicht jeder hat das Zeug dazu. Einige werden es vermutlich nicht schaffen, und ich werde sie wieder nach Haus schicken müssen. Das sehe ich jetzt schon vorher. Andere hingegen, die sich jetzt nicht gemeldet haben, wären wahrscheinlich gute Ministranten. Deswegen will ich, daß auch DU und DU und DU am Mittwoch zu unserer ersten Leseprobe hinzukommst.«

Mit einem dieser DU war ich gemeint, denn er zeigte schnurstracks auf mich, obwohl ich mich hinter dem Rücken meines Vordermanns zu verstecken suchte und aus dem Fenster schaute.

Ich hatte mich schon gefreut, nicht mitmachen zu müssen, aber er hatte mich einfach vorherbestimmt, und so mußte ich am Mittwochabend wohl oder übel in der Sakristei erscheinen.

Er hatte lateinische Texte mitgebracht, die er rundum verteilte. Zunächst erklärte er uns die Messe. Es gab die Vor-, die Haupt- und die Nachmesse. Die Vormesse führte mit allerlei Gebeten zur Hauptmesse hin, die Nachmesse schloß alles mit dem Segen ab.

Wir mußten wissen, wann die Hauptteile der Messe beginnen und aufhören, denn nur während der Hauptmesse gab es Klingelzeichen. Die Hauptmesse selbst bestand aus drei Hauptteilen: Opferung, Wandlung und Kommunion.

Endlich aber sollten wir die lateinischen Texte lesen.

Ich las: Addé um qui lä tiffi kat juwen tutem meam.

So ähnlich stellte ich mir Chinesisch vor.

Doch der Expositus war geduldig und erklärte uns, daß im Latein nicht jedes Wort auf der ersten, wie im Deutschen, sondern meistens auf der vorletzten Silbe betont würde. Zum besseren Merken durften wir über den anders betonten Silben kleine Häkchen anbringen. Aber nicht jedes lateinische Wort hatte eine vorletzte Silbe, und nicht jede Silbe wurde betont.

»So einfach ist das!« sagte der Expositus.

Wir verstanden nichts, und alles konnte alles heißen.

War es schon abenteuerlich, die lateinischen Sätze zu buchstabieren, so war es noch viel abenteuerlicher zu hören, was sie auf deutsch bedeuteten. Denn bisher hatten wir geglaubt, unsere eigene Sprache auf Anhieb zu verstehn. Jetzt merkten wir, daß nichts unverständlicher sein kann als die eigene Sprache.

»Zu Gott, der mich von Jugend an erfreut –«

Wenn wir die Übersetzung lasen, kam uns der Klang der Worte vertraut vor. Wir hörten die Laute der Sprache, in der wir lebten, doch ihren Sinn verstanden wir nicht.

Latein war wenigstens unverständlich, unaussprechbar, unlernbar und geheimnisvoll. Unser eigenes Deutsch aber war einfach unsagbar.

XII

Ein Dutzend sudetendeutscher Flüchtlinge hatte vor einem Jahr den Fußballklub »Spielvereinigung Westheim« gegründet. Das Vereinslokal befand sich in einem Hinterzimmer des »Tirolerhauses«. Dort hing, schön eingerahmt, die Gründungsurkunde an der Wand samt einer Lizenz für die C-Klasse.

Inzwischen gab es über hundert Mitglieder, und alle waren sicher, daß dem Verein eine große Zukunft bevorstand. Die jetzigen Gegner hießen Steppach, Täfertingen, Neusäß, Bärenkeller, Ottmarshausen, Hammel, Firnhaberau, Diedorf, Aystetten, Gessertshausen, Mödishofen, Anhausen und Deuringen. Nach einem Aufstieg in die B-Klasse würde Westheim gegen so berühmte Mannschaften wie Kriegshaber, Pfersee, Hochzoll, Stadtbergen, Gablingen, Tannhausen, Dinkelscherben und Emersacker spielen. Eines Tages, vielleicht schon in zehn Jahren, könnte sogar der Aufstieg in die Süddeutsche Oberliga geschafft werden. Dann würden wir gegen die berühmtesten Mannschaften antreten: BCA und Schwaben, 1860 und Bayern, die Kickers aus Offenbach und Stuttgart, den VfB, gegen Eintracht und FSV, gegen die Kleeblattelf aus Fürth und sogar gegen den Club, den siebenfachen deutschen Meister.

Voraussetzung war, daß unser Verein echte Talente in seinen Reihen hatte, zum Beispiel meinen Bruder und mich. Es gab bereits vier Mannschaften, nämlich die Erste und Zweite, die wir Reserve nannten, eine Jugendelf und die Alten Herren für Spieler über dreißig. Demnächst sollte eine Schülermannschaft zusammengestellt werden.

Johannes und ich wollten ihr sogleich beitreten. Doch unser Vater sprach sich dagegen aus. Er hatte nämlich herausgefunden, daß die Schüler- und Jugendmannschaften ausgerechnet an Sonntagvormittagen spielten, wenn wahre Christen Besseres zu tun hätten. Wir versprachen, stets in die Frühmesse um sieben Uhr zu gehn, fanden aber kein offenes Ohr.

Inzwischen hatte sich auch der Expositus auf die Seite der eingefleischten Fußballfeinde geschlagen. In seinen Predigten wetterte er gegen die Gottlosigkeit der Sportfunktionäre des Kreises, die für die atheistische Spielplangestaltung verantwortlich seien. Über das bischöfliche Ordinariat versuchte er, die Sportveranstaltungen am Sonntagvormittag insgesamt verbieten zu lassen. Selbst das Vereinslokal erregte seinen Mißmut, da die Jugend zum Trinken und Rauchen verführt würde.

Herr Riesenhuber, der Besitzer des »Tirolerhauses«, hatte sich, obwohl katholisch, seit Ankunft des Expositus noch kein einziges Mal in der Kirche blicken lassen und betrieb darüber hinaus Dinge, die vom christlichen Standpunkt aus höchst verwerflich waren. Eines schönen Abends im Sommer ließ er nämlich dicht vor der Hindenburgstraße im Hof seiner Gastwirtschaft eine enorme Leinwand aufstellen, um Freilichtkino-Vorführungen zu veranstalten. Nunmehr wurden Samstag für Samstag schlüpfrige Filmkomödien aus Amerika gezeigt, die wegen ihrer Unvorstellbarkeiten allgemein beliebt waren. Diese Darbietungen gefährdeten nach Meinung des Expositus nicht nur die Erwachsenen, sondern vor allem die Minderjährigen. Obwohl nämlich auf den zwischen

Wirtshaus und Leinwand dicht aneinandergerückten Stühlen und Bänken nur Volljährige sitzen durften, konnte niemand verhindern, daß Jugendliche oder gar Kinder von der Straßenseite her oder aus den Fenstern des Tirolerhauses blickend mit großen Augen dies alles betrachteten, ohne zu ahnen, welch unermeßlicher Schaden dadurch in ihrer Seele angerichtet wurde.

Auch Johannes und ich waren auf diese Weise eine Zeitlang gefährdet. Vor kurzem war nämlich unsere schlesische Großmutter bei uns ausgezogen und hatte sich im Tirolerhaus einquartiert. Sie bewohnte dort zwei Mansardenzimmer. Das erste benützte sie als Wohnküche, das zweite als Schlafraum. In der Wohnküche stand ein alter Kohlenherd, der im Winter zugleich als Heizung für beide Räume dienen sollte. Vom Küchenfensterchen aus konnte man gut auf den Hof hinabblicken, und speziell für die Filmvorführungen war die Fensterhöhe ideal. Auf den Sims des Gucklochs gestützt, konnten wir uns einbilden, uns über die gepolsterte Brüstung einer Ehrenloge zu lehnen.

Wir sahen viele wundervolle Filme, die meistens in herrlichen Landschaften unter Palmen am Meer spielten und immer glücklich ausgingen. Die Menschen hatten keine großen Sorgen und fuhren in breiten Limousinen durch die Gegend. Wenn sie etwas brauchten, zogen sie einfach ein paar Dollars aus der Tasche und bezahlten. Arbeiten mußten sie nicht; das taten andere, die ihre Fröhlichkeit daraus bezogen, den sorglosen Menschen dienen zu dürfen. Die Frauen sahen aus, als kämen sie soeben aus dem Modesalon oder vom Friseur. Sie waren immer bildhübsch und meistens strohdumm. Die sie umschwärmenden Männer waren oft noch dümmer, denn sobald eine dieser Modepuppen irgendwo auftauchte, sprangen sie scharenweise herbei und machten sich lächerlich. Sie folgten dem inneren Zwang, die hübschen Frauen auf Schritt und Tritt zu verfolgen. Es hieß, sie wollten diese Damen erobern. Die Damen schienen das Spiel zwar zu durchschauen, gingen ihren Verehrern aber nur scheinbar aus dem Weg. Jedenfalls fanden die albernen Männer immer wieder Gelegenheit, die eine oder andere Schönheit an einem menschenleeren Ort zu überraschen, sie in einem urplötzlichen Anfall von Wildheit an sich zu reißen und gierig auf den frisch geschminkten Mund zu küssen, als wäre dieser magnetisch. Die völlig überraschte Frau wand sich abwehrend in den Armen des Wüstlings, und sobald es ihr gelang, sich für einige Sekunden aus seinem Schwitzkasten zu befreien, rächte sie sich für den ungestümen Überfall mit einer weithin schallenden Ohrfeige. Der jeweilige Verehrer zog sich nach solcher Mißhandlung keineswegs zurück, sondern belohnte die Grausame auf der Stelle mit einem zweiten, noch längeren Kuß. Wenn die Frau, endlich losgelassen, ihre blauen Puppenaugen wieder aufschlug, geschah etwas völlig Unverständliches. Der soeben noch Geohrfeigte starrte die Frau gierig an und sprach mit bebender Stimme:

»Ich liebe dich!«

Zur allgemeinen Überraschung antwortete die grausame Schönheit nun: »Du bist wunderbar, du bist herrlich!«

Jetzt schöpfte der tölpelhafte Mann neuen Mut und setzte zu einem dritten Kuß an, der mindestens zwei Minuten dauern mußte. Solche Dauerbrenner wurden vom Kinopublikum mit neidvoller Abschätzigkeit begleitet.

Nach Beendigung des dritten Kusses rannten die Frauen meistens wortlos davon, die stolzen Eroberer aber pfiffen lässig durch die Zähne, strichen sich kurz übers pomadige Haar und rückten die verrutschte Krawatte zurecht.

Jene Küsse waren sehr gefährlich, denn die Frauen gerieten dadurch leicht aus der Fassung, und wenn es dem Lüstling gelang, dieselbe Frau noch mehrmals zu küssen, überraschte sie ihren Verehrer eines Tages mit der Feststellung: »Ich bekomme ein Kind!«

»Ein Kind! Von wem?«

»Von dir natürlich, Liebling!«

»Von mir?«

»Ja, von dir!«

»Und was willst du nun tun?« fragte der Mann.

»Das frage ich dich!« rief die Frau.

»Willst du, willst du«, fragte schüchtern der Mann, »willst du meine Frau werden?«

»Und was wird aus dem Kind?« fragte die Frau.

»Wir werden das Kind schon schaukeln!« rief der Mann und lachte, während die Musik lauter wurde.

Jetzt wußten die Zuschauer, daß der Film fast zu Ende war. Es kam bloß noch darauf an, die vorletzte Szene im Sitzen abzuwarten, um während der letzten als erster aufzustehn. So konnte man zeigen, daß einen der ganze Krampf überhaupt nicht beeindruckte, weil man solche Filme schon hundertmal gesehen hatte.

Tatsächlich wußten alle spätestens nach dem dritten Film, wie jeder weitere ablief und ausging. Die Ohrfeige zu Anfang war der Preis für den hartnäckigen Mann, die schöne Frau am Ende heiraten zu dürfen.

In den wenigen Wochen seit Einführung des Freilichtkinos waren fast alle Westheimer zu echten Filmkennern geworden, außer meinen Eltern, Doktor Bengelein, dem Expositus und dem Benefiziat. Mein Vater hatte eine tiefe Abneigung, sich unters Volk zu mischen, und verbot auch meiner Mutter, ins Freilichtkino zu gehn. Herr Bengelein behauptete, dieser amerikanische Dreck sei ebenso klebrig und widerlich wie Kaugummi und Coca Cola. Der Expositus lehnte dies alles grundsätzlich vom katholischen Standpunkt aus ab. Und der Benefiziat stand ohnehin über den Dingen; er hatte sich schon ein Bild gemacht, bevor er es sah, und vergrub seinen Kopf lieber in den tausend Büchern seiner Bibliothek.

Immerhin erreichte der Expositus, daß die allwöchentliche Veranstaltung bald von einigen streng katholischen Familien gemieden wurde. Wie gefährlich der jeweilige Film war, konnte bald in der Kirchenzeitung nachgelesen werden. Es gab nämlich in München eine katholische Filmbewertungsstelle, die Woche für Woche Noten und kurze Beurteilungen verteilte. Nur wenige Filme erreichten die Wertung »sehr empfehlenswert«. Doch ausgerechnet diese Streifen hatte Herr Riesenhuber nicht in seinem Programm, weil sie nach seinem Geschmack zu langweilig waren.

Die schlechte Beurteilung eines Films tat dem ganzen Unternehmen jedoch wenig Abbruch, im Gegenteil: Viele Kinofreunde richteten ihre Aufmerksamkeit gerade nach der Ablehnung durch die katholische Filmbewertungsstelle und besuchten mit Vorliebe die besonders scharf gerügten Filme. Nach wie vor waren alle Vorführungen immer ausverkauft, und selbst die Notsitze waren allesamt restlos besetzt.

Aus Enttäuschung über die Unverbesserlichkeit so vieler Taufschein-Katholiken startete der Expositus nunmehr ein Gegenunternehmen.

Das Sallettle neben dem Tirolerhaus war von Herrn Riesenhuber aus Versehen nicht mitgepachtet worden und stand seit der Umquartierung der letzten Flüchtlinge in ordentliche Häuser meist leer. Kurzerhand ließ der Expositus das Sallettle von der Diözese mieten.

Schon zwei Wochen später fand dort eine erste saubere Filmvorführung statt. Aus der Stadt kam ein Lieferwagen mit fachkundigen Leuten und dem gesamten Material, und schon am selben Nachmittag stand ein einwandfreier Film auf dem Programm. Nach der Einstufung der katholischen Filmbewertungsstelle war er »besondes wertvoll und empfehlenswert für Kinder ab 6 Jahren«.

Ich hatte die geforderte Altersgrenze längst erreicht, und meine Eltern erlaubten meinem Bruder und mir den Kinobesuch. Gemeinsam mit unseren Freunden gingen wir hin. Der Film handelte von einem jungen Elsässer, der in seiner Jugend ein phantastischer Orgelspieler und vielversprechender Arzt war und durch Zufall in einer Missionszeitschrift einen Bericht über die Not der todgeweihten Negerkinder in Afrika liest. Außer seinen Talenten ist der junge Elsässer nämlich ein protestantischer Theologe, der den armen Menschen auch seelisch zu helfen bereit ist. Dem alten Kontinent Europa billigt er keine Zukunft mehr zu, also verläßt er gemeinsam mit seiner jungen Frau seine schöne Heimat und fährt mittellos zu den unversorgten Menschen nach Afrika, die bar jeder Hoffnung dahinsiechen und seiner bedürfen. Als er auf der Missionsstation eintrifft, um seine guten Absichten in die Tat umzusetzen, wird er sogleich auf die härteste Probe gestellt: Der einzige Sohn des Negerhäuptlings windet sich unter schlimmsten Bauchkrämpfen und ist dem Tode nah. Der weiße Arzt weiß sofort, daß der Häuptlingssohn an akuter Blinddarmentzündung erkrankt ist und eigentlich so rasch wie möglich operiert werden müßte. Doch leider kann der sympathische Doktor den dringenden Eingriff nicht vornehmen. Erstens hat er noch keinen keimfreien Operationsraum errichtet und zweitens sind die chirurgischen Instrumente, die er sich aus Europa hat nachschicken lassen, immer noch nicht eingetroffen. Also muß er ablehnen.

»Vielleicht kommen die Instrumente schon morgen früh hier an«, sagt er. »Dann kann ich die Operation wagen. Wenn ich sie jetzt vornehme, ist Euer Sohn rettungslos verloren. Wenn wir aber bis morgen warten, besteht die Möglichkeit, Euren Sohn vielleicht zu retten.«

»Weißer Medizinmann muß helfen können«, antwortet der Häuptling ungerührt. »Ist weißer Mann wirklich Medizinmann, kann weißer Mann helfen. Kann weißer Mann nicht helfen, ist weißer Mann kein echter Medizinmann und muß ebenfalls sterben.«

Obwohl sich der Doktor sträubt, zwingt ihn der Negerhäuptling zur Operation. Er stellt ihm sogar eine zeitliche Frist: Wenn der Mond hinter jenem großen Baum vorübergezogen sein wird, muß die Operation vollzogen sein. Ist der Häuptlingssohn dann gerettet, wird auch der weiße Medizinmann verschont. Stirbt der Häuptlingssohn, ist auch der weiße Mann des Todes.

Der arme Arzt hat keine andere Wahl. Er muß alles wagen. Er hat nur ein einfaches Messer zur Verfügung. Außerdem findet die Operation unter freiem Himmel statt, wo es von Eitererregern nur so wimmelt. Um den primitiven Operationstisch herum stehn die wildbemalten

Neger. Aus dem Busch ertönen drohend die Trommeln der grausamen Krieger. Der Arzt beginnt die Operation. Vorher wurde der Häuptlingssohn mit Hilfe einheimischer Zauberkräuter in tiefe Bewußtlosigkeit versetzt.

Doch die Zeit schreitet unaufhaltsam voran. Immer näher rückt der Mond dem schwarzen Baum des Todes. Die Trommeln werden lauter, die Tänze der rachsüchtigen Krieger wilder und wilder. Schon hat der Mond die Spitze des Todesbaumes erreicht.

Zwar hat der Arzt die Operation durchgeführt, und bisher sind keine Komplikationen eingetreten, aber der Häuptlingssohn schlummert noch immer in seinem todesähnlichen Schlaf.

Die Augen des Häuptlings verfinstern sich. Die Schläge der Trommeln dröhnen jede Sekunde lauter. Die wilden Krieger sind nähergerückt und tanzen, mit ihren Speeren fuchtelnd, um den Operationstisch herum. Der mutige weiße Mann ist umkreist und blickt hilfesuchend zum Himmel empor.

Nur noch wenige Minuten, und der silberne Mond wird am Baum des Todes vorbeigewandert sein. Schon sind die schwarzen Krieger hautnah an den weißen Mann herangerückt. Der gute Arzt weiß, daß die Operation wie durch ein Wunder gelungen ist, kann aber nicht berechnen, wie lange das afrikanische Narkosemittel wirkt.

Da ertönt eine gewaltige Stimme: »Es ist Mitternacht, Doktor Schweitzer!«

Dann Stille.

Die Zeit ist abgelaufen.

Der Mond hat den Todesbaum passiert.

Die wilden Krieger wollen zustoßen und den fremden Medizinmann töten.

In dieser Sekunde gibt der Häuptling ein Zeichen, noch einzuhalten.

Doktor Schweitzer steht hilflos unter dem weiten Sternenhimmel. Er hat mit seinem Leben bereits abgeschlossen. Obwohl alles gut verlaufen ist, scheint alles zu spät.

Jetzt gibt der Häuptling das Zeichen, den falschen Wunderdoktor zu töten. Doktor Schweitzer blickt stolz wie eine Statue auf die wüste Meute der blutrünstigen Wilden. Nun ist er des Todes, hat aber sein Bestes gegeben. Also kann er guten Gewissens sterben.

Schon will ein besonders furchtbarer Krieger dem armen Arzt den Todesstoß versetzen. Da schreit eine Stimme auf: »Er lebt!«

Alle halten ein. Doktor Schweitzer schaut auf die Bahre zum Sohn des Häuptlings hinüber. »Er lebt! Er lebt!« tönt es wie von fern.

Der Häuptlingssohn hat die Augen geöffnet. Die Wilden beginnen einen Freudentanz um den weißen Medizinmann. Doktor Schweitzer lächelt dem Häuptlingssohn zu, geht dann gemeinsam mit seiner Frau hinweg und legt sich in seine Hütte, wo er sogleich in tiefen Schlaf versinkt.

Als wir aus dem Sallettle ins Freie traten, hatte es uns die Sprache verschlagen. Wir waren tief beeindruckt. Endlich sagte Teilhart Kraft: »Dies ist der zweitbeste Film, den ich je gesehen habe. Er ist beinahe so spannend gewesen wie mein bester Film, nämlich ›Rommel, der Wüstenfuchs‹.«

»›Rommel, der Wüstenfuchs‹ ist nur mein zweitbester Film«, antwortete mein Bruder, »obwohl ich zugeben muß, daß er mir damals unheimlich gefallen hat. Ab heute heißt mein bester Film: ›Es ist Mitternacht, Doktor

Schweitzer«. Außerdem steht jetzt mein Entschluß unverrückbar fest: Ich werde Missionsarzt!«

»Missionsarzt?« rief Teilhart. »Bist du überhaupt tropenfest?«

»Tropenfest?« fragte Johannes. »Was soll denn das heißen?«

»Daß sie nicht jeden nehmen. Zunächst einmal muß jeder Bewerber Malaria und Cholera aushalten. Dann darf er sich nicht vor Kobraschlangen fürchten. Und drittens muß er notfalls – ohne mit der Wimper zu zucken – Löwen und Tiger erlegen können.«

»Meinst du, ich hätte mehr Schiß als du, wenn es darauf ankäme?« rief Johannes voller Empörung.

»Allerdings meine ich das«, sagte Teilhart kühl. »Aber, was nicht ist, kann noch werden. Bis dahin hast du ja noch Zeit.«

»Ein Missionsarzt braucht vor allem Einfühlungsvermögen in das Seelenleben der Eingeborenen«, sagte mein Bruder.

»Niemals wird ein Weißer die Seele eines Negers verstehn«, antwortete Teilhart.

»Und warum nicht?« fragte mein Bruder.

»Weil die Neger einer anderen Rasse angehören«, sagte Teilhart.

»Das heißt aber noch lange nicht, daß sie anders fühlen und denken als wir!« rief mein Bruder.

»Doch«, sagte Teilhart, »sie sind unserem Wesen genau entgegengesetzt.«

»Woher willst du das überhaupt wissen?« rief mein Bruder. »Warst du vielleicht schon in Afrika?«

»Ich habe es aus einem zehnbändigen Werk über Völkerkunde, das im Bücherschrank meines Vaters steht.

Darin sind sämtliche Wesenszüge aller menschlichen Rassen aufgezeichnet und beschrieben. Das Werk enthält sogar Abbildungen mit den typischen Vertretern einer jeden Rasse. Wenn du das nächste Mal zu mir kommst, zeige ich es dir.«

»Das heißt aber noch lange nicht«, sagte mein Bruder, »daß die Neger eine schlechtere Rasse wären als zum Beispiel wir.«

»Allerdings«, erwiderte Teilhart. »Tut mir leid für dich, wenn du das noch nicht weißt.«

»Und was wäre deinem Völkerkundebuch nach die beste und edelste Rasse?«

»Wir natürlich!« rief Teilhart. »Wir, die arische, die nordische Rasse!«

Hierauf konnte mein Bruder nichts erwidern. Wir hatten uns darüber bisher noch keine Gedanken gemacht. Also gingen wir auseinander.

XIII

Die wechselnden Kinoabende gingen noch zwei oder drei Monate weiter. Außer amerikanischen Liebeskomödien sahen wir vom Guckloch meiner Großmutter aus auch Wild-West-Filme mit Indianerüberfällen auf Postkutschen und Trecks samt den dazugehörigen Schießereien. Doch mein Vater stufte eines Tages alles als unsittlich ein und verbot meinem Bruder und mir jeden weiteren Besuch der Freilichtaufführungen. Unser Protest gegen seine harte Entscheidung dauerte einige Wochen, genauso lang, wie Herrn Riesenhubers Freilichtkino noch in Betrieb war. Im Oktober jedoch waren die Abende zu kühl, Regen setzte ein, und die sommerlichen Lichtspiele fanden ihr natürliches Ende.

Zwar fuhr ein paar Wochen lang im Hof des Tirolerhauses noch der Wagen des katholischen Filmdienstes vor, doch brach der Expositus eines Tages auch diese Vorführungen ab. Inzwischen waren die Westheimer jedoch so an ihre wöchentliche Unterhaltung gewöhnt, daß sie eine Erklärung verlangten, zumal ja im Sallettle nur einwandfreie und saubere Filme gezeigt worden waren.

Der Expositus erklärte, das Sallettle würde bald für einen höheren Zweck gebraucht. Er habe nämlich beschlossen, dort eine Notkirche einzurichten. Für feierliche Messen stünde zwar vorerst weiter die Kobelkirche zur Verfügung, doch sei es vor allem für die alten Weiblein aus dem Notburgaheim zu mühsam, werktags für jede Messe, jede Andacht, jeden Rosenkranz mühsam auf den Kobel hinaufzupilgern. Auch wenn wir bis auf weiteres immer noch keine richtige Pfarrei seien, sondern lediglich eine Expositur, so benötige eine solche gleichwohl ein eigenes Gotteshaus, so notdürftig dies auch wäre. Die Vorbereitungen seien schon abgeschlossen und der Bischof höchstpersönlich habe seine Zustimmung gegeben. Außerdem sei es dem Benefiziat nicht zuzumuten, dauernd den gesamten Gottesdienst-Betrieb droben in der Wallfahrtskirche über sich ergehen zu lassen, denn schließlich sei San Loreto auf dem Kobel für wichtigere Anlässe erbaut worden.

All diese Begründungen überzeugten die Westheimer nicht. Sie sagten, in Zeiten allgemeiner bitterster Wohnungsnot sei es eine besondere Gnade, die prächtige Barockkirche droben auf dem Kobel zur Verfügung zu haben, und eine Notkirche, ausgerechnet im Sallettle, sei nie und nimmer ein gleichwertiger Ersatz.

»Diese erste Notkirche«, erklärte der Expositus, »ist nur als vorübergehende Lösung gedacht. In ein paar Jahren, wenn wir erst eine vollgültige Pfarrei sind, können wir selber darangehn, eine eigne Kirche zu bauen, die dann zwar immer noch eine Notkirche wäre, aber immerhin den bescheidenen Ansprüchen unseres Ortes vorerst genügen würde.«

Die Leute munkelten, daß sich Benefiziat und Expositus nicht riechen könnten. Ihr Temperament sei zu verschieden, ihre persönliche Entwicklung zu unterschiedlich.

Der Benefiziat war seit seiner Abschiebung aus Niederbayern hauptsächlich mit seinen eigenen Gedanken beschäftigt und lebte als Büchermensch tage-, wochen- und monatelang zurückgezogen in seiner Klause. So hatte er gemeinsam mit seiner Haushälterin die schlimmsten

Kriegsjahre fernab vom allgemeinen Getön und Getöse fast idyllisch überlebt, genährt von der Hoffnung, daß seine Widersacher über kurz oder lang ohnehin scheitern müßten, wenngleich hernach kein paradiesischer Zustand herrschen würde.

Mutterseelenallein hatte er sich noch im Jahr 1938 gegen Hitler ausgesprochen und gegen den Anschluß Österreichs gestimmt. Dafür war er sogleich mit einer Versetzung bestraft worden. Die Demütigung nahm er freilich von Anfang an als willkommene Gelegenheit hin, seinen frühen geistigen Neigungen nachzugehn. Also vergrub er sich nächtelang hinter seinen Bücherbergen und tröstete sich mit den bunten Welten der Phantasie. Die Kampfplätze der Tagespolitik hatte er zwangsläufig verlassen. Nunmehr konnte er, was er schon wußte, ruhig und gelassen beobachten, wie sich alles zum Schlechten hin entwickelte, bis es endlich bombastisch und zugleich banal zerplatzte wie eine Seifenblase. Seine erzwungene Idylle war nicht von dieser Welt. Seine Hoffnungen richteten sich auf die innere Selbstzerstörungskraft der Ungeduldigen. Sein ganzes Leben bestand seither aus Betrachtung.

Der Expositus hingegen war tatendurstig wie ehedem, als er seine hohe eigene Aufgabe noch nicht erkannt hatte. Er war bei einem Schmied in die Lehre gegangen und hatte irgendwo auf dem Land in Schwaben noch den letzten Pferden die Hufe beschlagen, als er Gottes Ruf zu vernehmen glaubte. Spät berufen, der Welt und ihren Freuden und Lüsten zugewandt, nahm er die Last der Erwählung gottergeben auf sich und unterzog sich der harten Fron unsäglicher Studien. Er schlug sich die strengen Vokabeln des toten Lateins ins sperrige Hirn, prägte sich Wort für Wort ein in den widerwilligen Schädel und erkämpfte sich die Riten einer tief in die Volksbräuche versunkenen Kultur. Unmusikalisch aus früh erlittenem Zwang, grob durch die Fron mit hartem Gerät und einem nur im glühenden Zustand zu formenden Material, gleichwohl offen für alle vollen Farben und schweren Gerüche der Natur, überließ er seine ihm nicht folgen wollende Stimme den freien Bewegungen des gregorianischen Chorals, betete die leeren Formeln der Liturgie herunter wie Strafarbeiten, streifte sich gold- und brokatbestickte Gewänder über wie Panzerungen wider einen unsichtbaren, schädlichen Urfeind, der selbst mit Hilfe seines eigenen Fleisches und Bluts gegen die nach Heiligkeit strebende, sanfte und friedvolle Seele voller Sprengkraft schaffte, werkelte und wirkte.

Die feinsinnige Person des Benefiziats und der mit und gegen sich selbst kämpfende Mann im Expositus blieben einander fremd. Daß sie einander schlecht vertrugen, wollten sie der Öffentlichkeit verbergen. Also gingen sie sich aus dem Weg. Doch hatten sie miteinander zu tun, solange der Expositus als Gast in der Kubelkirche seine Messen mit denen des Benefiziats abstimmen mußte, und dieser sich gezwungen sah, Altar und Sakristei mit dem jüngeren, sich allenthalben ausbreitenden Amtsbruder zu teilen.

Solche Eitelkeiten waren den Westheimern fremd und zuwider. Sie billigten sie am allerwenigsten geistlichen Herren zu, deren Geschäft es eigentlich war, durch eignes Beispiel zu zeigen, wie selbstlos Menschen miteinander umzugehen hätten. Und daß sie sich offenbar nicht einmal darin einig zu sein schienen, wem von beiden, wenn überhaupt, das Gotteshaus gehörte, warf einen Schatten auf die bis dahin selbst von Sündern kaum in Zweifel gezogene Religion.

Wir haben unsere schöne alte Kirche, sagten die Leute, wir brauchen keine neue. Diese alte Kirche ist prächtig und geheimnisvoll. Was sollen wir mit dem armseligen Schuppen einer Notkirche? Genügt uns nicht die häusliche Not? Warum sollen wir nun auch noch unseren Herrgott so erbärmlich verehren?

Vielleicht hätte dem Expositus diese Vorstellung gefallen, hatte sein Oheim doch die Kreuzwegkapellen auf dem steilen Weg zur Wallfahrtskirche errichten lassen und damit den Kobel zu einem Kalvarienberg gemacht.

Allerdings gab es dort einen angestammten Hausherrn, den zu verdrängen der Expositus weder beabsichtigte noch in der Lage war.

Immerhin war der Benefiziat sehr froh, keine eigene Pfarrgemeinde mehr betreuen zu müssen. Die seit ein paar Jahren wieder voll ausgebrochene Frömmigkeit hielt er für einen Anfall, eine vorübergehende Krankheit. Und als der Expositus seine Notkirche einrichten wollte, hielt er ihn nicht ab.

Die Ausschmückung war einfach. Anfangs standen nur einige Wirtshausbänke im Raum und auf der ehemaligen Bühne als Altar ein stoffumspannter Tisch. Eine richtige Sakristei gab es hier nicht. Dafür war der rechte Teil der Bühne durch einen violetten Vorhang abgeteilt. Auf diesem vielleicht zwei Meter breiten Stehplatz ließ sich der Expositus vom Meßner in die Meßgewänder helfen.

Doch die Einweihung der Notkirche mußte verschoben werden. Ausgerechnet in dieser Woche starb der Bischof, und man wollte erst seine Beisetzung abwarten.

Wir fuhren allesamt in die Stadt und begaben uns zum

Dom, wo der tote Oberhirte aufgebahrt lag. Ich war sehr neugierig, denn ich hatte in meinem Leben zwar schon viele tote Tiere gesehen, Hunde, Katzen, Schweine, Bisamratten, Mäuse, Hühner, Karnickel, hatte sogar manchmal selber Insekten getötet: Wespen, Fliegen, Ameisen und Käfer, aber abgesehen von dem Selbstmörder in der Schlipsheimer Scheune, auf den ich bloß einen kurzen scheuen Blick geworfen hatte, und dem Totenkopf am Bahndamm war es mir bislang erspart geblieben, einen toten Menschen aus der Nähe zu betrachten. Dieser aber war zudem kein gewöhnlicher Sterblicher, sondern ein auserwählter Mensch, der eher als wir die Möglichkeit hatte, eines schönen Tages heiliggesprochen zu werden.

Vor dem Dom, zum Fronhof hin, hatten sich viele tausend Gläubige versammelt, die durch das südliche Portal nach und nach eingelassen wurden, um dann in Zweierreihen durch das rechte Seitenschiff voranzuschreiten, wo der Bischof vor dem Seitenaltar in einem blumengeschmückten Sarkophag ruhte.

Die Kirchenbänke waren bis auf den letzten Platz besetzt, und während wir durch das Kirchenschiff gingen, murmelten die Anwesenden ununterbrochen Rosenkranzgebete. Es klang wie eine Beschwörung, als sollte die Seele des toten Bischofs auf ihrer langen Reise in die Unendlichkeit mit Hilfe tausendfachen Flehens direkt emporgetragen werden vor Gottes Thron.

Ich hatte mir vorgenommen, möglichst nah an den Sarkophag heranzutreten, um an dem toten Bischof vielleicht irgendein Zeichen einer Heiligkeit zu entdecken. Also folgte ich der langen Reihe der Trauernden. Neben mir ging Kathrin, hinter uns her kamen meine schlesische Großmutter, meine Eltern und Geschwister.

Wir gingen recht zügig durch den freigehaltenen Gang, durch das Spalier der monoton aufsteigenden Gebete. Zwischen den vielen »Gegrüßet seist du« hörte ich wieder und wieder den Satz »Der für uns Blut geschwitzt hat«, bezog ihn jedoch nicht auf den dornengekrönten Jesus, sondern auf den blaß und starr vor meinen Augen liegenden Bischof.

Er war bis zum Hals in goldverzierte, weiße Gewänder gehüllt. Sein Haupthaar war mit einer Mitra bedeckt. Die Hände lagen gefaltet auf der Brust und hielten einen Rosenkranz aus hellschimmernden Perlen. Ich betrachtete sein gepudertes Gesicht genau. Die Wangen waren leicht gerötet, als hätte er noch gestern abend wohl gespeist und ein bißchen Wein getrunken. Besonders fiel mir seine Nase auf. Sie war lang, leicht gebogen und beherrschte das ganze Gesicht. Die schmalen Lippen bestanden eigentlich nur aus einem kurzen, dünnen Strich, der jedoch wegen seiner grellen Röte gut sichtbar war.

Einen Moment kam mir der seltsame Verdacht, daß sich der Bischof kurz vor seinem überraschenden Tod heimlich mit einem Lippenstift geschminkt hätte, aber rasch verdrängte ich diesen ungehörigen Gedanken, da ich mir nicht vorstellen konnte, daß sich ein Heiliger aus Eitelkeit oder Hoffart selber bemalte wie eine Amihure.

Also schaute ich von diesem seltsamen Antlitz weg. Da fiel mein Blick auf seine Füße. Zwischen der goldenen Borte des langen Gewands und den Schuhen schimmerten lila Socken hervor. Die Füße selbst aber waren himmelwärts gerichtet wie zwei unaufgeblühte Krokusse und steckten in schwarzen, mit je einer Kordel geschmückten, spitz zulaufenden Schuhen.

Ich mußte sofort an meine beiden Großmütter denken,

die so ähnliche Schuhe von früher her noch im Schrank stehn hatten, doch während ich noch darüber nachsann, zog mich Kathrin bereits von dem Anblick hinweg, als habe sie meine Gedanken erraten. Ich bekreuzigte mich, machte eine eher angedeutete Kniebeuge vor dem Seitenaltar und lief in der weiterdrängenden Menschenschlange hinaus auf die regennasse Straße.

XIV

Seit es alles zu kaufen gab, was man brauchte (Zucker und Salz, Milch und Öl, Butter und Schmalz, Schinken und Speck, Wurst, Fleisch und Mehl), wurden die Leute dicker und dicker. Als wollten sie um die Wette fressen, gaben sie fast ihr ganzes Geld für Lebensmittel aus. Vielleicht zweifelten sie an dieser unverhofften Bescherung, die nun immerhin schon über ein Jahr andauerte, und dachten, wenn das Wunder wiederum so plötzlich verschwinden würde, wie es über Nacht herbeigezaubert worden war, hätte jeder wenigstens ein privates Fettpolster am eignen Leib und könnte davon ein paar Wochen oder Monate zehren. Aber die Wochen und Monate vergingen, und das Wunder hielt an.

Niemand wußte, ob schon heute der letzte wundervolle Tag war. Also fraßen die Leute tagtäglich so viel, als müßten sie schon morgen früh wieder in Not und Armut versinken.

Hatten sie vorher gefressen, um zu überleben, so hatten sie nunmehr überlebt, um zu fressen. Was immer auf ihrem Teller lag, stopften sie kopflos in sich hinein, und allmählich wurde die Freßlust zu ihrem eigentlichen Lebenszweck. Wären sie fähig gewesen, für ihr neues Lebensgefühl eine Philosophie zu entwickeln, hätten sie diese in die Formel gekleidet: Ich fresse, also bin ich.

Am liebsten hätten wir vom Morgen bis zum Abend Fleisch gefressen. Doch Fleisch, Schinken und Wurst waren teuer. Also fraßen wir Speckkartoffeln, Speckknödel, Specknudeln und Blutwurst. Und bald sahen wir danach aus. Wir bekamen Kartoffelnasen und Wurstfinger und hatten, wenn wir die Mäuler aufrissen, einen Knödel im Hals.

Die Kühe konnten nicht schnell genug kalben, und auf den Schmutterwiesen weideten große Rinderherden. Den ganzen Sommer über hatten wir Buben beim Kühehüten geholfen, und gegen Abend trieben wir die Herden mit Stöcken und Geißeln ins Dorf hinauf, wo die einzelnen Tiere blindlings ihrem Bauernhof zustrebten, als röchen sie den süßlichen Gestank ihres eigenen Stalls.

Wir beobachteten, wie prächtige Stiere zur Kuh geführt wurden und diese scheinbar unbeholfen besprangen. Mehrere starke Männer zwangen den wilden Bullen mit Schlägen und Tritten in die vorgesehene Richtung. Die Kühe aber standen still in ihren Boxen und ließen das Ganze wie einen Regenschauer über sich ergehn.

Die Metzger durften wieder ungestraft schlachten.

Dafür hatte ein Mann namens Adenauer gesorgt, der bei allem, was die Amerikaner sagten, mit dem Kopf nickte, ihnen dabei aber ein Recht nach dem anderen abluchste, ohne daß sie es merkten.

Wir waren bis vor kurzem Bewohner der US-Zone gewesen. Jetzt hatten wir einen neuen Staat, der »Bundesrepublik Deutschland« heißen sollte. Dieser Staat sollte nur vorläufig sein, aber das Recht haben, für ganz Deutschland zu stehn. Die neue Bundesrepublik wurde im Namen des Ganzen gegründet und folglich für alles, was geschehen war, verantwortlich gemacht. Herr Adenauer war schon zweiundsiebzig Jahre alt und hatte in seinem langen Leben allerlei überlebt, zum Beispiel zwei Weltkriege, doch sah der alte Fuchs nicht, daß es mehr als ein teurer Spaß werden würde, den neuen Staat einfach

»Deutschland« zu nennen. Deutschland hatte nämlich, im Gegensatz zu dieser Bundesrepublik, eine Vergangenheit, die so bombastisch war, daß wir allesamt künftig voll damit beschäftigt sein würden, sie wie eine riesige Ruine abzutragen oder wie eine Strafarbeit zu bewältigen. Niemand ahnte, daß sich unter dem gigantischen Schutthaufen weitere Reste noch älterer Vergangenheiten befanden, und wir nachgerade dazu verurteilt schienen, immer tiefer zu graben und zu schürfen, bis wir vielleicht eines Tages (nach wunderlicher Durchstoßung des Erdmittelpunkts) in Australien oder Neuseeland wieder das Licht der Welt erblicken würden.

Aber unser vorläufiger Staat sollte ja nur so lange dauern, bis unsere armen Brüder und Schwestern in der russischen Zone wieder mit uns vereinigt sein würden. Vorerst ließ sich die neugewählte Regierung in einer kleinen Stadt im Rheinland nieder. Dieses alte Städtchen namens Bonn war ein Vorort von Köln und für Herrn Adenauer insofern praktisch, als er aus Köln in zwanzig Minuten mit dem Wagen herbeichauffiert werden konnte.

Da sich Herr Adenauer so gut mit den Amis verstand, konnte eigentlich nur er die Regierung führen. Er übte das Amt eines Kanzlers aus und war zugleich sein eigener Außenminister. Wir wünschten uns, daß er hundert Jahre alt würde, damit er genug Zeit hätte, den Amis noch mehr Rechte abzuluchsen.

Es hatte allgemeine Wahlen gegeben. Das neugegründete Parlament hieß »Deutscher Bundestag«, war ebenso provisorisch wie die »Bundesrepublik Deutschland« und die provisorische Hauptstadt Bonn. Alle möglichen Parteien hatten sich zur Wahl gestellt, auch die Sozialdemokraten und Kommunisten. Meine Mutter wollte die Sozialdemokraten wählen, weil sie deren Vorsitzenden Schumacher für einen wahren Patrioten hielt. Er war in der Nazizeit lange eingesperrt gewesen und man behauptete, er habe sogar den Mut, den Amerikanern seine Meinung offen ins Gesicht zu sagen. Das gefiel meiner Mutter, und sie wollte ihm ihre Stimme geben. Mein Vater sagte jedoch, die Sozialdemokraten seien Kommunisten in Lackschuhen. Folglich könne man ihnen nicht trauen.

Damals war viel die Rede vom Christlichen Abendland. Dieses gelte es ab sofort zu verteidigen gegen die drohende Gefahr aus dem Osten. Eigens zu diesem Zweck war für alle, denen die Idee des Christlichen Abendlandes am Herzen lag, eine Christliche Partei gegründet worden. In ihr sollten nach jahrhundertealtem Zwist und Hader Evangelische und Katholiken brüderlich zusammenwirken. Die neue Partei bekam den Namen »Christlich Demokratische Union«.

In Bayern standen die Chancen der Christlichen Demokraten schlecht, weil es hier Konkurrenz gab, nämlich die »Bayernpartei«, deren Anhänger auf ihre Weise versuchten, ein christliches Bayern zu schaffen oder zu erhalten. Adenauers Partei war als preußisch verschrieen. Also nannten die Christlichen Demokraten in Bayern ihre Partei »Christlich Soziale Union« und warben wie die Bayernpartei mit der weißblauen Landesfahne.

»Von Adenauer wäre es anständig gewesen, wenn er dem katholischen ›Zentrum‹ treu geblieben wäre«, meinte mein Vater, »aber vermutlich haben ihn die Amerikaner umgestimmt.«

Vor der Wahl hatte mein Vater meine Mutter überreden wollen, ihre Stimme der »Zentrumspartei« zu geben. Am liebsten wäre er gemeinsam mit ihr in die Wahlkabine gegangen und hätte ihren Wahlzettel eigenhändig angekreuzt. Aber wegen des Wahlgeheimnisses war dies leider unmöglich. Sie mußte es ihm hoch und heilig versprechen, und dem Ehefrieden zuliebe sagte sie es zu. Trotzdem wählte sie heimlich die Sozialdemokraten, weil Schumacher Deutschland nicht an Amerika verkaufte.

Mein Vater gab der Zentrumspartei seine Stimme, in Erinnerung an seinen eigenen Vater, der schon vor dem Dritten Reich gestorben war und stets die katholische Partei gewählt hatte.

Meiner Mutter gefiel sogar Max Reimann, der Führer der Kommunisten. Er hatte einen Charakterkopf und wäre vielleicht in Frage gekommen, wenn seine Partei kein Geld aus Moskau bekommen hätte.

Wenn meine Mutter ein Glas Wein getrunken hatte und in rührselige Stimmung geriet, sprach sie: »Im Grunde meines Herzens bin ich Kommunistin, allerdings Edelkommunistin.«

»Edelkommunisten gibt es nicht«, sagte mein Vater.

»Doch!« erwiderte meine Mutter. »Jesus war ein Edelkommunist. Und Beethoven. Und Karl der Große.«

Tatsächlich wäre sie eine gute Kommunistin gewesen, wenn diejenigen, die sich so nannten, etwas edler gewesen wären. An persönlichem Eigentum hing sie nicht. Sie gab mehr als sie verlangte, und in der Not konnte jeder auf sie zählen.

Vor einem halben Jahr waren kleine Münzen im Wert von einem, fünf, zehn und fünfzig Pfennig in Umlauf gebracht worden. Sie trugen die Beschriftung »Bank deutscher Länder«. Nunmehr gab es die gleichen Münzen mit der stolzen Aufschrift »Bundesrepublik Deutschland«.

Endlich lebten wir wieder in einem wirklichen Staat. Wir bekamen das Recht, eine eigene Fahne zu hissen, und sogar der deutsche Adler durfte wieder seine einst mächtigen Schwingen ausbreiten und die immer noch spitzen Krallen spreizen.

Die Aussichten standen recht gut. Bald würden die letzten Ruinen in den zerstörten Großstädten beseitigt sein, und nach dem Wiederaufbau der Häuser und Kirchen, dem Neubau bester Fabriken würde auch die Erinnerung an die schreckliche Hitlerzeit für alle Ewigkeit aus unserem Gedächtnis verdrängt sein.

Nichts schien so wichtig, wie etwas zu tun. Aus Trümmerbergen wurden Sportstadien, aus freigebombten Häusergrundstücken Freilichtkinos und Parkplätze, aus Bunkern Lebensmitteldepots für den nächsten Ernstfall.

Von blinder Arbeitswut betäubt, berauschten sich die Leute an ihrer wiederentdeckten Tüchtigkeit und vergaßen die kurz empfundene Scham wie eine vorübergehend verordnete, bittere Arznei.

Dies war keine Zeit für deutsche Denker und Dichter. Die nahe Zukunft gehörte den Vergeßlichen. Die Vergangenheit war ein stinkender, stickiger Brei aus Blut, Schweiß, Tränen, Kot und Urin. Als geschmacklos galt, wer darin herumrührte.

Und die Metzger schlachteten wieder nach Herzenslust. Die Bäcker und Konditoren buken wieder Weißbrot und Buttercremetorte, die Brauer brauten wieder das gute bayrische Bockbier.

Hundert zerstörte Städte wurden wieder aufgebaut. Schön war alles Neue, häßlich alles Alte, da es Erinnerungen weckte an frühere große Zeiten und noch größere Niederlagen.

Überall wurde gehämmert, gehobelt, gezimmert, ausgeschachtet, verschalt, aufgeschichtet und aufgestapelt. Kreissägen zerschnitten im Frühdunst die Träume übermüdeter Menschen. Bagger fuhren auf und fraßen sich wollüstig in die schwere Erde, motorgetriebene Betonmischmaschinen drehten sich wie blinde Uhren in die Nacht hinein.

Die Feierabende fielen aus, Besinnung wäre tödlich verlaufen, Gespräche und gemeinsame Gesänge hätten Trübsal erweckt.

Zeit und Geld waren knapp geworden. Die ausgemergelten Tüchtigen führten ihre Tatkraft vor, als wären sie selber herz- und hirnlose Maschinen. Sie fühlten sich schmutzig wie der graue und braune Dreck, den sie verarbeiteten. Sie leisteten Übermenschliches und wollten sein wie Gott.

Vom Arbeitsrausch außer Rand und Band geraten, soffen sie sich spätnachts in einen kurzen, tiefen, bleiernen Schlaf. Doch versuchten sie machmal, Fröhlichkeit vorzugaukeln. Dann hakten sie sich unter und grölten:

> *Heute blau und morgen blau*
> *und übermorgen wieder!*
> *Und wenn wir dann mal nüchtern sind,*
> *besaufen wir uns wieder.*

Vorüber war die Stimmung der Demut. Für immer vorbei schienen die Demütigungen der Hungerjahre, denn die Sieger hatten beschlossen, die Besiegten so lange am Gewinn zu beteiligen, wie diese ihnen ihre Seele verkauften. Die einst angebetete Macht tauchte, wenngleich in fremder Gestalt, wieder auf. Die neuen Herren kamen lässig daher und gaben sich gemütlich. Das gute schöne neue Geld ging von Hand zu Hand, und jeder, der es anfaßte, fühlte, wie von diesem Geld die Zauberkraft der Macht ausging.

Und was es nicht alles dafür gab: Buntes, Helles, Glattes, Glänzendes, Sauberes, Teures!

Ein Wunder hatte begonnen, und die Wunderkraft wirkte. Tausend Träume versanken in einem, dem lebenslangen Traum vom wunderträchtigen Geld.

Schon fragte keiner mehr, woher es so plötzlich zu uns gelangt war und woher die vielen glitzernden Waren stammten, die es dafür zu kaufen gab.

Bald nahmen die Menschen ihre neue Wunderwelt hin wie einen Naturzustand, einen selbstverständlichen Anspruch, ein wohlverdientes Recht. Und von Glanz und Reichtum geblendet brüllten sie schunkelnd im Chor:

> *Wer soll das bezahlen?*
> *Wer hat das bestellt?*
> *Wer hat so viel Pinkepinke?*
> *Wer hat so viel Geld?*

XV

Endlich sollten wir lernen, was Sünde ist.

Allesamt waren wir mit der Erbsünde zur Welt gekommen und in der Taufe davon reingewaschen worden. Solche Gnade konnte uns nur zuteil werden, weil Gottes eingeborener Sohn sich hatte ans Kreuz schlagen lassen.

Ein Mensch ohne Sünde hatte automatisch das Ewige Leben. Nach dem irdischen Dasein ging er auf direktem Weg ins Paradies ein, ohne Gefahr zu laufen, in die Hölle geworfen zu werden oder eine halbe Ewigkeit lang im Fegefeuer zu schmoren.

Alle mit der Erbsünde behafteten Menschen konnten das Ewige Leben nicht erlangen. Doch Jesus hatte sich wunderbarerweise auch für alle vor seinem irdischen Lebenswandel geborenen Menschen geopfert, und wenn sie sich schon nicht von der Erbsünde hatten befreien können, würde der allmächtige Gott in seiner unermeßlichen Güte und seinem unerschließlichen Rat vielleicht einen Trick finden, daß auch diese Unglückseligen in den Genuß der durch Jesus erwirkten Vergütung gelangten.

Sogar unsere Urureltern Adam und Eva, die mit ihrem einmaligen Sündenfall die gigantische Sündenlawine eigentlich erst ins Rollen gebracht hatten, würden – so Gott wollte – dermaleinst gerettet werden können.

Wir lebten aber trotz unserer Taufe nunmehr keineswegs im Zustand der Unschuld, denn seither war viel Zeit vergangen, und inzwischen hatte ein jeder von uns wahrscheinlich tausendmal gesündigt. Wir erfuhren, daß auch

Kinder bereits sündigen können und die meisten von uns in Schuld verstrickt seien.

»Kindsein schützt vor Sünde nicht!« sagte der Expositus.

»Und wenn einer wirklich noch keine Sünde begangen hat?« fragte ich.

»Dann ist er fast ein Heiliger«, antwortete der Expositus.

»Und ein wirklicher Heiliger?«

»Ein echter Heiliger vollbringt darüber hinaus Wunder.«

Der Expositus erklärte uns jetzt, daß es läßliche und schwere Sünden gebe. Die läßlichen fielen weniger ins Gewicht und seien leichter zu verzeihen. Es seien gewissermaßen kleine, alltägliche Verfehlungen, die fast jeder Mensch aus Nachlässigkeit oder Schwäche begehe, ohne daß er dadurch schon sein Seelenheil verwirke.

Auch er als Priester sei nicht frei von Sünden. Wenn jemand läßliche Sünden begangen habe und in diesem Zustand stürbe, käme er zunächst einmal ins Fegefeuer, um daselbst entsprechend der Menge der läßlichen Sünden mehr oder minder lange Sündenstrafen abzubüßen. Das könne dann Hunderte, Tausende, ja Millionen von Jahren dauern, was freilich an der Ewigkeit gemessen nur eine kurze Weile sei.

Weitaus Schlimmeres passiere allen, die im Zustand schwerer Sünde stürben. Sie führen schnurstracks zur Hölle, und es gebe keinerlei Rettung für sie. Deswegen hießen die schweren Sünden Todsünden, weil sie in der Stunde des Todes zugleich den ewigen Tod der Seele besiegelten.

Wer immer eine Todsünde begangen habe, dem könne

er nur raten, auf schnellstem Weg einen Beichtstuhl zu betreten, um in Anwesenheit eines geweihten Priesters diese Todsünde so rasch wie möglich zu bekennen und um sich lossprechen zu lassen. Der Tod lauere nämlich überall, und selbst Kinder würden von ihm nicht verschont.

Ich mußte in diesem Augenblick daran denken, wie vor einigen Jahren drunten im Dorf der schwere Anhänger eines vorüberfahrenden Motorrads sich aus der Verankerung gelöst hatte, quer über die Straße auf meinen Bruder Johannes, meine Schwester Christine und mich zuschleuderte und vor meinen Füßen beide Geschwister unter sich begrub. Mir kam vor Augen, wie Johannes eine halbe Stunde lang besinnungslos auf der Eckbank des nächsten Bauernhauses gelegen war, so daß ich befürchtete, er würde sterben, und ich überlegte, ob nicht Christine in jenem Moment wirklich ums Leben gekommen wäre, wenn Johannes nicht die ganze Wucht des Motorradanhängers abgefangen hätte, indem er auf sie fiel. Ich dachte auch, daß an seiner Stelle ebenso ich hätte verunglücken oder gar sterben können, mit allen Folgen für mein Leben nach dem Tode.

Diese und ein Dutzend andere gräßliche Szenen kamen mir in den Sinn, als der Expositus uns Kindern die Gefahr der Todsünden und die Qualen der ewigen Verdammnis schilderte.

Inzwischen wurden wir doch sehr neugierig, welche Sünden es im einzelnen gab und wie sie einzustufen waren.

Die größte aller Todsünden, sagte der Expositus, ist die Leugnung Gottes. Aus dieser Todsünde und mangelnder Gottesliebe ergäben sich alle anderen Sünden, sowohl die schweren als auch die läßlichen. Wenn einer von uns seinen Schöpfer in Abrede stelle, habe er bereits den Zustand der heiligmachenden Gnade eingebüßt. Er, der Expositus, würde jedoch keinem von uns je unterstellen, so vermessen zu sein.

Doch gebe es noch andere schwere Sünden, zum Beispiel, wenn ein Mensch einem anderen nach dem Leben trachte oder ihn gar ermorde, oder wenn jemand das Eigentum eines anderen begehre und ihn beraube, oder wenn jemand einen Meineid schwöre, das heißt: Gott zum Lügner mache. Dies alles und noch einiges mehr sei Todsünde.

Zum besseren Verständnis las er uns nun den Text der Zehn Gebote vor, die Gott Moses auf dem Berg Sinai überreicht hatte:

> *Ich bin der Herr, dein Gott.*
> I. *Du sollst keine fremden Götter neben mir haben!*
> II. *Du sollst den Namen Gottes nicht verunehren!*
> III. *Gedenke, daß du den Sabbat heiligest!*
> IV. *Du sollst Vater und Mutter ehren, auf daß es dir wohlergehe und du lange lebest auf Erden!*
> V. *Du sollst nicht töten!*
> VI. *Du sollst nicht ehebrechen!*
> VII. *Du sollst nicht stehlen!*
> VIII. *Du sollst kein falsches Zeugnis geben wider deinen Nächsten!*
> IX. *Du sollst nicht begehren deines Nächsten Weib!*
> X. *Du sollst nicht begehren deines Nächsten Hab und Gut!*

Die meisten dieser Gebote waren mir beim ersten Hören sehr unverständlich. Ich führte dies darauf zurück, daß seither viele Jahrtausende vergangen und deswegen die Ausdrücke veraltet waren. Am unverständlichsten erschien mir der Satz: »Du sollst nicht begehren deines Nächsten Weib!«

Ich fragte den Expositus nach der Bedeutung dieses Gebots.

Er atmete tief durch, seufzte einmal kurz und schwer, wiegte dann den kahlen Kopf hin und her, zog stirnrunzelnd die Augenbrauen hoch und sagte: »Auch das ist eine Todsünde!«

Da mir diese Erklärung noch nicht ausreichte und auch die Satzform falsch zu sein schien, denn es müßte doch richtig heißen: »Du sollst nicht begehren dein nächstes Weib!« – ergriff der Expositus die Gelegenheit, uns das volle Gewicht dieses Gebots zu erklären.

»Wißt ihr«, sagte er, »die Formulierung ›Du sollst nicht begehren deines Nächsten Weib!‹ ist für Erwachsene gemacht, aber gewissermaßen und unter anderen Bedingungen gilt das Gebot auch für jüngere Menschen, ja sogar für Kinder. So wie ein Mann nämlich die Frau eines anderen Mannes sich nicht zu eigen wünschen oder als sein Eigentum betrachten soll, ebenso sollen auch Jugendliche und Kinder –«

Hier unterbrach ich nochmals und fragte: »Darf denn eine Frau den Mann einer anderen Frau begehren?«

»Nein, auch sie darf es nicht.«

»Aber es steht nicht im Gebot!«

»Weil das Gebot lediglich den äußeren Rahmen absteckt. Dieser gesamte Bereich ist sehr umfänglich und nicht mit wenigen dürren Worten zu beschreiben. Das eigentliche Gebot, oder besser gesagt: Verbot lautet: ›Du sollst nicht Unkeuschheit treiben‹, und dieses wiederum gilt für groß und klein.«

Über diese Todsünde hatten wir uns bis dahin noch

keine Gedanken gemacht. Deswegen brachte uns der Expositus in der nächsten Stunde einen ausführlichen Beichtspiegel mit, auf dem neben allen anderen auch diese spezielle Sünde in jeder Hinsicht beleuchtet und unter allen möglichen Gesichtspunkten betrachtet wurde.

Jeder einzelne Schüler bekam nun einen ausführlichen Beichtspiegel, den wir uns daheim in aller Ruhe anschauen sollten. Zum Schluß sagte der Expositus noch ergänzend: »Zwei Gebote, deren Übertretung eine schwere Todsünde bedeutet, stehn nicht zufällig inmitten unserer Zehn Gebote, nämlich das fünfte: ›Du sollst nicht töten!‹ und das sechste: ›Du sollst nicht Unkeuschheit treiben!‹ – Lest sie euch genau durch, wenn ihr zu Haus seid, und erforscht euer Gewissen, inwieweit sie euch betreffen.«

Daheim zog ich den Beichtspiegel aus der Schulmappe und las, was unter dem sechsten Gebot stand:

Merke: Nicht alles Unanständige und Unschamhafte ist auch schon unkeusch. Sei sittsam selbst im Kleinsten, aber lerne auch unterscheiden, in der Erforschung wie in der Anklage. Bei eigentlichen Sünden gegen die Keuschheit achte auf die Zahl und die erschwerenden Umstände.

Habe ich unkeusche Gedanken mit Wohlgefallen in mir unterhalten? Freiwillig durch zweckloses Nachdenken und Grübeln unkeusche Empfindungen hervorgerufen? Mit Freuden an das begangene Böse mich erinnert?

Habe ich in unkeuscher Absicht gewünscht, etwas zu sehen, zu hören, zu tun?

Habe ich Unkeusches mit Wohlgefallen geredet, angehört, gesungen, gelesen?

Habe ich gesündigt durch unkeusche Blicke (schlechte Theater, Kino), unkeusche Berührungen (an mir oder jemand anderem)?

Habe ich Unkeusches getan (allein oder mit anderen) oder zugelassen?

Habe ich sündhaften oder gefährlichen Umgang gehabt?

Habe ich sonst gegen die Keuschheit gesündigt?

Zu jener Zeit träumte ich viel, wenn ich schlief und wenn ich wach war. Ich stellte mir vor, wie es wäre, wenn man einen Menschen, seinen schlimmsten Feind, umgebracht hätte. An manchen Tagen und zu bestimmten Zeiten empfand ich diesen oder jenen als meinen Feind, dem ich, wenn er mich angegriffen hätte, Schaden und Schmerz zufügen würde. Aber niemand war so sehr mein Feind, daß es mich gelüstet hätte, ihn zu töten.

Wir prägten uns Gebote und Verbote ein, oftmals ohne ihren Sinn zu verstehn. Später glaubte ich in vielen eine Sinnlosigkeit zu entdecken und noch später sah ich in den meisten einen tieferen, ursprünglichen Sinn, als handelte es sich um Regeln des menschlichen Zusammenlebens und Verhaltens.

Doch damals nahm ich all diese Gebote ernst und wörtlich, und die Worte waren Dinge für mich, und ich unterschied nicht zwischen Worten und Taten.

Wenn einer etwas sagte, nahm ich an, daß er es so meinte, wie er es sagte, ehrlichen Herzens, ohne Hintergedanken und Nebenabsichten.

Ich träumte, doch meine Träume waren wirklicher als die Wirklichkeit, die mich umgab.

Ich lebte, doch war das vermeintliche Leben unwirklicher als meine Träume.

Es gab also Sünden, doch genügte es nicht, alle Sünden zu wissen. Wir hatten sie uns in der festgelegten Reihenfolge einzuprägen. Nun galt es, unser Gewissen zu erforschen, um herauszufinden, welche dieser Sünden wir schon begangen hatten.

Gewiß sündigten Erwachsene weniger, dachte ich, denn sie kannten die Gebote schon länger und hatten eine lange

Übung darin, sie zu befolgen. Wir Kinder hingegen hatten ja seit unserer Taufe keine Gelegenheit gehabt, die inzwischen angehäuften Sünden zu beichten. Entsprechend schwer trugen wir deshalb an deren Last. Unter den vielen möglichen Verfehlungen, die der ausführliche Beichtspiegel enthielt, konnte jedes Kind eine Menge Sünden finden, die es aus Nachlässigkeit oder mutwillig verübt hatte.

In den Wochen vor der ersten Beichte durchforschte und durchforstete ich mein Gewissen in alle Richtungen, und eines Morgens, als ich noch im Halbschlaf vor mich hindämmerte, fiel mir plötzlich eine Todsünde ein.

Ich erschrak zutiefst, da ich gelernt hatte, daß ein Todsünder außerhalb des Zustands der heiligmachenden Gnade durchs Leben irrt.

Jeden Tag, jede Minute, jede Sekunde konnte auch mich der Tod ereilen und meine Seele für alle Ewigkeit dem Verderben preisgeben.

Ich dachte nach und überlegte, und je länger ich grübelte, desto deutlicher kam mir meine Todsünde ins Bewußtsein zurück. Jetzt, da ich eine so gründliche Gewissenserforschung gemacht hatte, schien sie mir fast unwirklich, da ich all die Jahre zuvor damit hatte leben können, ohne mich auch nur ein einziges Mal daran zu erinnern. Mir war, als hätte ich alles nur geträumt, wie ein alter Mensch, der auf sein Leben zurückblickt und seine Kindheit nachempfindet als Märchen, das ihm andere irgendwann erzählt oder vorgespiegelt haben.

Ich aber war selbst noch ein Kind, das langsam anfing zu denken, und erinnerte mich doch schon an eine, vielleicht meine eigene, Vergangenheit, als wäre sie in einem früheren Leben geschehen.

Wiederum stand ich vor dem kleinen Gartentor gegenüber dem Bahndamm, wo ich in jenen Jahren so oft die Güterzüge mit ihrer Menschenfracht beobachtet hatte, und es war Sommer und heiß wie damals. Auf dem abgeernteten Feld vor unserem Haus standen die Garben des gebündelten Getreides. Die Stoppeln über den Wurzeln waren trocken und hart wie scharfe Kanten spitzer Steine. Im dürren Gras des Bahndamms zirpten die Grillen. Zwischen den Bäumen im Garten flogen kleine Vögel – Zaunkönige und Spatzen – von Ast zu Ast und stießen hin und wieder kurze Lock- oder Warnrufe aus.

Ich war nicht allein. Neben mir in der Sonne stand Iris.

Ihr dunkles Haar glänzte golden im Licht, und ihre Haut duftete nach süßem Schweiß. Wir gaben einander die Hand, und ich strich ihr über Gesicht und Schultern.

Beide waren wir barfuß.

Es war sehr heiß, und wir zogen unsere Unterhemden und Unterhosen aus und legten sie neben den Wegrand ins Gras. Wir verglichen einander und betrachteten mit Neugier und Freude die Unterschiede unserer Körper.

Wir berührten uns gegenseitig, tasteten einander ab.

Ich zog einen Getreidehalm aus einem der zusammengestellten Bündel, knickte davon die Spitze ab und begann, Iris damit zu streicheln. Ich fuhr ihr damit über Brust und Bauch, und es schien, als empfinde sie ein angenehmes Kitzeln. Dann strich ich die feingefiederte Ähre körperabwärts bis zu ihrer Scham.

Der Getreidehalm konnte weich und biegsam sein oder starr und fest, je nachdem, ob ich ihn seitlich über ihre Haut strich oder damit aufstupfte.

Sie spreizte im Stehn etwas die Beine, und ich kniete mich vor sie hin und bewegte die Getreideähre langsam zwischen ihren Schamlippen hin und her. Dann stieß ich damit etwas fester zu, so daß sie ihre Schenkel ohne Absicht zusammenpreßte und damit die Ähre festhielt. Jetzt zog ich die Ähre mit einem Ruck aus den Schamlippen heraus. Dabei blieben einige Samenkörner zwischen den Schamlippen hängen.

Als Iris die Samen spürte, erschrak sie einen Augenblick. Dann jedoch ging sie selbst in die Hocke, grätschte die Beine leicht auseinander und pißte vor mir in den trockenen Sand.

Ich sah, wie der gelbe heiße Strahl aus der Scheide schoß und auf dem Sand eine kleine Urinlache bildete, die nach wenigen Sekunden versickerte. Der Urin wusch die Samenkörner von den Schamlippen, und sie lagen nun mitten in dem feuchten Kreis im Sand.

Als Iris fertig war, stand sie auf und wich zwei oder drei Schritte zurück.

Ich hatte jetzt plötzlich selber Lust zu pinkeln, stellte mich vor die heiße Stelle mit Iris' versickertem Urin und spritzte mein Wasser genau in den Kreis, wie um etwas Brennendes zu löschen.

Es war ein schönes, angenehmes Gefühl, und Iris beobachtete den Vorgang aufmerksam, bis auch mein Urin vollständig versickert und mit ihrem vermischt war.

Bis dahin hatten wir kein Wort miteinander gesprochen und uns auch nicht voreinander geschämt.

Dann sagte sie, als wäre sie gerufen worden: »Ich muß jetzt heim!«

Rasch zog sie Unterhose und Unterhemd an und rannte barfuß über das harte Stoppelfeld, hinüber zum Haus ihrer Eltern.

XVI

Nachdem wir alle möglichen Sünden auswendig gelernt hatten, mußten wir unser Gewissen erforschen. Wir sollten herausfinden, welche Sünden wir schon begangen hatten. Ich war überrascht, wieviel ich bereits gesündigt hatte, doch nahm ich mir vor, künftig nichts mehr zu verbrechen, mit dem festen, fernen Ziel, dermaleinst ein Heiliger zu werden.

Es traf sich gut, denn zu Ostern hatte der Papst in Rom das Heilige Jahr ausgerufen, und wer jetzt zur Beichte ging und die Kommunion empfing, dem waren nicht nur die Sünden, sondern zugleich auch sämtliche Sündenstrafen durch einen vollständigen Ablaß vergeben. Eine so gute Gelegenheit gab es wirklich nur einmal in heiliger Zeit.

Einige Monate zuvor hatte es eine Diskussion darüber gegeben, ob die Gemeinde nicht eine kleine Abordnung in die Heilige Stadt entsenden sollte, und es wurde hie und da beraten, wem neben dem Expositus und dem Benefiziat die Ehre gebühre, auf eigene Kosten mit dorthin zu fahren. Im Gespräch waren Doktor Bengelein, Frau Gugelhupf, die beiden Volksschullehrerinnen Frau Weinert und Frau Mittlinger sowie die Oberin des Notburgaheims. Seltsamerweise war niemand auf den Gedanken gekommen, meinen Vater um seine Teilnahme zu bitten.

Er war darüber ziemlich erbittert, denn wenn überhaupt jemand für ein solches Unternehmen in Frage kam, so dachte er, dann er an allererster Stelle.

»Was haben denn die beiden Lehrerinnen da zu suchen?« fragte er, als wir beim Abendessen saßen. »Was haben sie für die Kirche geleistet? Vor allem scheint mir doch Frau Mittlinger bei Gott keine wahre Katholikin, zumal jedermann weiß, daß sie mit ihrem Mann während der Nazizeit aus der Kirche ausgetreten ist und nicht einmal ihre Kinder hat taufen lassen.«

Tatsächlich war Herr Mittlinger Ortsgruppenleiter gewesen. Dem Endsieg zuliebe hatte er sich 1944 freiwillig an die Ostfront gemeldet, von wo er an Weihnachten desselben Jahres ein letztes Lebenszeichen geschickt hatte. Seither galt er als vermißt.

»Ich habe dir ja schon früher einmal im Fall deiner eigenen Schwester gesagt«, erwiderte meine Mutter, »im Himmel ist mehr Freude über einen Sünder, der Buße tut, als über neunundneunzig Gerechte, die der Gnade Gottes nicht bedürfen. Frau Mittlinger ist durch ihren Schicksalsschlag wahrhaftig belehrt und bekehrt. Wie die Dinge stehn, muß sie damit rechnen, daß ihr armer Mann gefallen ist. Und selbst wenn er als Kriegsgefangener irgendwo in Sibirien wäre, käme er von dort mit größter Wahrscheinlichkeit niemals mehr zurück. Im übrigen ist Frau Mittlinger inzwischen längst wieder in die Kirche eingetreten und hat ihre drei Kinder auch taufen lassen.«

»In die Kirche tritt man nicht ein und aus wie in einen Kegelverein«, sagte mein Vater. »Außerdem nehme ich ihr den plötzlichen Sinneswandel nicht ab. Sie mag bei diesem Schritt auch durchaus von praktischen Erwägungen geleitet worden sein.«

»Und wenn schon!« rief meine Mutter. »Wer möchte es der armen Frau denn verdenken? Schließlich hat sie für ihre unmündigen Kinder zu sorgen. In meinen Augen ist sie eine tapfere Frau. Außerdem solltest du mit deinem

Urteil weniger streng sein, zumal du ja aus eigener Erfahrung weißt, wie leicht man selber ungerecht beurteilt wird.«

Ob diese Worte meinen Vater überzeugten, weiß ich nicht. Jedenfalls schwieg er fortan, wenn das Gespräch auf die Pilgerfahrt nach Rom kam. Nach einiger Zeit wurde ihm sein Schweigen freilich erleichtert, denn es stellte sich heraus, daß diese Reise vorerst überhaupt nicht stattfinden würde.

Es gab gewichtige Gründe: Erstens wurde mitgeteilt, daß weder von der Gemeindeverwaltung noch vom bischöflichen Ordinariat irgendwelche Zuschüsse zu erwarten waren. Zweitens bekam Frau Gugelhupf von ihrem Mann keine Erlaubnis, da dieser meinte, es gehöre sich einfach nicht, wenn eine verheiratete Frau in Begleitung anderer Männer – und seien diese tausendmal Priester – eine mehrtägige Reise unternehme. Und drittens gab es Verzögerungen beim Neubau der Kirche.

Im letzten Herbst, unmittelbar nach Einweihung der vorläufigen Notkirche neben dem Tirolerhaus, hatte der Expositus nämlich angefangen, eine zweite Notkirche zu planen. Sie sollte am Fuß des Kobels stehn, genau zwischen »Himmelreich« und Bahnhof. Wer also vom Dorf kommend in die Kirche gehn wollte, würde dann nicht mehr mühselig den Kobel hinaufpilgern müssen, sondern das Gotteshaus bereits hier vorfinden.

Außerdem war der Expositus sehr mit der Vorbereitung unserer Kommunionfeier beschäftigt, die heuer doch noch einmal in der Kobelkirche stattfinden mußte.

Am Samstag nach Ostern, unmittelbar vor dem Weißen Sonntag, wurden wir zur ersten Beichte bestellt. Seit Monaten kannten wir alle Sünden, und jeder wußte, welche er schon begangen hatte. Inzwischen konnten wir wohl zwischen leichten, mittleren und schweren unterscheiden, zwischen läßlichen und Todsünden. Längst wußten wir, daß nicht nur die Durchführung einer Missetat sündhaft war, sondern auch das Sprechen, Denken und Vorbereiten Sünde sein konnte. Alle Menschen sündigten in Gedanken, Worten und Werken.

»Und wenn wir träumen?« fragte ich den Expositus. »Sündigen wir auch im Traum?«

»Was im Schlaf über uns kommt oder uns im Schlaf überrascht, ist keine Sünde«, antwortete der Expositus. »Doch müssen wir uns natürlich fragen, was wir tagsüber getan oder gedacht haben, um solche Träume zu haben. Vielleicht hat einer am Abend unkeusche Gelüste gehabt und sich heimlich gewünscht, eine Sünde zu begehn. Wenn er sie dann im Traum wirklich erlebt, ist zwar der Traum an und für sich keine Sünde, doch alles, was dahin geführt hat.«

»Und wenn jemand zum Beispiel nicht mehr genau weiß, ob er etwas nur geträumt oder wirklich erlebt hat?« fragte ich weiter.

»Dann sollte er Gott anflehen und ihn um Erleuchtung bitten. Hernach muß er noch einmal ganz gründlich sein Gewissen erforschen und warten, bis Gott ihm Gnade erweist. Ist er sich nun immer noch im unklaren, ob es bloß eine geträumte oder eine wirkliche Sünde war, muß er sie strenggenommen nicht beichten ... Oder doch! Besser, er beichtet auch seinen Traum. So verbleibt er wenigstens nicht in dauernden Zweifeln.«

»Doch wenn er behauptet, etwas begangen zu haben, was er überhaupt nicht tat, dann lügt er doch«, sagte ich. »Er darf doch nicht etwas beichten und gleichzeitig lügen.«

»Ja, das ist richtig gedacht«, erwiderte der Expositus. »Wenn er eine solche Befürchtung hat, sollte er lieber gleich darauf verzichten, etwas zu behaupten, wovon er nicht sicher ist.«

Der Beichttermin stand unmittelbar bevor. Ich hatte monatelang über meine Todsünde nachgegrübelt und war zu keinem Ergebnis gekommen. Vielleicht hatte ich meine Todsünde wirklich nur geträumt, und wenn ich sie jetzt beichtete, würde ich mich einer Untat bezichtigen, die ich niemals verübt und höchstens im Traum erlebt hatte. Doch selbst wenn ich meine Todsünde lediglich geträumt hätte, mußte ich sie mir doch irgendwann vorher wenigstens wunschweise vorgestellt haben. Und dieser Wunsch war schon sündhaft genug. Sagte ich aber: ›Ich habe mir alles nur gewünscht‹, log ich ebenfalls, denn an einen vorherigen Wunsch erinnerte ich mich ebensowenig.

Hatte es sich aber wirklich ereignet, so blieb mir doch dunkel, weswegen mir alles nach wie vor wie ein Traum erschien.

Hinzu kamen weitere Schwierigkeiten. Ich hatte nämlich die Untat zu bereuen und sogar den Vorsatz zu fassen, sie niemals wieder zu begehn. Wie aber kann jemand etwas bereuen, was er vielleicht überhaupt nicht getan hat? Und vor allem: Weshalb sollte er versprechen, das Unbegangene, für ihn Ungeschehene kein zweites Mal zu tun?

Was hätte ich tun können, um als Unschuldiger unschuldig zu bleiben – oder zu werden?

Ich faßte Mut, betrat den Beichtstuhl und sprach die Worte: »Im Namen des Vaters, des Sohnes und des Heiligen Geistes. Dies ist meine erste Beichte. In Reue und Demut bekenne ich meine Sünden.«

Noch immer wußte ich nicht, ob ich meine Todsünde beichten sollte. Mir blieb noch eine kleine Weile, weil ich zuvor einige läßliche Sünden zu bekennen hatte. Sie kamen mir leicht über die Lippen, und es kostete keinen inneren Kampf.

Vielleicht kommt mir, dachte ich, im entscheidenden Augenblick, wie ein vom Himmel herniederfahrender Blitz, die göttliche Erleuchtung, und ich würde mit Hilfe der göttlichen Gnade plötzlich alles wissen und beichten können oder auch nicht.

In dieser Erwartung vergingen die einzelnen Gebote: das erste, das zweite, das dritte, das vierte und das fünfte. Wenn ich gegen eines dieser Gebote verstoßen hatte, sagte ich, wie oft es geschehen war, und wenn ich mir keiner Sünde bewußt war, sagte ich: »Ich habe nichts.«

Ich sprach langsam und war sehr ausführlich, denn noch immer und in zunehmendem Maß erwartete ich ein Zeichen, eine Erleuchtung, ein göttliches Wunder.

»Hilf mir, lieber Gott, hilf mir, zu wissen, ob alles Traum war oder Wirklichkeit. O Gott, du Allmächtiger und Allwissender, sprich du es für mich aus, denn du weißt es besser und genauer als ich. Verrat mir, allgütiger Gott: Habe ich es wirklich erlebt oder alles nur geträumt? Bitte, lieber Gott, bitte sag es mir, sag es mir jetzt! Jetzt!«

Ich lauschte, hielt inne und horchte, ob Gottes Stimme leis zu mir spräche, ob sie mir zuflüsterte, was ich zu beichten hätte oder nicht.

Doch Gott ließ mich mit meinen tausend Zweifeln allein und erhörte keines meiner Stoßgebete. Er wollte, dies war nun gewiß, daß ich mich ganz mutterseelenallein entschiede, daß ich mich zu Tat oder Untat bekannte oder verschwieg, was ich nicht wußte.

Und ich entschied mich.

Ich sprach fest und deutlich: »Im sechsten Gebot – habe ich nichts.«

Dann fuhr ich rasch mit meinen restlichen läßlichen Sünden fort und sagte zum Schluß: »Das ist alles!«

Einen Augenblick lang fühlte ich mich frei.

Auch der Expositus schien zufrieden, daß ich ein so gutes Kind war. Er sprach nur einige belehrende Worte und riet mir, was ich noch besser machen könnte, nämlich stets meinen Eltern zu folgen und alle täglichen Gebete regelmäßig zu verrichten. Dann gab er mir zur Buße je ein »Ave Maria«, »Vater unser« und »Ehre sei dem Vater« auf, nachdem ich die lateinische Lossprechung und den Segen empfangen hatte.

Ich bekreuzigte mich.

Er sprach: »Gelobt sei Jesus Christus!«

Und ich antwortete: »In Ewigkeit, Amen.«

Dann ging ich aus dem Beichtstuhl hinaus in die Kapelle, um zu beten.

Ich fühlte mich nunmehr schier schuldlos, da ich hoffte, die soeben empfangene Lossprechung gelte auch meiner verschwiegenen Todsünde.

Zum Ausgleich versuchte ich, meine Bußgebete möglichst andächtig zu verrichten. Da ich aber meiner Frömmigkeit nicht sicher war, wiederholte ich jedes Gebet dreimal und sprach zum Abschluß als freiwillige Zugabe noch das Glaubensbekenntnis.

Draußen vor der Kirche warteten meine Klassenkameraden. Wir verglichen unsere Buße und stellten fest, daß der Expositus jedem einzelnen dieselben Gebete aufgetragen hatte. Keiner war bevorzugt, keiner benachteiligt worden.

Dasselbe Prinzip der Gleichheit wollte er auch während der Kommunionfeier am nächsten Tag angewandt haben: Schon vor Wochen hatte er für jeden Erstkommunikanten eine einfache, nur mit ☧, dem griechischen Zeichen für Christus, verzierte Kerze bestellt und alle Eltern gezwungen, sie zu kaufen.

»Ich will nicht, daß sich einer besser dünkt und vielleicht wichtiger vorkommt als irgendein anderer«, sagte er. »Deshalb sollen alle die gleiche Kommunionkerze tragen. Und um nicht zu prunken und zu prahlen, habe ich die allerschlichteste Ausführung gewählt. Lediglich eine einzige Ausnahme lasse ich gelten: Wenn einer daheim noch seine Taufkerze aufgehoben hat, darf er dieses ehrenvolle Glaubenszeugnis selbstverständlich wieder- und weiterverwenden.«

Der Expositus hatte es nicht leicht, verschiedene Eltern von der Notwendigkeit der für alle gleichen Kerze zu überzeugen. Vor allem die alteingesessenen Bauern hatten die Gewohnheit, anhand der besonders prächtigen Kommunionkerze ihres Kindes den eigenen Wohlstand als Glaubensstärke vorzuführen.

Doch haßte der Expositus solche Äußerlichkeiten abgrundtief.

»Es lenkt die Kinder nur von der Hauptsache ab«, sagte er. »Wer trotzdem mit einer Angeberkerze erscheint, dem erteile ich einfach die Kommunion nicht.«

Also erschienen alle mit der gleichen, einfachen Kerze.

Die Erwachsenen freuten sich, uns unschuldige Kommunionkinder zu sehen, besonders die weißgekleideten Mädchen.

Man hatte uns vorher gesagt, heute sei der schönste Tag

unseres Lebens, und ich wünschte mir, es wäre auch der schönste Tag meines Lebens.

Als ich am Morgen des Weißen Sonntags erwachte, wäre ich gern zu Haus geblieben und hätte am liebsten auf meine Erstkommunion verzichtet. Meine tags zuvor in der Beichte verschwiegene Todsünde kam mir wieder in den Sinn und verfolgte mich. Ich war jetzt sicher, sie wirklich begangen und nicht nur geträumt zu haben. Nunmehr hatte ich eine weitere Todsünde hinzubekommen, indem ich das heilige Sakrament der Beichte entweiht und in ein Kasperltheater verwandelt hatte.

Und schon war ich drauf und dran, sogleich eine dritte, noch schrecklichere Todsünde zu begehn, wenn ich den geweihten Leib Jesu in Form der Hostie zu mir nahm, ohne im Zustand der heiligmachenden Gnade zu sein.

Ich spürte und fürchtete, daß ich nicht das Zeug zu einem Heiligen hatte. Wahre Heilige waren aus einem anderen Holz geschnitzt.

Aber was sollte ich tun? Sollte ich flink ins Kurhaus zum Expositus rennen, um noch rasch meine beiden Todsünden zu beichten? Aber wie hätte ich dies vor meinen Eltern und allen Verwandten, die schon eintrafen, rechtfertigen können? Sollte ich einfach sagen: ›Ich habe eine Sünde vergessen und muß ein zweites Mal beichten, weil meine erste Beichte ungültig war‹?

Außerdem war ich fast sicher, den Expositus dort überhaupt nicht mehr anzutreffen, denn gewiß befand er sich schon unterwegs, um die letzten Vorbereitungen für unsere Feier zu treffen.

Darüber hinaus mußte ich warten, bis mein Kommunionanzug noch einmal frisch gebügelt wurde, und wenn ich jetzt in gewöhnlicher Werktagskleidung durchs

Dorf gelaufen wäre, hätten alle Menschen, die schon auf dem Weg zur Kobelkirche waren, um einen Sitzplatz zu ergattern, sich heimlich gedacht, etwas stimme da nicht.

Einfach zu Hause zu bleiben und zu sagen, ich sei todkrank, war unmöglich. Sofort hätte mich mein Vater untersucht und herausgefunden, daß mir nichts fehlte.

Schon ging alle fünf Minuten die Hausglocke, weil irgend jemand ein Geschenk für mich abgeben wollte. Die Leute fühlten sich meinen Eltern zu Dank verpflichtet, wußten jedoch nicht, was sie schenken sollten. Also brachten die meisten einen Blumentopf mit einer Dauerpflanze.

Wäre ich in dieser Stunde nicht so sehr mit meiner Todsünde beschäftigt gewesen und mir entsprechend schlecht vorgekommen, so schlecht, daß ich mir sagte, ich verdiene eigentlich überhaupt kein Geschenk, so hätte ich mich über jeden einzelnen Blumentopf geärgert.

So aber blieb ich den Geschenken gegenüber gleichgültig.

Da nun sowieso alles schon zu spät schien und die Zeit drängte, nahm ich mir vor, die ganze Zeremonie seelenruhig über mich ergehn zu lassen und getrost die dritte Todsünde in Kauf zu nehmen.

Denn, so sagte ich mir, wenn bereits eine Todsünde genügte, um für alle Ewigkeit in der Hölle zu schmoren, und ich mir davon schon zwei aufgeladen hatte, während alle meine Schulfreunde schuldlos zum Altar hintraten, was zum Teufel schadete mir dann eine dritte!

Irgendwann einmal, vielleicht schon bei der nächsten Beichte, würde ich diese paar Todsünden auf einen Schlag bekennen, dafür automatisch die Lossprechung bekommen und hernach desto freier und glücklicher durch die

Gegend laufen, ohne dauernde Angst, tödlich zu verunglücken und auf immer und ewig verdammt zu sein.

Ja, vielleicht würde Gott bei mir besondere Gnade walten lassen, ein Wunder tun und aus mir am Ende noch einen Heiligen machen.

Die Kommunionfeier verlief wie vorbereitet und geplant. Die ersten Bankreihen waren für uns Erstkommunikanten vorgesehen und mit roten Tüchern überdeckt. Dahinter saßen, knieten oder standen Eltern, Geschwister und nahe Verwandte und weiter entfernt die übrigen Gläubigen.

Wir lasen unsere Gebete. Zwischendurch sang der Kirchenchor, dann die Gemeinde. Alles war feierlich und eindrucksvoll. Für mich wäre es jetzt ohnehin zu spät gewesen, mitten in der Messe einfach aufzustehn, hinauszugehn, auf und davon zu laufen, um mich irgendwo zu verstecken. Ich mußte an das Gedicht von der wandelnden Glocke denken, das wir in der Schule gelernt hatten, und während meine Schulkameraden die Kommuniongebete hersagten, versuchte ich, mir die Gedichtstrophen in Erinnerung zu rufen:

> *Es war ein Kind, das wollte nie*
> *Zur Kirche sich bequemen,*
> *Und sonntags fand es stets ein Wie,*
> *Den Weg ins Feld zu nehmen.*
>
> *Die Mutter sprach: »Die Glocke tönt,*
> *Und so ist dir's befohlen,*
> *Und hast du dich nicht hingewöhnt,*
> *Sie kommt und wird dich holen.«*

*Das Kind, es denkt: die Glocke hängt
Da droben auf dem Stuhle.
Schon hat's den Weg ins Feld gelenkt,
Als lief es aus der Schule.*

*Die Glocke, Glocke tönt nicht mehr,
Die Mutter hat gefackelt.
Doch welch ein Schrecken! Hinterher
Die Glocke kommt gewackelt.*

*Sie wackelt schnell, man glaubt es kaum:
Das arme Kind im Schrecken,
Es läuft, es kommt als wie im Traum;
Die Glocke wird es decken.*

Zwar war es unwahrscheinlich, daß ausgerechnet mir etwas Ähnliches passieren würde, aber da ich gelernt hatte und wußte, daß bei Gott kein Ding unmöglich sei, packte mich eine gewisse Angst, und ich blieb, wo ich war.

Nunmehr mußte ich alles bis zum Ende erdulden. Also machte ich mit. Ich betete und sang, kniete mich nieder, stand wieder auf, und als endlich das Klingelzeichen der Ministranten ertönte, trat ich wie alle anderen Kinder auch aus der Bank, schritt zum Altarraum und beging mit vollem Bewußtsein meine dritte Todsünde.

Ich spürte: Diese war schlimmer als die beiden vorangegangenen.

Die erste konnte ja, da sie halb Traum halb Wirklichkeit gewesen war, vor dem Jüngsten Gericht gerechtfertigt, entschuldigt und vielleicht gar verziehen werden.

Die zweite schien noch insoweit verzeihlich, als sie aus der ersten, ungefähren hervorging und mit der strengen beziehungsweise milden Ahndung der ersten stieg und fiel.

Die dritte aber war nie und nimmer zu vergeben, denn ich hatte aus freien Stücken und allein aus mir selbst das schändlichste Verbrechen begangen, das Menschen je begangen haben und begehen können, ich hatte Gott, in Gestalt seines eingeborenen Sohns, Jesus Christus, verhöhnt, verunehrt, beleidigt, beschmutzt, da ich unwürdig seinen in der Eucharistie gegenwärtigen Leib empfangen und verzehrt hatte.

> *Wer aber unwürdig meinen Leib ißt*
> *und mein Blut trinkt,*
> *der ißt und trinkt sich das Gericht!*

Zwar hatte ich nur eine geweihte Hostie im Mund zergehn lassen und hinuntergeschluckt, ohne sie zu zerbeißen, aber zweifellos hatte ich Unwürdiger Jesu Leib verzehrt und meine ewige Verdammnis beim Jüngsten Gericht besiegelt.

Mitglieder der Kirchengemeinde hatten vor der Kobelkirche für diesen Tag einen Losstand errichtet. Geschäfts- und Privatleute hatten die Preise gestiftet. Der Reinerlös sollte der im Bau befindlichen Klausenkirche zufließen. Zwar war der Expositus anfangs, als die Idee einer Lotterie aufkam, äußerst skeptisch gewesen, weil Glücksspiele eigentlich Sünde seien, aber dieses hier diente schließlich einem guten Zweck, nämlich dem Neubau unserer Kirche. Also billigte er die Aktion.

Nach der Meßfeier wurde der Stand eröffnet. In den Regalen standen oder lagen Vasen, Schüsseln, Küchengeschirr, Wolldecken, Kleiderstoff, Hartwürste, Gemüsedosen und Teddybären. Die Leute waren gierig nach Gewinnen, da sie meinten, alles unheimlich gut brauchen zu können.

Wie in jeder richtigen Lotterie waren die meisten Lose Nieten. Jedes Los kostete fünfzig Pfennig. Viele Personen kauften der Glückszahl wegen wenigstens drei Lose, und die meisten Mitspieler zogen drei Nieten. Die Eltern der Erstkommunikanten hatten ihren Kindern zumeist etwas Geld in die Hand gedrückt, damit auch sie am schönsten Tag ihres Lebens ihr Glück versuchten.

Auch ich hatte eine Mark fünfzig bekommen. Als die Reihe an mich kam, überlegte ich, mit welcher Hand ich ziehen sollte. Mein Gefühl sagte mir, daß ich mit der linken mehr Glück haben würde. Also wühlte ich im Lostopf herum und zog mein erstes Los. Es war ein Treffer. Ich hatte schon beim Betasten der Lose irgendwie gespürt, welches etwas bringen würde, denn von bestimmten kleinen Röllchen ging eine pulsierende Kraft, ein Strom, eine wellenförmige Strahlung aus.

Dasselbe Gefühl vermeinte ich auch beim zweiten Los zu empfinden. Ich zog, und wieder war es ein Treffer. Vor meinem dritten Zug ließ ich andere Mitspieler vor, die lauter Nieten zogen.

Dann faßte ich ein drittes Mal in den Lostopf und hatte wiederum die Empfindung, als ginge von bestimmten dieser gleichförmigen, in einen Drahtring gesteckten Röllchen eine geheimnisvolle Wärme, ja Hitze aus, während andere, äußerlich ähnliche und scheinbar gleiche Lose kalt und tot daneben lagen, als würde ein jedes dasselbe bedeuten.

Wieder zog ich das Los, streifte den winzigen Ring ab, öffnete, und wieder war es ein Treffer.

Die Umstehenden klatschten vor Begeisterung in die Hände, und ich bekam nun die drei mir zustehenden Gewinne, die ich meiner Mutter gab, damit sie sie nach

Hause mitnahm. Ich glaubte, eine Glückssträhne zu haben, und bat meine Mutter um weiteres Geld. Sie schüttelte den Kopf und sagte, man dürfe sein unverhofftes Glück nicht überstrapazieren und müsse sich stets ein bißchen für später aufbewahren.

Da ich nun nicht mehr mitspielen konnte, aber wenigstens beobachten wollte, wie sich das Spiel der anderen entwickelte, ließ ich meine Eltern und Geschwister mit den Geschenken nach Hause gehn und blieb noch am Losstand.

Die Leute hatten aufmerksam verfolgt, mit welch sicherer Hand ich die Treffer gezogen hatte, und einige wollten jetzt, daß ich nun auch für sie Gewinne aus dem Lostopf zog. Sie bezahlten, und ich sollte an ihrer Stelle die Lose auswählen.

Fast alle Lose, die ich zog, waren Gewinne. Es war wie verhext. Nur dem Spiel zuliebe spielte ich und gewann. Ohne Absicht spielte ich, mit Erfolg. Ich fragte mich, wie es möglich war, daß ich die Treffer erriet, während die anderen Teilnehmer wie blind im Lostopf herumwühlten und nichts als Nieten herauszogen.

Da kam mir meine dreifache Todsünde in den Sinn, und weil ich wußte, daß ich in diesem unglückseligen Zustand schon jetzt der Hölle geweiht war, sagte mir eine innere Stimme: ›Du bist mit dem Teufel im Bunde! Der Satan selber führt deine linke Hand! Er kennt und durchschaut das Spiel und läßt dich gewinnen!‹

Ich erschrak vor meinem Gedanken, zweifelte aber nicht im geringsten daran. Nichts war logischer als diese Erklärung. Außer Gott, der sich auf solche Freveleien niemals eingelassen hätte, war niemand imstande, derartiges zu vollbringen.

Nunmehr sagte ich mir: Wenn schon der Teufel meine Hand führt, weshalb sollte ich diesen Vorteil nicht auch für mich selber nutzen? Warum mußte ich für andere gewinnen und nicht für mich selbst?

Doch hatte ich kein Geld für den Einsatz. Und obwohl mich die Herumstehenden baten, weiter für sie Nummernlose aus dem Topf zu ziehen, rannte ich rasch nach Hause, bat meine beiden Großmütter um weiteres Geld und lief schnell zum Kobel zurück, um weiterzuspielen.

Ich hatte fünf Mark und kaufte, ohne abzuwarten, drei Lose auf einmal. Dann zog ich. Das erste Los war eine Niete. Doch schien dies belanglos, denn auch zuvor hatte ich ein paar Nieten in Kauf nehmen müssen. Auch das zweite und dritte Los brachten nichts.

Nun überlegte ich, was daran schuld wäre, und merkte, daß ich die ersten drei Mal zu hastig gezogen hatte, ohne vorher zu fühlen, welche Lose heiß und welche kalt waren. Ich wühlte nun so lange im Lostopf herum, bis ich ein gutes Los zwischen den Fingern fühlte. Als ich es öffnete, war es ein Gewinn.

Da ich ahnte, daß das Glück noch immer auf meiner Seite war, nahm ich bedächtig die restlichen sechs Lose heraus, um sie in Ruhe nacheinander zu öffnen.

Das fünfte, das sechste und das siebte Los brachten nichts. Und die restlichen drei waren ebenfalls Nieten.

Das Glück hatte mich ebenso schnell verraten und verlassen, wie es mir zuvor zugetan gewesen war. Und wiederum erkannte ich, daß der Satan, der mich vorher verblendet und meine Hand geführt hatte, mir jetzt höhnisch und feixend einen Streich spielte.

Und keiner der Umstehenden bat jetzt um meine Mithilfe. Jeder versuchte sein eigenes Glück. Ich aber ging nach Haus, ohne mich weiter um das verteufelte Spiel zu kümmern.

XVII

Das Heilige Jahr nahmen wir wie einen göttlichen Segen der Zukunft. Es hieß, Papst Pius XII. sei ein Freund Deutschlands und der Deutschen, und da Deutschland und die Deutschen so gut wie keine Freunde mehr besaßen, sah es so aus, als sei der Papst unser einziger und letzter Freund auf der ganzen Welt.

Diese Ehre schien um so größer, als der Papst im Ruf buchstäblicher Heiligkeit stand, kaum Nahrung zu sich nahm, und – falls er ausnahmsweise nicht arbeitete oder studierte – in stundenlanger Versenkung verharrte, um für den Frieden als das Werk der Gerechtigkeit zu beten.

Durch seine tiefe Frömmigkeit, so glaubten wir, war es ihm gelungen, in unmittelbare Zwiesprache mit Gott zu treten und dem Allerhöchsten die geballten Sorgen der gesamten Menschheit vorzutragen. Man munkelte sogar, daß dem Heiligen Vater in besonderen Augenblicken der Entrückung kein Geringerer als Christus erschienen sei, eine verklärte Lichtgestalt, die sein Schlafgemach in überirdischem Glanz habe erstrahlen lassen. Solche Erscheinungen seien des öfteren geschehen, ohne daß sie der Papst eigens herbeigefleht hätte. Jedesmal sei er danach tagelang nicht ansprechbar gewesen und lediglich an seiner nachwirkenden Erschrockenheit habe seine engste Umgebung – die ihn umsorgenden Schwestern und sein jesuitischer Beichtvater – erkannt, daß eine neuerliche Erscheinung des Heilands stattgefunden hatte.

Es stand zweifellos fest, daß dieser außergewöhnliche Papst schon zu Lebzeiten ein echter Heiliger war und nach dem Tod sogleich zur Ehre der Altäre erhoben würde.

Eigentlich hatte der Expositus schon unsere Kommunion in der neuerbauten Notkirche feiern wollen, aber der Bischof, der wie sein Amtsvorgänger Joseph hieß, hatte erst an Pfingsten Zeit. Dieser Termin paßte gut mit unserer Firmung zusammen, so daß wir nicht extra in die Stadt fahren mußten, um mit tausend anderen Firmlingen aus der Diözese im Dom vom Weihbischof das Salbenkreuz auf die Stirn und den Backenstreich zu erhalten.

Ich nahm mir vor, mein sündiges Leben noch vor dem Empfang des nächsten Sakraments gründlich zu ändern. Da seit der Erstkommunion einige Wochen vergangen waren und ich in sündhaftem Zustand wiederholtermaßen Jesu Fleisch in Gestalt der geweihten Hostie verzehrt hatte, womit sich die Todsünden in meiner Seele schon anhäuften wie Heu, und da ich, wenn dies so weiterging, befürchten mußte, bald jeden Überblick zu verlieren, hielt ich es für besser, wenigstens beim jetzt fälligen Sakrament reinen Herzens vor den Altar zu treten.

Aus schierer Gewohnheit mißbrauchte ich inzwischen die beiden Sakramente Beichte und Kommunion. Doch wenn ich diesen Gotteslästerungen nunmehr auch noch den Frevel einer schamlos befleckten Firmung anfügte, mußte meine ewige Verdammnis eine beschlossene Sache sein, zumal ich diesmal sogar dem Bischof dreist entgegentreten würde.

Spätestens am Samstag vor Pfingsten wollte ich meine ursprüngliche Todsünde samt allen sich daraus ableitenden beichten.

Bevor ich den Beichtstuhl betrat, erforschte ich nochmals gründlichst mein Gewissen, um zu verhindern, daß mir im nachhinein vielleicht eine zusätzliche einfiele, die ich im Wahn und Wust der bisherigen Verstrickungen vergessen haben könnte. Doch meine Sündenkette war nunmehr so dicht um mich geschlungen, daß dazwischen nur noch die weniger schweren, läßlichen Sünden Platz zu haben schienen.

Ich rief den Heiligen Geist an und sandte Stoßgebete zum Himmel, damit Gott mich erleuchtete und mir bei dem schweren Gang beistünde. Aber ich spürte eine Totenstille in mir und um mich herum, als hätte ich durch die vielfache Verhöhnung der Sakramente jegliche Gnade verwirkt, denn so wahrhaftig und ehrlich ich mir hinfort zu sein auch geschworen hatte: Gott antwortete nicht.

Wahrscheinlich wird der Bann erst mit der Lossprechung gebrochen, dachte ich und hoffte, dermaleinst – also beim Jüngsten Gericht – höchstens einige tausend Jahre Sündenstrafe auferlegt zu bekommen oder mich dieser gar noch vor meinem Tod durch Gewinnung eines vollkommenen Ablasses zu entledigen. Jedenfalls faßte ich den unumstößlichen, unwiderruflichen Vorsatz, danach niemals mehr eine Todsünde zu begehn, wie oft und in welcher Gestalt der Teufel auch an mich herantreten sollte, um mir eine Falle zu stellen.

Als die Reihe an mir war, zögerte ich, den Beichtstuhl zu betreten, und ließ den Nachfolgenden vor. Dessen Beichte dauerte jedoch nur zwei oder drei Minuten. Am liebsten wäre ich nun auf und davon gerannt, um alle künftigen Beichten, Kommunionen und die morgige Firmung von dieser Stunde an für immer hinter mir zu lassen und zu vergessen. Doch wohin sollte ich laufen? Wo hätte ich Ruhe und Frieden gefunden vor meinem mich quälenden Gewissen?

War Gott nicht überall? Im Himmel wie auf Erden? Am hellichten Tag wie in stockfinsterer Nacht? In freier Natur ebensogut wie in der allerfernsten Hütte am Ende der Welt?

Würde er mich nicht dann erst recht gnadenlos verfolgen mit seinem allmächtigen Zorn und seiner unermeßlichen, nach Strafe schreienden Gerechtigkeitsliebe?

Nein, es war unmöglich, der Allgewalt und Allgegenwart Gottes zu entfliehn. Aber selbst wenn dies denkbar gewesen wäre, gab es doch vorher ein noch weitaus einfacheres Problem zu lösen: Wie hätte ich meine Eltern und Verwandten samt dem sorgsam ausgewählten Firmpaten in diesem Moment erklären können, daß ich vor lauter Schuldgefühl und Schuldhaftigkeit lieber auf die Firmung verzichtete, als meine ureigene Schuld vor einem anderen, meiner Seele fremden Menschen gezwungenermaßen zu bekennen, ohne daß dieser von sich aus verriet, was in seinem Kopf vorging, während ich mein Innerstes dermaßen entblößte?

Nicht, daß es mir an Glauben gefehlt hätte! Es war, im Gegenteil, der Glaube selbst, der mich so weit gebracht hatte, Gott und die Welt so ernst zu nehmen, daß ich wähnte, wider die Gebote des Glaubens zu sündigen.

Also betrat ich mit Reue und Demut den Beichtstuhl.

Zunächst beichtete ich die seit der letzten Beichte angefallenen läßlichen Sünden. Ich tat es langsam und ausführlich, um meiner vervielfachten Todsünde noch ein wenig Zeit zu gönnen. Die Beleidigungen Gottes, das Verschweigen der Wahrheit im Beichtstuhl, der Mißbrauch der heiligen Sakramente und die alles hervorrufende Unkeuschheit meiner Tagträume wollte ich mit einem Schwung bekennen, damit mich der Priester mittels seiner von Gott verliehenen Zauberkraft von der drohenden Verdammnis und den ewigen Höllenqualen befreite.

Die Vernachlässigung der täglichen Gebete, der Ungehorsam gegenüber meinen Eltern, das Naschen von Süßigkeiten und einige kleine Notlügen waren nichts im Vergleich mit der bleiernen Last meiner übergroßen Schuld.

Doch die Aufzählung der läßlichen Sünden verging rascher als erwartet. Bevor es mir bewußt wurde, war ich am Ende des Beichtspiegels angelangt. Ich erschrak. Um mich herum herrschte eine tödliche, unendliche Stille. Ich vergaß, wo ich mich befand, und hörte nun lauter und lauter schallend, wie die Töne einer mich verfolgenden Kirchenglocke, die dumpfen Schläge meines eigenen Herzens. Sie pochten dröhnend in meinen Ohren. Ich tastete um mich, berührte das Holz der Beichtstuhlwände und hielt mich fest, um nicht ohnmächtig umzusinken. Alles um mich her rauschte und brauste. Es war, als stünde ich nackt und hilflos unter einem gewaltigen Wasserfall, der mich vielleicht in der nächsten Sekunde hinwegspülen und in einen bodenlosen Abgrund stürzen würde.

In diesem Augenblick erscholl, wie von weit, weit her, die eherne Stimme Gottes.

»Ist das alles?« fragte mich Gott.

Ich wurde zu Stein. Alles um mich her, ja ich selbst war wie zu kaltem, hartem Eis erstarrt. Ich spürte die tödliche Leere der Unendlichkeit und Gottes einsame Allmacht.

»Ist das alles?« fragte mich wiederum Gott.

Ich schwieg.

Und ein drittes Mal ertönte Gottes Stimme:

»Sind dies alle deine Sünden?«

Ich bebte und antwortete leis: »Ja, das ist alles.«

Nunmehr tauchten wie durch ein Wunder allmählich die schwarzbraunen Innenwände des Beichtstuhls um mich herum wieder auf. Ich sah das Gitterfenster vor mir und erkannte dahinter den kahlen Schädel des Priesters.

Er sagte, ich solle mir vornehmen, meinen Eltern zu gehorchen, denn sie wollten stets mein Bestes und hätten folglich in allem grundsätzlich recht. Nun wollte er wissen, welche Gebete ich vor allem vergäße, die Tischgebete, das Morgen- oder das Abendgebet.

»Meistens das Morgengebet«, antwortete ich.

»Dann nimm dir vor«, sagte er, »wenn du in der Früh die Augen aufschlägst, als allererstes an Gott zu denken!«

»Das tue ich meistens«, erwiderte ich.

»Wenn du das tust, dann hast du schon halb gebetet«, sagte der Priester.

Ich konnte ihm nicht verraten, daß Gott mir so viel Kopfzerbrechen bereitete, daß ich früh und spät an ihn denken mußte, und daß es meine Todsünde war, die mich Tag für Tag und Stunde für Stunde so quälte, daß Gott und seine befürchtete Gerechtigkeit mir nicht mehr aus dem Sinn gehen wollten.

Der Priester hielt jedoch auch diesen Punkt für weniger wichtig und ermahnte mich zum Schluß lediglich, auch die wenigen Notlügen zu unterlassen.

Nun begann er, lateinisch zu beten, indem er mich bekreuzigte und segnete. Dann schob er ein Beichtbildchen durch den Schlitz. Ich verließ den Beichtstuhl, setzte mich auf eine Kirchenbank, verrichtete die mir auferlegten Bußgebete, ein-, zwei- und dreimal für meine nicht gebeichteten Todsünden.

Das Beichtbildchen zeigte einen stolzen Rittersmann im Bischofsornat. Über dem Bild stand:

Nie kann ich vergessen den Firmungstag.
Heut gab mir der Bischof den Ritterschlag.

Und darunter:

Du heiliger Ulrich, geh' uns voran!
Wir folgen dir mutig auf steiler Bahn.

Ich steckte das Bild in die Hosentasche und ging schweren Herzens nach Haus.

Es war allgemein üblich, daß Firmlinge von ihren Paten eine Uhr geschenkt bekamen. Dieses Geschenk bedeutete, daß sich der Uhrenbesitzer von nun an schon fast erwachsen vorkommen durfte. Jedenfalls wurde nunmehr die Zeit nicht mehr nach Jahreszeiten, Feier-, Sonn- und Werktagen gemessen, sondern nach Stunden, Minuten und Sekunden. Vielleicht sollte das den Vorteil haben, künftig mit der eigenen Zeit besser umgehn zu lernen, sie zu nutzen und zu beachten. Es brachte aber auch den Nachteil, daß sie plötzlich knapper wurde und wie im Flug verrann.

Mir lag jedoch nichts ferner als die irdische Bemessenheit der Zeit, denn ich war völlig von der Vorstellung der Unendlichkeit ergriffen, den Jahrmilliarden des ewigen Lebens beziehungsweise der ewigen Verdammnis.

Am Pfingstsonntag weihte der neue Bischof die Notkirche ein. Der Expositus hatte einen ganz ausgefallenen Heiligen zum Schutzpatron erwählt, nämlich Sankt Nikolaus von der Flüe. Dieser war erst kürzlich heiliggesprochen worden, und außer einer Kapelle am Schweizer Ursprungsort gab es auf der ganzen Welt bislang noch kein zweites, nach ihm benanntes Gotteshaus. Darauf war der Expositus besonders stolz. Und weil niemand diesen nagelneuen Heiligen kannte, erklärte der Expositus alsbald, worin dessen besondere Verdienste lägen.

Nikolaus von der Flüe sei ein großer Friedensstifter gewesen, dem es gelungen sei, die Schweiz seit fast vierhundert Jahren von Kriegen frei zu halten. Um dieses unbeschreibliche Werk zu vollbringen, habe er nach schweren inneren Kämpfen sogar seine Familie verlassen und als Einsiedler ganz in der Anschauung Gottes gelebt.

Immer wieder glaubte er Gottes Stimme zu hören, die ihn wegrief von Frau und Kindern, weg von Vieh und Feldern. Lange verschloß er das Erlebnis in seinem Herzen, bis es so stark und dringend wurde, daß es ihn zu ersticken drohte, wenn er es nicht seiner treuen Frau Dorothea offenbart hätte. Diese war wie von Sinnen. Sie kämpfte mit Zähigkeit und Leidensmut um ihr Familienglück. Der spätere Heilige hörte sie ruhig an. Was in ihm vorging, wußte nur Gott. Wie gerne wäre er geblieben! Wie jammerte ihn das Weinen der Kinder, von denen das jüngste erst vor wenigen Wochen geboren war! Aber wer kann wider den Befehl Gottes handeln?

Mein Vater, dem die Geschichte mit der verlassenen Familie etwas seltsam vorkam, erkundigte sich genauer nach dem Lebensweg dieses komischen Heiligen. Er fand heraus, daß der Gottesknecht seiner lieben Frau ein Dutzend Kinder zurückgelassen hatte, die allesamt noch unversorgt waren, als es ihn eines schönen Tages in den Wald hinauszog, wo es einfacher sein würde, ein Heiliger zu werden, als zwischen den vielen hungrigen und durcheinanderschreienden Mäulern daheim.

»Was würdet ihr sagen«, fragte mein Vater, »wenn ich euch einfach hier hocken ließe, ohne mich weiter um euch zu kümmern? Ich glaube, ihr würdet lange Gesichter machen und in den Mond gucken.«

Zwar hatte er nur vier Kinder in die Welt gesetzt, doch schien uns das Beispiel deswegen nicht weniger deutlich. Fortan war auch uns jede Ehrfurcht vor diesem neumodischen Heiligen genommen, mochten die Schweizer auch noch weitere vierhundert Jahre von seiner Friedensstiftung zehren.

Der neue Bischof freilich, der von Heiligkeit gewiß mehr verstand als wir Laien, erhob keinen Einspruch, sondern rühmte Sankt Nikolaus von der Flüe mit ähnlich salbungsvollen Worten wie der Expositus zuvor.

Dies rief bei meinem Vater großen Protest hervor. Er kritisierte die katholischen Geistlichen insgesamt, die von Familienangelegenheiten nichts verstünden und denen die Kirche die schwerste Pflicht zum Schaden aller verbiete. So gesehen sei es nicht einmal verwunderlich, wenn sich die Pfarrer, Bischöfe und sogar der Papst für einen Nikolaus von der Flüe begeisterten, statt einmal einen treusorgenden Familienvater heiligzusprechen.

Wichtiger als die Kirchenweihe war die Firmung durch den Bischof. Die Zeremonie wurde als einfach beschrieben. Der Bischof würde jedem Firmling zunächst die Stirn mit geweihtem Öl einreiben und hernach einen Backenstreich verabreichen. Unter Backenstreich, hieß es im voraus, sei nichts weniger als eine gepfefferte Ohrfeige zu verstehn. Vor langer Zeit gefirmte Christen behaupteten sogar, wir bekämen keine gepfefferte Ohrfeige, sondern eine saftige Watschen.

Mich selbst beunruhigte der Gedanke an den zu erwartenden Backenstreich nicht. Wenn ich an meine Todsünden dachte, konnte ich jede Strafe nur als milde erachten und jede saftige Watschen als kleine Buße und Teil einer höheren Gerechtigkeit.

Zudem hoffte ich, durch das neue Sakrament würde der vielfache Mißbrauch der beiden anderen Sakramente, Beichte und Kommunion, aufgehoben, zumal hier ja der mit weit höheren Weihen ausgestattete Bischof höchstpersönlich am Werk war.

Wer weiß: Vielleicht würde Gott mittels seines Stellvertreters für unseren Bereich ein kleines Wunder vollbringen und in mir nicht nur den Glauben neu erwecken, sondern zugleich all meine bisherigen Todsünden von mir nehmen.

Neben den üblichen Gebeten, die wir während der Feier aufsagten, sandte ich zusätzlich Dutzende von Stoßgebeten gen Himmel, auf daß am heutigen Tag meine übergroße Schuld endlich getilgt würde.

Als ich vor den Bischof trat, glaubte ich einen Moment, all meine Gebete seien erhört worden.

Der Bischof lächelte mild und gütig wie ein echter Heiliger, sprach auch einige Worte, die ich rasch vergaß, zeichnete mit geweihtem Balsam ein Kreuz auf meine Stirn und streckte nunmehr den rechten Arm aus, um mir einen Backenstreich zu verabreichen.

Was ich nun zu spüren bekam, war aber weder eine saftige Watschen noch eine gesalzene oder gepfefferte Ohrfeige, sondern lediglich ein leichtes Berühren der Wange mit den Fingerspitzen, ein Darüberstreifen, als bewegte eine leise Brise im Frühling die ersten Blätter von Birken und Weiden.

Als ginge von diesem eher nur angedeuteten Streich die göttliche Kraft des Heiligen Geistes aus, glaubte ich in diesem Augenblick, meine angehäuften Todsünden seien schlagartig aufgehoben, vergessen und vergeben.

Doch dauerte das Gefühl meiner Unschuld leider nur bis zum Ende des Gottesdienstes. Schon beim Verlassen der neugeweihten Notkirche überkamen mich die alten Zweifel. Jetzt hatte ich durch die Entgegennahme des Sakraments der Firmung in sündhaftem Zustand eine weitere Todsünde auf mich geladen.

Mein Firmpate schenkte mir keine Uhr, sondern eine lederne Brieftasche mit zwölf Fächern.

XVIII

»Wie wird ein Mensch zum Heiligen?« fragte ich den Expositus.

»Durch ein heiligmäßiges Leben«, antwortete er.

»Dann können nur Tote heiliggesprochen werden«, folgerte ich.

Der Expositus nickte und erklärte: »Heilige sind zwar gestorben, doch haben sie sich das ewige Leben verdient, indem sie zu Lebzeiten jegliche Sünde zu vermeiden suchten.«

Heilige gab es in unserem Dorf also nicht. Dies stand fest. Aber offensichtlich hatte es hier seit Jahrhunderten keinen einzigen Heiligen gegeben, denn niemand war durch seinen reinen Lebenswandel so sehr aufgefallen, daß der Papst in Rom ihn zur Ehre der Altäre erhoben hätte.

In der Stadt gab es immerhin zwei Heilige, nämlich die römische Märtyrerin Afra und den Bischof Ulrich. Dieser hatte auf dem Lechfeld die heidnischen Ungarn mit dem Schwert besiegt und war nach seinem Tod für seine Heldentat als allererster Heiliger mit einem offiziellen Heiligsprechungsprozeß belohnt worden. In fast zweitausend Jahren hatte es demnach in unserer Gegend nur zwei richtige Heilige gegeben, den letzten vor fast tausend Jahren. Somit war es an der Zeit, daß nun bald wieder ein wirklicher Heiliger unter uns weilte.

»Wie kann man erkennen, ob sich jemand auf dem Weg zur Heiligkeit befindet?« fragte ich.

»Jeder getaufte Mensch ist dazu berufen, ein Heiliger

zu werden«, antwortete der Expositus, »doch nur die allerwenigsten sind auserwählt. Jedem einzelnen Christen, und wäre er noch so armselig und unscheinbar, wird von Gott in dessen übermäßiger Güte so viel Gnade zuteil, daß er es zum Heiligen bringen kann. Freilich sind die allerwenigsten Menschen bereit, dem göttlichen Ruf Gehör zu schenken. Die meisten verschließen ihr Ohr und ziehen ein bequemes Leben vor. Aber berufen sind wir alle, auch du und ich.«

Es schmerzte mich, dies zu hören, denn selbst wenn der Expositus recht haben würde und auch ich ursprünglich zum Heiligen berufen war, so hatte ich diese Gelegenheit durch meine vielfachen Todsünden längst verspielt. Freilich verriet ich dem Expositus dieses Geheimnis nicht und stellte ihm auch keine weiteren Fragen.

Allerdings konnte ich in unserem Ort mehrere Leute beobachten, die allem Anschein nach ein heiligmäßiges Leben führten. Einige standen sogar buchstäblich im Ruf der Heiligkeit. Meistens lag die Frömmigkeit bereits in der Familie, und besonders einige Mütter wiesen durch tagtäglichen Kirchgang und Kommunionempfang darauf hin, daß ihre Kinder das Zeug zum Heiligen hatten.

Auch Frau Krätz, die Mutter unseres Oberministranten, strotzte geradezu vor Inbrunst. Täglich besuchte sie die Messe und versäumte keinen Rosenkranz. Auf Prozessionen, Flur- und Bittgängen erhob sich ihre markante Stimme über die Gebete und Lieder der übrigen Gläubigen. Lediglich das urwüchsige Organ des Expositus übertönte streckenweise mit allgemein gefürchteten, kühnen Melodieabweichungen die frommen Gesänge.

Die Kirchenbesuche fielen Frau Krätz desto leichter, als sie dabei stets ihren einzigen Sohn Eugen bewundern konnte. Er ministrierte nämlich bei schier allen Gottesdiensten und wäre gewiß die wichtigste Person am Altar gewesen, wenn es nicht außer ihm noch den Expositus gegeben hätte. Diesem war kraft Amtes und durch göttlichen Auftrag die Hauptrolle zugeteilt, doch strahlte der helle Widerschein dieses Glanzes gleichmäßig auf Eugen herab. Zwar gab es daneben noch das Dodle, den getreuen Meßner, aber dieser hielt sich scheu und bescheiden zurück und verfolgte meist nur von der Sakristei oder der ersten Bank aus das erhabene Schauspiel.

Eugen bewegte sich im Altarraum, als wäre allhier sein eigentliches Zuhause. Er beherrschte nicht nur im Traum die einzelnen Gebete, Kniebeugen, Klingelzeichen, Darreichungen und Ehrerbietungen. Solche Einzelheiten waren erlernbar, gehörten zum Ablauf und wurden bei jedem besseren Ministranten vorausgesetzt. Was ihn vor allem auszeichnete und über alle erhob, war seine würdige Haltung, die fromme Bewegung, die reumütige Geste, der heiligmäßige Schritt. So innig wie er faltete kein anderer die betenden Hände, salbungsvoller senkte kein anderer das Haupt, und einzig er wußte die Stufen zum geweihten Altar mit so stolzer Zurückhaltung emporzusteigen.

Gern hätte der Expositus einen Kaplan gehabt, doch dazu mußte er vom Bischof erst zum Pfarrer ernannt werden. Solange wir freilich keine eigene Pfarrkirche besaßen, war unsere Gemeinde auch keine wirkliche Pfarrei, sondern lediglich eine Expositur mit allen dazugehörigen Vorläufigkeiten.

In diese Bresche war unser Oberministrant gesprungen. Dem Expositus diente er gleichsam als Notkaplan ohne niedere Weihen. Wenn Eugen das Meßbuch aufschlug und dem Expositus mit angelegten Fingern die zu lesende Stelle im Text wies oder ihm vor dem Te Deum dreimal das qualmende Weihrauchfaß entgegenschwang, so geschah dies alles auch zur tieferen Erbauung der Gläubigen. Kein Diakon oder Levit hätte es besser vermocht.

Viele Gläubige beteten deshalb heimlich zu Gott, er möge Eugen gleich dem Expositus zum spätberufenen Priester bestimmen, und Frau Krätz seufzte leis und atmete schwer, da sie bei dem Gedanken wohl zögerte, ob sie ihrem Einzigen die Ehelosigkeit wünschen sollte. Vielleicht hätte sie höherer Berufung zuliebe Eugen die Absage an irdische Freuden und Lüste noch zugemutet, selber jedoch auf ein eigenes Enkelkind nur widerwillig verzichtet. Nein, wenn sie einmal ganz ehrlich wäre, so bitte sie den Allmächtigen eigentlich darum, er möge den Kelch des Priestertums an ihrer Familie vorübergehn und statt dessen ihren Sohn ein ebenso frommes und reines Mädchen finden lassen, damit sie dermaleinst gemeinsam eine wahrhaft christliche Familie gründeten.

Dies waren ihre innersten Gedanken, die sie lange Zeit verbarg. Indessen wurde seitens der Gläubigen immer häufiger die Frage an sie und den Expositus herangetragen, ob man Eugen nicht mit kirchlicher Unterstützung auf ein Priesterseminar schicken solle, da seine Berufung von Tag zu Tag deutlicher werde. Frau Krätz schwieg, und der Expositus sagte nur, diese schwere Gewissensentscheidung müsse Eugen ganz allein mit sich und seinem Herrgott ausmachen. Niemand dürfe da hineinreden.

Die Worte des Expositus halfen freilich wenig. Vor allem die alten Weiblein und Schwestern des Notburgaheims mitsamt der Frau Oberin lagen Frau Krätz laufend in den Ohren und fragten allwöchentlich nach, ob Eugen sich endlich entschieden habe. Frau Krätz wiederholte nunmehr mit Fleiß, was der Expositus in diesem Punkt geäußert hatte, verriet jedoch nach wie vor niemand ihren eigentlichen Herzenswunsch.

Eines Tages wurde sie von Frau Landmann auf das Gerücht hin angesprochen. »Ich habe gehört«, sagte Frau Landmann scheinheilig, »Ihr Eugen wird bald auf ein Priesterseminar für Spätberufene geschickt?«

»Wer schwätzt denn solches Zeug?« fragte Frau Krätz.

»Ich hab's halt irgendwann von irgendwem gehört«, antwortete Frau Landmann.

»Die Leute reden viel Unsinn den ganzen langen Tag über«, erwiderte Frau Krätz.

Die Landmanns hatten eine Tochter namens Edelgard. Sie wurde von der Mutter zur peinlichen Befolgung der Gebote erzogen, und wenn Frau Landmann ihr Kind mit anderen verglich, so schnitt Edelgard stets am besten ab.

Frau Landmann war selbst eine sehr emsige Kirchgängerin und stand ebenfalls im Ruf buchstäblicher Heiligkeit. Man erzählte sich, Herr Landmann leide sehr unter der Frömmigkeit seiner Frau. So etwas konnte ich mir kaum vorstellen, da ich dachte, das heiligmäßige Leben einer Person sei geradezu darauf gerichtet, allen Menschen, besonders den allernächsten, niemals irgendeinen Kummer zu bereiten. Was aber war dies für eine Frömmigkeit, wenn damit das Leben der Nachbarn und Familienmitglieder erschwert wurde! Offensichtlich wurde im Himmel beziehungsweise in Rom mit anderen Maßstäben gemessen, sonst wäre auch der fromme Klaus von der Flüh niemals ein Heiliger und Schutzpatron unserer Notkirche geworden, ein Umstand, über den sich mein Vater stets von neuem aufregte. Da jedoch jener Schweizer Friedensstifter seine Heiligkeit aus einer geradezu beispielhaften Rücksichtslosigkeit gegenüber seiner Frau und seinen Kindern bezog, hielt ich es für möglich, daß es die Familie sein könnte, die den einzelnen Menschen hinderte, ein Heiliger zu werden. Wahrscheinlich verlangte die Kirche deshalb von den Priestern, ehe- und kinderlos zu leben.

Während der nun folgenden Unterhaltung zwischen den beiden Frauen bekannte Frau Krätz, daß es ihr absolut nicht recht wäre, wenn ihr Sohn den dornigen und steinigen Weg des Priestertums einschlagen würde. Statt der schweren Bürde des Priesteramtes wünsche sie sich für ihren Eugen ein anständiges Mädchen, das ebenso glaubensstark und innig sei wie er. Das wären die besten Voraussetzungen, eine wahrhaft christliche Ehe zu führen.

»Dann wäre ja meine gute Edelgard die Richtige für Ihren Eugen!« rutschte es Frau Landmann heraus.

Obwohl Frau Krätz bislang noch keine Ausschau gehalten hatte, gefiel ihr Frau Landmanns Gedanke nicht schlecht. Und in Gedanken sah sie bereits die brave Edelgard als reine Braut zur Linken ihres guten Eugen vor dem Traualtar knien.

Also stimmte sie zu, und bevor die vorgesehenen Brautleute um ihre eigene Meinung gefragt worden waren, hatten die beiden eifrigen Mütter beschlossen, heimlich auf ihre Kinder so einzuwirken, daß diese am Ende selber glaubten, sich aus freien Stücken füreinander entschieden zu haben.

Mehrmals trafen sich beide Familien zum Kaffee. Weder die Ehemänner noch die Kinder ahnten den höheren Zweck der plötzlichen Freundschaft. Zur Betrübnis der frommen Frauen zeigten Eugen und Edelgard so gut wie kein Interesse füreinander. Sie wechselten kaum ein Wort miteinander und kümmerten sich bloß um die Zahl der eigenen Kuchenstücke.

Die beiden Mütter deuteten so viel Schüchternheit als Beweis für die seelische Unverdorbenheit ihrer Kinder. Trotzdem mißfiel ihnen deren gegenseitige Gleichgültigkeit. Also kamen sie überein, in Einzelgesprächen auf sie einzuwirken, um sie langsam auf süßere Gedanken zu bringen.

Eugen und Edelgard schienen ihnen keineswegs zu jung, da es vor allem darum ging, beide möglichst unbescholten einander zuzuführen. Eugen würde im Dezember achtzehn, Edelgard war im Mai sechzehn Jahre geworden. Sie sah äußerlich schon wie eine richtige kleine Frau aus, obgleich sie für niemand schwärmte und sich nichts aus den Jungen ihres Alters machte. Auch Eugen sprach mit seiner Mutter nicht über derlei Dinge, aber Frau Krätz sah jeden Morgen am Bettlaken, welche Gefühle ihren Sohn seit längerem plagten.

»Wie gefällt dir übrigens die Edelgard?« fragte Frau Krätz scheinbar beiläufig ihren Sohn.

»Die Edelgard? Ich weiß nicht«, antwortete Eugen.

»Du hast sie doch schon ein paarmal gesehen, als wir zusammen Kaffee tranken«, sagte Frau Krätz.

»Ich hab' – ehrlich – noch nicht über sie nachgedacht«, sagte Eugen.

»Aber du mußt doch eine Meinung von ihr haben!«

»Eine Meinung? Ja, sie ist ganz nett.«

Mit dieser knappen Aussage gab sich Frau Krätz zunächst zufrieden. Ihrer Freundin berichtete sie nur, Eugen finde Edelgard ganz nett.

Frau Landmann ging direkter vor. Sie nahm ihre Tochter beiseite und sprach: »Der Eugen, das ist ein fescher Kerl! So einer wäre einmal der richtige Mann für dich!«

Edelgard kicherte verlegen und antwortete: »Ich will überhaupt keinen Mann.«

»Willst du vielleicht ins Kloster gehn?«

»Nein, aber ich heirate nicht.«

»Der Eugen findet dich aber ganz nett!«

»Wer hat dir das gesagt?«

»Ich weiß es von seiner Mutter.«

Die nächste Kaffeetafel fand ohne Edelgard statt. Sie schämte sich für so viel Geschwätz und weigerte sich standhaft, teilzunehmen. Auch Eugen hielt es nicht lange am Tisch. Nachdem er ein Stück Zwetschgendatschi gegessen hatte, entschuldigte er sich, stand auf mit der Begründung, in der Sakristei finde eine außerordentliche Ministrantenstunde statt, und verließ das Haus.

Nach ihren ersten erfolglosen Versuchen kamen die beiden Mütter überein, noch ein bißchen abzuwarten, bis ihre Kinder ein bis zwei Jährchen reifer wären, um es dann erneut zu versuchen.

Frau Krätz ließ das leidige Thema ruhen, und auch Eugen schien sich nicht weiter um solche Dinge zu kümmern. Wie gewohnt verrichtete er zur allgemeinen Erbauung der Meßbesucher seinen Dienst als Oberministrant, und wiederum hieß es im Dorf, er würde demnächst als Spätberufener aufs Priesterseminar gehn.

Zur selben Zeit jedoch kam das Gerücht auf, der gute Eugen sei beobachtet worden, wie er spätabends mit einem Mädchen im Kobelwald spazierenging.

»Wer weiß, was die so allein im Unterholz miteinander treiben?« tuschelten die Leute.

Die es stets am besten wußten, berichteten, das fragliche Mädchen sei die Ambroß Magda, und Frau Landmann beeilte sich festzustellen, ihre gute Edelgard würde sich niemals mit einem jungen Mann abends allein herumtreiben, noch dazu im Wald.

War es schon eine Sensation, daß ausgerechnet Eugen, von dem man es am allerwenigsten vermutet hätte, sich heimlich mit einem Mädchen traf, so galt es als der allergrößte Skandal, daß es noch dazu die Ambroß Magda war, die – daran zweifelte kaum einer – den bislang unbescholtenen Oberministranten schamlos verführt hatte.

Magdas Eltern hatten, da die Mutter evangelisch und der Vater katholisch war, einfachheitshalber bloß standesamtlich geheiratet und lebten infolgedessen nach allgemeiner Ansicht in wilder Ehe zusammen. Herr Ambroß galt als exkommuniziert und hätte die Sakramente nicht empfangen dürfen. Es schien, daß er nicht einmal einen solchen Wunsch in sich spürte. Man hatte ihn zuletzt vor über sieben Jahren anläßlich der Erstkommunion seiner Tochter in der Hainhofer Kirche gesehn. Damals war er mit verschränkten Armen unter der Empore am hinteren Kircheneingang gestanden und hatte sich beim feierlichen Segen nicht einmal bekreuzigt. Auch Magda hatte sich höchst selten in der Kirche blicken lassen, und böse Zungen fragten, wo Eugen sie eigentlich sonst habe kennenlernen können.

Die Geschichte sprach sich rasch im Dorf herum. Alle erfuhren es, sogar der Expositus. Dieser wurde aufgefordert, sich seinen Oberministranten vorzuknöpfen, um ihn einmal gehörig ins Gebet zu nehmen. Doch der Expositus ließ sich nach außen wenig beeindrucken. Er sagte, auf Geschwätz und Gerede gebe er nichts. Wenn an der Sache etwas sei, so sei es einzig die Gewissenspflicht des Sünders, seine Untat zu beichten. Bis dahin müsse dieser selber wissen, wie er mit einer solchen Last am besten lebe, falls es überhaupt einen Schuldigen gebe. Er als Priester verabscheue jedenfalls am meisten das Pharisäertum. Und wer sich schuldlos fühle, der werfe den ersten Stein.

Eugen tat, als sei nichts geschehn. Er ministrierte weiter mit derselben heiligmäßigen Haltung, die bis dahin die Gläubigen so sehr verzückt hatte. Es fiel lediglich auf, daß er seit einiger Zeit nicht mehr die Kommunion empfing. Offensichtlich hatte er eine Todsünde zu verbergen.

Desto eifriger zeigte sich Frau Krätz. Sie besuchte weiterhin allmorgendlich die Messe, schritt protzig zur Kommunionbank und ließ sich die geweihte Hostie auf die Zunge legen.

Unterdessen waren Eugen und Magda öfters zusammen gesehen worden. Die Angelegenheit ließ sich desto weniger verheimlichen, als Eugen offensichtlich von seiner Mutter das Verbot erhalten hatte, nach Einbruch der Dunkelheit das Haus zu verlassen. Also mußte er versuchen, seine Freundin am hellichten Tag zwischen Tür und Angel zu Gesicht zu bekommen.

Die allgemeine Verachtung traf weniger ihn als das Mädchen. Dem jungen Mann begegneten die Leute auf der Straße bloß mit einem scheinbar mitwissenden Blick und dummdreisten Lächeln.

Frau Krätz begann, ihren Sohn in lange Streitgespräche zu verwickeln. Bald hatte sie ihn so weich geredet, daß er seine Sünden bereute und beichtete. Und eines Sonntags empfing er zur Genugtuung vieler Beobachter die Kommunion. Und als wollte er seine guten Vorsätze in die Tat umsetzen, ging er dem Mädchen fortan aus dem Weg.

Wahrscheinlich wäre die Geschichte in Vergessenheit geraten, wenn die Betroffene künftig weitergelebt hätte wie vordem. Weil Eugen sich aber nicht mehr bei ihr blicken ließ, machte sie sich eines Abends selbst auf den Weg zu ihm und klingelte an der Haustür der Familie Krätz. Eugen ließ sich verleugnen, und Frau Krätz versuchte, Magda unter wüsten Beschimpfungen zu verscheuchen.

Das Haus der Familie Krätz befand sich gleich hinter der ins Dorf führenden Bahnunterführung. Magda ahnte wohl, daß sich Eugen daheim aufhielt. Sie stieg den Bahndamm hinauf, beugte sich über das eiserne Brückengeländer und rief, schon auf dem Schotter der Gleise stehend, mit lauter Stimme:

»Wenn der Bub nicht sofort herauskommt, schmeiße ich mich vor den nächstbesten Zug!«

Alle neugierigen Nachbarn hatten diese Szene, hinter ihren Gardinen lauernd, mitverfolgt. Sie hielten den Atem an. Sie mußten nicht lange warten, denn Magdas Drohung wirkte prompt. Die Tür von Krätz' Haus ging auf, und der Bub trat heraus. Er stieg den Bahndamm empor, und das Paar wechselte einige Worte. Dann überquerten die beiden die Gleise und gingen gemeinsam die Hindenburgstraße hinauf.

Nach diesem kurzen Gespräch stand Eugen als Oberministrant nicht mehr zur Verfügung. Er betrat von diesem Augenblick an niemals mehr eine Kirche. Also vermuteten die Leute, daß etwas Ernsthaftes passiert war.

In kürzester Frist heiratete das junge Paar standesamtlich. Wenige Monate nach der Hochzeit gebar Magda ein Mädchen.

Frau Krätz schämte sich. Ihre Frömmigkeit nahm im selben Maß ab, wie die eifrigen Kirchgänger das neue Leben des ehemaligen Oberministranten verdammten. Es hieß, Frau Krätz habe ihr Enkelkind in einem unbeobachteten Moment in die Kirche geschleppt, um es ohne Wissen der heidnischen Eltern heimlich taufen zu lassen.

Die gute Edelgard lebte eine Zeitlang weiterhin so brav wie bisher. Frau Landmann wurde nicht müde, die außergewöhnlichen Tugenden ihrer Tochter in den Himmel zu loben.

Es geschah aber, daß Edelgards Eltern für zwei Wochen verreisten. Und als sie zurück nach Hause kamen, war ihre Tochter weiter aufgeblüht. Sie schien wie verändert.

Tatsächlich hatte sie sich in einen Mann verliebt, sich mit ihm eingelassen und erwartete ein Kind.

Die beiden heirateten rasch. Bei der kirchlichen Trauung trug Edelgard ein weißes Kleid als Zeichen ihrer Unschuld. Gewisse Leute munkelten, sie habe heiraten müssen. Diese Vermutung erwies sich später als richtig.

XIX

Eines Tages fiel mir der grau verwitterte Verputz des Hauses auf und die verblichenen, früher bräunlichen Muster der Malerrollen auf den Wänden der Zimmer. Ich sah das matte, abgegriffene Holz des Treppengeländers, die aus Verbandsmull notdürftig genähten Gardinen, die groben, verwaschenen Vorhänge, die vergilbten Lampenschirme aus dünnem Kunstleder mit aufgeklebten Borten und wollenen Kordeln, die von Bohnerwachs getönten alten Parkettfußböden, die abgeschabten Stoffbezüge der Sessel und Bänke, den beigen, teigigen Anstrich der Türen und Küchenmöbel, das stumpfe, bleierne Metall der Klinken und Griffe, das poröse und rissige Email von Waschbecken, Toilettenschüsseln und der Badewanne, die sorgfätig gepflegte Farblosigkeit der ganzen Wohnung samt den scheinbar zufällig angesammelten Möbeln.

Und ich fing an, alle, die mir am nächsten standen und lieb waren, in ihrer Eigenart zu unterscheiden: meinen stolzen Vater mit seiner aus Angst und Skepsis gespeisten Entschlossenheit, meine Mutter mit ihren zu praktischer Vernunft neigenden Gefühlen, meinen Bruder Johannes mit seinen ihn zu immer neuen Unvorsichtigkeiten verleitenden, selbstauferlegten Mutproben, meine Schwester Christine mit ihrem unendlichen, aus seelischer Verletzbarkeit entwickelten Schutzbedürfnis, und unsere kleine Schwester Dorothea mit einer aus glücklichen Zufällen geborenen und dem Nichts entrissenen selbstlosen Harmonie.

Haus und Garten wurden kleiner und eng. Die Lessingstraße war nur ein zufälliger Weg hinaus zu dem ins Dorf und weiter führenden Geflecht der Straßen.

Was ich fand, hob ich auf, um es zu betrachten und zu erkennen, und wenn es mir gefiel, wollte ich es behalten und besitzen.

Eines Tages war ich allein unterwegs und sah am Wegrand ein Stück weggeworfenes Papier. Ich bückte mich und sah, daß es ein Photo war.

Es war kein gewöhnliches Bild. Als ich genauer hinsah, erkannte ich darauf eine nackte Frau. Sie stand, so wie sie war, auf einer Wiese und hielt ein Sprungseil in Händen, das neben ihren Schenkeln wie ein feiner Rahmen bis zum Gras hinabreichte und dort vor ihren Füßen einen Halbkreis bildete.

Ich erschrak, da ich wußte, etwas Verbotenes gefunden zu haben. Kaum wagte ich, länger auf das Bild zu blicken, doch ging davon eine rätselhafte Gewalt aus, die meine Augen immer wieder in Bann zog, als wäre die abgebildete Figur lebendig und hätte mich während des Anblicks versteinert.

Mir war, als würde sie sich leicht bewegen, als wollte sie über das vor ihr liegende Seil hüpfen, als könnte sie jeden Augenblick aus dem Bild heraustreten, als müßte sie mir jetzt unverhofft begegnen wie in einem einstigen Leben.

Falls ich es überhaupt selber gewollt oder gewünscht hätte, konnte ich dieser Berührung weder ausweichen noch entgehn. Aus dem Bild trat eine Schönheit hervor, die ich bis dahin weder gesehen noch erkannt hatte, und die sich mir einprägte wie eine zugleich handfeste und weiche Verzauberung.

Die dunkelblonden Haare der Frau reichten bis zu den halb geöffneten Achselhöhlen. Die Haarspitzen zeigten auf die beiden vollen, runden Brüste, die wie pralle, reife Birnen hervorzustehen schienen. Mitten im weißen, weichen Bauch saß wie ein tiefer Stern der Nabel, und alles war getragen von zwei runden Säulen, die sich nach oben hin verbreiterten und zwischen sich ein aus winzigen Haaren geformtes, ab- und einwärts weisendes Dreieck hielten wie ein Schutzschild oder wie eine Maske.

Ich scheute mich, das Bild ununterbrochen zu betrachten. Aber sooft ich auch meinen Blick abwandte, zog es mich stets von neuem an, als wollte es zwischen sich und mir eine enge, ewige Verbindung herstellen.

Die Frau war sehr schön.

Obwohl ich ahnte, etwas mir in diesem Augenblick Verbotenes zu betrachten, wünschte ich sogleich, es zu behalten und zu besitzen. Ich dachte zwar, daß mein Wunsch, das Abbild anzuschauen und bei mir zu haben, eine Sünde, ja Todsünde sei, und daß ich meine aus einer einzigen Todsünde entsprungenen, sich mit jeder ungültigen Beichte und unwürdigen Kommunion anhäufenden Todsünden nunmehr durch eine neue, eigenständige vermehrte, doch war die Verlockung, auch diese Todsünde zu begehn, stark, und mich durchströmte eine süße Lust, gegen die ich mich nicht wehren, der ich vielmehr nachgeben wollte.

Noch einmal warf ich einen flüchtigen Blick auf Haare und Haut der nackten Frau, nahm das Bild an mich und steckte es in die Brusttasche meines Hemds.

Dann ging ich die Lohwaldstraße entlang bis zum Karussell am Eingang des Waldwegs, wo sich unsere Bande meistens versammelte. Im Schatten der ersten Bäume standen Teilhart, Ehrgeiz mit seinem Bruder, der Meidscher, Giggel, mein Bruder und die übrigen. Der Meidscher war von den anderen umringt, die heftig auf ihn einredeten. Als ich näherkam, hörte ich, wie sie von ihm verlangten, seine Hosentaschen umzustülpen. Er weigerte sich, wehrte sich mit Händen und Füßen und wollte davonlaufen. Aber der Kreis um ihn war schon geschlossen, und er konnte nicht wegrennen.

»Sie gehören mir!« rief Ehrgeiz. »Schließlich habe *ich* sie gefunden!«

»Nein«, schrie der Meidscher. »Du hast sie zwar gefunden, aber vorher habe ich sie verloren.«

»Ha! Daß ich nicht lache!« rief Ehrgeiz. »Woher willst du sie denn haben?«

»Von meinem Vater«, sagte der Meidscher. »Ich hab' sie in seiner Nachttischschublade gefunden.«

»Wenn das stimmt, können wir deinen Vater fragen«, unterbrach Teilhart, »oder – falls dir das lieber ist – deine Mutter.«

»Nein«, sagte der Meidscher, »ich werde sie eigenhändig dorthin zurückbringen, wo ich sie her habe.«

»Das wirst du nicht«, sagte Teilhart bestimmend. »Was damit geschieht, werden wir alle gemeinsam entscheiden.«

Nach diesen Worten drangen sie alle auf ihn ein, um ihm seine Beute zu entwinden. Er wehrte sich, hatte jedoch keine Chance. Dann sagte er: »Ich händige sie euch aus.«

Nun zog er etwas aus seiner Tasche, und ich sah, daß es Photographien waren. Teilhart riß ihm das Zeug sofort aus der Hand, fing an zu zählen und rief: »Zuvor waren es sechs Stück. Hier sind aber nur fünf. Wo ist das sechste?«

»Wahrscheinlich hast du dich vorher verzählt«, behauptete der Meidscher.

»Ich verzähle mich nie!« rief Teilhart.

Plötzlich wollte sich der Meidscher losreißen, um davonzurennen. Doch Ehrgeiz stellte ihm ein Bein, und er fiel zu Boden.

»Durchsucht seine Taschen!« befahl Teilhart.

Ich sah zu, wie sie ihn festhielten und seine Taschen ausleerten. Sie fanden tatsächlich das vermutete sechste Photo.

»Was ist auf den Bildern?« fragte ich Teilhart, der auch das sechste Bild einsteckte.

»So etwas ist nichts für kleine Kinder«, antwortete er. »Wir werden diese Schweinereien vernichten.«

»Vielleicht gibt es noch mehr Bilder«, sagte ich, »beispielsweise ein siebtes! Und vielleicht weiß ich, wo es sich befindet.«

»So leicht legt mich keiner herein«, erwiderte Teilhart.

»Gut, wie du meinst«, sagte ich.

Teilhart wurde nun skeptisch. Er musterte mich und sprach: »Meinetwegen! Ich will sehen, ob du ein Aufschneider bist. Deshalb stelle ich dich jetzt auf die Probe.«

Er zog die Photos aus der Hosentasche und zeigte sie mir rasch nacheinander. Ich erkannte sofort, daß sie zu dem von mir gefundenen Bild paßten.

»Und jetzt sag uns, wo das siebente Bild ist!« rief er.

»Hier!« rief ich und zog es aus der Brusttasche meines Hemds.

Noch ehe ich es vorzeigen konnte, hatte er es mir schon entrissen und mit den anderen Photos in seiner Hosentasche verstaut.

»Und was willst du jetzt damit anfangen?« fragte ihn mein Bruder.

»Ich habe schon gesagt«, erwiderte Teilhart, »daß diese

Sauereien vernichtet werden müssen, und zwar auf dem allerschnellsten Weg.«

»Und der wäre?«

»Ganz einfach! Ich nehme sie mit nach Haus und verbrenne sie bei nächster Gelegenheit in unserem Garten.«

»Das wirst du nicht tun!« rief jetzt heftig mein Bruder.

»Wer sollte mich daran hindern?« fragte Teilhart und blickte in die Runde.

»Wir«, schrie Ehrgeiz, »weil uns niemand garantiert, daß du sie nicht behältst. Entweder gehören die Bilder uns allen oder keinem. Wenn sie uns aber gemeinsam gehören, bleibt immer noch das Problem eines sicheren Verstecks, wo kein Fremder sie findet, aber auch keiner von uns allein in Versuchung gerät.«

Nach kurzer Beratung beschlossen wir, die Photos an Ort und Stelle zu vernichten. Teilhart zog die Bilder aus der Hosentasche, und noch ehe wir richtig begriffen, was geschah, hatte er sie zu lauter kleinen Papierschnitzeln zerfetzt. Dann warf er sie mit verächtlicher Geste zu Boden.

Im selben Moment fuhr ein Radler den Waldweg herauf. Wir entfernten uns einige Schritte weit von unserem Platz, um nicht aufzufallen. Von ferne beobachteten wir, wie er vorüberfuhr, ohne den geringsten Verdacht zu schöpfen. Kaum war er jedoch weit genug weg, rannte der Meidscher wie ein Wiesel zu den Papierfetzen zurück und fing an, sie einzeln aufzuklauben und einzustecken.

»Schaut euch diesen Schweinehund an!« rief Teilhart. »Er hat wirklich die Stirn, die Bilder wieder zusammenzusetzen. Aber wir werden ihm die Suppe versalzen!«

Rasch liefen wir zu ihm hin und nahmen ihm die winzigen Papierschnitzel wieder ab.

»Hau sofort ab!« befahl Teilhart. »Schwing dich auf Nimmerwiedersehn! Leute wie dich brauchen wir nicht.«

Der Meidscher verstand und entfernte sich rasch. Oben am Waldrand blieb er jedoch stehn, deckte uns mit Schimpfwörtern ein und schnitt abscheuliche Grimassen.

»Laßt den blöden Schwachkopf kreischen, solang es ihm Spaß macht«, sagte Teilhart. »Von diesem Arschloch lassen wir uns nicht provozieren. Wir müssen ihn abhängen. Ich zähle bis drei. Dann rennen wir so schnell wir können zur Lohwald-Siedlung hinunter und vergraben die Papierschnitzel so gut, daß keine Menschenseele sie je wiederfinden wird.«

Die Idee war gut, und wir nahmen Teilharts Vorschlag an.

Drunten im Wald entsprang eine Quelle, deren Wasser einen kleinen Bach speiste, der durchs Unterholz ins Freie hinaus und quer über die Wiesen zur Schmutter hinabfloß.

Wir liefen bis zum Unterholz. Unterwegs fanden wir eine verrostete, leere Blechdose. Teilhart steckte die Papierschnitzel in die Blechdose, als wäre sie ein Schrein, und bog den aufgeklappten Deckel wieder in die ursprüngliche Lage zurück, als ließe sich der behelfsmäßige Behälter auf diese Weise luft- und wasserdicht verschließen.

Wir gingen bis zum Ufer des schmalen Bachs und suchten eine passende Stelle. Dann zogen wir Schuhe und Strümpfe aus und wateten im klaren, flachen Wasser. Jetzt hob einer von uns mit beiden Händen eine tiefe Grube im Sandbett des Bachs aus, und Teilhart legte die Blechdose wie eine Reliquie hinein. Sofort verschlossen wir die Vertiefung wieder mit dem Sand des Bachbetts. Dann gaben wir einander das Ehrenwort, dem Meidscher niemals ein Sterbenswörtchen von diesem Versteck zu verraten.

Als wir durch den Wald zurück in Richtung Westheim gingen, hatte ich das Gefühl, daß wir beim Vergraben beobachtet worden waren. Ich konnte mir nicht vorstellen, daß der Meidscher seelenruhig heimwärts gewandert war. Und tatsächlich war mir, als wir durch den Hochwald liefen, als sähe ich zwischen den breiten Stämmen der Fichten und Tannen eine Gestalt, die sich rasch fortbewegte, als wollte sie unerkannt bleiben. Ich glaubte, das Gesicht des Meidschers gesehen zu haben, behielt aber meine Entdeckung für mich, weil ich nicht wollte, daß die Menschenjagd von neuem begänne.

Anderntags ging ich ganz allein zu der geheimen Stelle am Bach zurück. Ich wollte nur sehen, ob unter den zerfetzten Photos noch Teile des von mir gefundenen Frauenbildes erkennbar wären, oder ob das Wasser inzwischen alles aufgelöst hätte. Die Stelle hatte ich mir genau gemerkt. Ich fand sie sofort.

Mit bloßen Händen grub ich nach der Blechdose. Aber soviel ich auch wühlte und suchte, die Dose war nicht mehr da. Einer von uns mußte sie in der Zwischenzeit ausgebuddelt haben. Mein erster Verdacht fiel auf den Meidscher. Aber ebensogut konnte es Teilhart gewesen sein, oder Ehrgeiz, oder Giggel, oder mein Bruder.

XX

Wir wohnten noch immer in jenem Haus, das uns nicht gehörte, doch lebten wir darin, als wäre es immer unser eigenes gewesen. Den Eigentümer, Herrn Hartmann, sahen wir selten. Zwei- oder dreimal pro Jahr ließ er sich blicken, um persönlich die Sickergrube zu leeren. Er fühlte sich dafür zuständig, aber ich wunderte mich, daß er seit der Währungsreform diese widerliche Arbeit selber verrichtete, statt jemand damit zu beauftragen. Er tat es mißmutig und mit griesgrämiger Miene, als wollte er uns andeuten, daß es unter der Würde eines Eigentümers liege, sich auch noch um den von den Mietern verursachten Dreck zu kümmern.

Ich beobachtete ihn manchmal vom Fenster der nach Westen gehenden Dachkammer aus. Langsam und vorwurfsvoll tauchte er die an einer langen Stange befestigte blecherne Schöpfkelle in die stinkende Flüssigkeit, hievte sie gemächlich empor und goß die Brühe aus Kot und Urin Ladung für Ladung über eine kleine Böschung in den Garten hinunter.

Von Zeit zu Zeit blickte er beinahe anklagend an der grauen Mauer seines Hauses empor, als wollte er alle, die darin wohnten, heimlich verfluchen wegen dieses Schlammes aus Kot und Urin, den zu beseitigen er sich aufgebürdet hatte.

Wenn er die Sickergrube geleert hatte, betrat er das Haus und jammerte meinen Eltern vor, welch große Unkosten sein Eigentum verursache und daß es sich eigentlich nicht mehr lohne, das Haus zu vermieten. Es sei höchste Zeit, einen höheren Mietbetrag auszuhandeln.

Solche Gespräche gefielen meinen Eltern überhaupt nicht. Schon einmal hatten sie vom Bau eines Eigenheims geträumt und noch während des Kriegs ein Grundstück erworben, das ihnen wenig später enteignet worden war. Die Hasenbräu-Aktien, die sie zum Ausgleich und als Entschädigung erhalten hatten, erschienen ihnen lange Zeit wertlos, denn auf Papier, sagten sie sich, ließe sich nie und nimmer ein Haus errichten.

Kurz nach der Währungsreform hatten sie jedoch zur größten Überraschung entdeckt, daß jene Aktien im Wert von fünftausend R-Mark nunmehr auch fünftausend D-Mark wert waren. Ihre sonstigen Ersparnisse waren so gut wie verloren, aber mit diesem Geld ließ sich etwas anfangen.

Für genau diesen Betrag des guten Gelds war ihnen im vergangenen Jahr ein großes Grundstück am Fuß des Kobels angeboten worden, und sie hatten es ohne zu zögern gekauft. Sie hätten daneben auch noch ein zweites, ebensogroßes Grundstück für weitere fünftausend D-Mark kaufen können, doch besaßen sie damals nur die Summe, für die sie die Hasenbräu-Aktien eingelöst hatten.

Sie blätterten sofort alle möglichen Architekturzeitschriften durch und wälzten die entsprechenden Bücher, bis sie ein Haus ganz nach ihrem Geschmack gefunden hatten. Es sollte im ›Schweizer Landhausstil‹ errichtet werden.

Seit der Währungsreform war landauf landab ein hitziges Baufieber ausgebrochen, und es gab keinen zukunftsträchtigeren Beruf als den des Maurers.

Nachdem es sich herumgesprochen hatte, daß meine Eltern ans Bauen dachten, erschienen verschiedene Baumeister bei uns, um Kostenvoranschläge zu machen. Am billigsten war ein Baumeister aus Neusäß. Also wurde er beauftragt. Er machte sich mit seinen Leuten sofort an die Arbeit, und es dauerte nicht lange, da stand schon das Erdgeschoß im Rohbau auf der ehemaligen Waldwiese.

Meine Eltern freuten sich, wie rasch alles voranging, als der Neusäßer Baumeister überraschend starb. Die Arbeiten wurden unterbrochen, bis ein neuer Baumeister gefunden war. Nun setzte eine Firma aus Diedorf den begonnenen Bau fort, doch kaum war der erste Stock hochgezogen, starb auch der zweite Baumeister.

Dieser Umstand versetzte alle Beteiligten in großen Schrecken. Das halbfertige Haus stand längere Zeit wie ein Mahnmal da, und soviel meine Eltern auch nach einem dritten Baumeister Ausschau hielten, keiner wagte es, das Gebäude zu Ende zu bauen. Alle dachten, auf dem Bau liege ein Fluch, der dazu führe, daß der jeweilige Baumeister über kurz oder lang den Tod finde.

Endlich meldete sich bei meinem Vater ein Westheimer Maurer namens Mair und erklärte sich bereit, das angefangene Haus fertigzustellen. Herr Mair hätte vermutlich nicht so viel Mut besessen, wenn er nicht von seiner weniger abergläubischen Frau überredet worden wäre, die ans Auskommen der Familie dachte, denn die Mairs hatten vier Söhne.

Eines Abends, als Herr Mair mit seinen Maurergesellen müd nach Haus kam, waren zwei seiner Söhne – Edwin und Erwin – nicht anwesend. Herr Mair wurde zornig, denn er hielt viel von Pünktlichkeit. Ohne auch nur eine Minute zu warten, ließ er sich von seiner Frau Suppe,

Bier, Brot, Wurst und einen Rettich auf den Tisch stellen und fing an zu essen. Während er aß, steigerte sich seine Wut, und wären die beiden jetzt zur Tür hereingekommen, hätte er sie sogleich geohrfeigt.

Doch Edwin und Erwin waren auch nach drei Stunden noch nicht eingetroffen. Jetzt fing Frau Mair an, sich ernste Sorgen zu machen. Sie fragte in der Nachbarschaft nach. Tatsächlich waren die beiden Buben am frühen Nachmittag gesichtet worden. Jeder hatte eine Decke unterm Arm getragen. Die Leute hatten gedacht, die beiden seien unterwegs zur Schmutter, sich aber gleichzeitig gewundert, da es zum Baden eigentlich noch zu kühl war.

Nun sorgte sich Frau Mair noch mehr, weil sie fürchtete, die beiden seien ertrunken. Zwar konnte Edwin schwimmen, doch vielleicht hatte Erwin seinen Bruder, als dieser ihn retten wollte, mit hinabgezogen.

Herr Mair glaubte an kein Unglück, sondern an eine Lausbüberei, die er gehörig bestrafen würde.

Als die beiden Buben gegen Mitternacht noch immer nicht eingetroffen waren, überlegten die Eltern, ob sie die Polizei benachrichtigen sollten. Da fand ein Bruder der beiden Ausreißer einen Zettel, auf dem stand: »Habt keine Angst! Es geht uns gut. Wir kommen bald zurück. Edwin und Erwin.«

Herr Mair hatte die Angewohnheit, vor dem Schlafengehn sein an sicherer Stelle im Haus aufbewahrtes Bargeld nachzuzählen. Da mußte er feststellen, daß es fehlte.

Inzwischen hatte sich die Angelegenheit im Dorf herumgesprochen. Am Abend des zweiten Tages waren die beiden immer noch nicht zurückgekehrt.

Herr Mair wurde nun nachdenklich und fragte sich, ob

er vielleicht ein zu strenger Vater sei, doch dann dachte er an die gestohlenen neunhundert Mark, und seine Wut bekam neue Nahrung.

Am dritten Tag war die Angelegenheit schon landesweit bekannt. Ein Verbrechen wurde für möglich gehalten, und im Radio war eine Suchmeldung zu hören. Alle fieberten.

Am Abend kam das Gerücht auf, die beiden seien in der Schweiz aufgegriffen worden.

Herr Mair sagte, er glaube nichts, bevor sie nicht leibhaftig vor ihm stünden.

Anderntags in der Früh wurden sie von der Polizei daheim abgeliefert. Herr Mair war schon auf dem Bau, um seine Gesellen zu kontrollieren. Edwin und Erwin hielten sich nicht lang daheim auf, sondern gingen sogleich zur Schule.

Vor einer Woche hatte sie niemand beachtet. Heute standen sie wie zwei Weltreisende vor uns.

Zunächst lächelten sie nur. Wir bedrängten sie, und sie mußten berichten.

»Wir wollten nach Afrika fahren«, sagte Edwin, »um einen Affen zu fangen. Leider kamen wir nur bis in die Schweiz!«

Sie waren große Helden, und wir bewunderten sie sehr, obwohl ihre Expedition gescheitert war, denn bis in die Schweiz war von uns noch niemand gelangt.

Dies war einige Zeit vor den Sommerferien. Bis Peter und Paul war das Baden in Flüssen und Seen lebensgefährlich. Am eigentlichen Feiertag wagte sich kaum einer in den Fluß, selbst wenn die Sonne stach. Die Leute wußten: »Peter und Paul hat Wasser im Maul.« Manch einer war an diesem Tag schon ertrunken.

Später war die größte Gefahr vorbei, und wer sich vor dem Untertauchen Stirn, Schläfen und Oberkörper abkühlte, dem konnte eigentlich nichts passieren, es sei denn, er stieß beim Hechten mit dem Kopf an eine Baumwurzel am Boden des Flusses oder verlor im kalten Wasser eines Gumpens das Bewußtsein.

Es war wichtig, besonders auffällig ins Wasser zu springen und dabei möglichst viele Badende zu belästigen. Wer zeigen wollte, wie gut er schwimmen konnte, brauchte nur den Nächstbesten zu tunken und ein paar Sekunden unter Wasser zu halten, bis dieser etwas von der algigen Brühe geschluckt hatte. Die Burschen tunkten die Mädchen, weil sich diese kreischend wehrten oder mit schrillen Schreien ans Ufer retteten, wo sie bis ins hohe Gras verfolgt wurden.

Manchmal führte einer den Totenschwomm vor. Dazu mußte er mit dem Rücken völlig reglos auf dem Wasser liegen und durfte weder mit den Händen rudern noch mit den Füßen paddeln. Es kam nur darauf an, ganz entspannt und ohne jede Angst den Körper im Gleichgewicht zu halten. Das Wasser trug einen von selbst.

Auch der Hundstapp war keine Kunst. Man mußte nur rasch nacheinander vor sich ins Wasser schaufeln, als wären die Hände Hundepfoten. Nichts ergötzte die Mädchen mehr, als wenn einer so im Fluß planschte und dabei bellte.

Über den berühmten Neidhart-Hecht wäre viel zu sagen. Es ergäbe ein Kapitel für sich. Außerdem müßte ich erst Schnapper fragen, ob er damit einverstanden wäre, daß ich es erzähle. Lassen wir's!

Nach den Hundstagen im Hochsommer regnete es eine Woche lang ununterbrochen. Das Wasser der Flüsse stieg an. Die Schmutter trat über die Ufer und überflutete die Wiesen. Von Diedorf bis Täfertingen hinunter war das Tal ein einziger großer See, den bloß noch die Landstraßen zwischen Vogelsang und Biburg beziehungsweise zwischen Ottmarshausen und Lohwald durchquerten. Die tiefergelegene Straße, die vom Schmutterhaus nach Hainhofen hinüberführte, war wegen der Überschwemmung nicht mehr befahrbar, und der Hainhofer Weg endete am Parkrand des Notburgaheims im Wasser.

Die Hainhofer mußten den Umweg über Schlipsheim oder Neusäß nehmen, um in die Stadt zu gelangen, und in ihrem Dorf standen viele Keller unter Wasser.

Für uns Kinder war das Hochwasser eine willkommene Abwechslung. Wir schleppten alte Wannen und Tröge bis zum Ufer des künstlichen Sees. Später bauten wir ein richtiges Floß für sieben Leute. Unter den Holzplanken befestigten wir vier leere Amikanister. Sie sollten das Gleichgewicht garantieren. Die Einzelteile hatten wir bis zum Ufer getragen und das Floß dort zusammengebunden.

Dann stießen wir uns mit Bohnenstangen ab. Wir beabsichtigten, bis hinunter zum eigentlichen Flußlauf zu fahren und dort die natürliche Strömung auszunützen.

Es war leicht, das Floß zu lenken, denn der künstliche See war höchstens einen halben Meter tief. Manchmal hielten wir an und ließen die Beine im Wasser baumeln.

Seit gestern hatte es nicht mehr geregnet, doch das Wasser der letzten Tage strömte noch von Gessertshausen, Fischach und den Stauden herab und hielt die Höhe. Die pralle Sonne eines einzigen Tages genügte, das flache Wasser über den Wiesen wie in einer Badewanne zu erwärmen.

Wenn wir das Floß ruhig hielten, konnten wir beobachten, wie zwischen den überfluteten Gräsern der Schmutterwiesen Schwärme winziger Weißfische umherschwammen. Wir wollten sie mit den Händen fangen, doch sie waren schneller als jeder Griff und wechselten gruppenweise die Richtung, sobald wir die Wasseroberfläche berührten.

Die Strecke bis zum Fluß war länger als vermutet. Wir hatten den Weg so oft zu Fuß zurückgelegt und in einer Viertelstunde geschafft. Aber mit dem sperrigen Floß hatten wir nach einer halben Stunde erst ein Drittel der Wegstrecke hinter uns gebracht. Also rechneten wir aus, daß es Stunden dauern würde, bis wir wieder zu unserem Ausgangspunkt zurückgekehrt sein würden. Das störte uns aber nicht, denn wir hatten viel Zeit, und es genügte, beim Einbruch der Dämmerung nach Hause zu kommen.

Die Idee, das Floß mit leeren Amikanistern zu stabilisieren, wäre gut gewesen. Doch leider war ein Kanister etwas undicht. Allmählich füllte er sich mit Wasser und zog unser Floß an einer Ecke hinunter.

Also mußten wir den Schaden mitten im See beheben. Wäre das Wasser tiefer gewesen, hätten wir es nicht geschafft. Doch hier konnten wir überall stehn. Also drehten wir unser Floß um und banden den defekten Kanister los. Die anderen drei verteilten wir um. Sie waren jetzt im Dreieck angeordnet. Nachdem wir sie befestigt hatten, strafften wir die locker gewordenen Seile und brachten das Floß wieder in die vorgesehene Lage. Den lecken Kanister legten wir als Sitz in die Mitte des Floßes.

Langsam gelangten wir zum eigentlichen Fluß. Als wir in der Nähe des Altwassers waren, stießen wir mit einer unsrer Stangen gegen ein seltsames Hindernis. Es war weich und bot trotzdem einen gewissen Widerstand, als wäre es aus Gummi.

Teilhart tauchte sogleich hinab, um der Sache nachzugehn. Als er wieder auftauchte, schien er ängstlich und nervös, ganz gegen seine sonstige Art.

»Was hast du gesehen?« fragten wir.

»Ich bin nicht sicher«, sagte er, »aber es sieht aus wie eine aufgeschwemmte Leiche.«

Wir fragten nicht weiter und wollten nicht mehr wissen. Doch sprangen wir vom Floß und ließen es den Fluß hinuntertreiben in Richtung Donau. Plötzlich hatten wir keine Lust mehr und wateten durch die überschwemmten Wiesen zur Goethestraße hinauf.

Ende September war Herr Mair mit dem Hausbau fertig. Meine Eltern verließen mit uns nun das alte Haus in der Lessingstraße. Es wurde Herbst, und die Blätter der abgeernteten Obstbäume im Garten färbten sich bunt. Weder Haus noch Garten hatten uns gehört, doch war mir hier alles so vertraut, als wäre es Teil meiner selbst.

Der Gedanke, endlich in ihr eigenes Haus einzuziehn, schien meine Eltern zufrieden und glücklich zu machen. Das Gefühl, selbst ein Stück Erde mit einem Heim zu besitzen, wo sie für immer bleiben könnten, stimmte sie heiter und frei.

Es machte ihnen nichts aus, die vertraute alte Umgebung für eine neue, unbekannte aufzugeben, als hofften sie, sich mit dem Umzug aller bisherigen Probleme und Sorgen zu entledigen. Die Vergangenheit lag wie eine graue Ebene hinter ihnen. Sie hatten den Eindruck, aus einem bleiernen Schlaf zu erwachen – an einem lichten sonnigen Vormittag. Und vor ihnen öffnete sich eine prächtige, frische Welt voller Bilder und Farben. Erst in diesem Augenblick, dachten sie, beginne ihr eigentliches Leben. Von nun an würde sie niemand und nichts mehr bedrohen.

Ich aber nahm Haus und Garten meiner Kindheit in der Erinnerung mit, ohne mir dessen bewußt zu sein.

Klaus Stiller
Weihnachten
Als wir Kinder den Krieg verloren
Roman
Leinen, 304 Seiten

Ein Hauch von Mark Twain weht durch dieses Buch, und mit zurückhaltendem Realismus wird auch jene Muffigkeit der Provinz spürbar, die die Eroberer zwar als Befreier empfing von den Lästigkeiten des totalen Krieges, dann aber doch wesentlich mehr von ihnen verlangte, als sie zu leisten bereit waren oder imstande. Kinderabenteuer, verschmolzen mit den besonderen Umständen der schwierigen Jahre: Das hat seinen naiven Reiz, zumal Stiller ein trefflicher, geschickter Erzähler ist.
Die Welt

Im pointierten, nicht selten mit Humor und Ironie angereicherten und zuweilen fast genrehaften Naheinstellungen erzählt Stiller vom Nachkriegsleben in einem vielköpfigen, katholischen Arzthaushalt, von den Abenteuern und Streichen der Kinder – von einer deutschen Kindheit um 1945/46.
Frankfurter Rundschau

Es ist der tückische Tonfall belangloser Kindlichkeit, in dem Klaus Stiller seine Erinnerungen aus schwäbischer Provinz präsentiert. Er entwirft einen Simplicius in Behelfszeiten. In der Nase »die süßesten Düfte aus den großen amerikanischen Abfalltonnen«, im Blickwinkel die Ami-Huren. Unverstandene Schrecknisse, eingeklemmt und geborgen zugleich in einer Familiensammlung, die mit jedem Flüchtlingstreck aus dem Osten um weitere schlesische Verwandte vermehrt wird. Mangelgeschichten und Überflußträume sind der Proviant dieser Zwischenzeit.
Süddeutsche Zeitung

Carl Hanser Verlag